八
部
半

黄昱宁

作品

浙江出版联合集团
浙江文艺出版社

名家推荐

我能想到的最美好的文人生活被编辑黄昱宁过上了：一手写小说，一手做翻译，两手都比钢铁还硬。由此我认为，做不好翻译的编辑不是好小说家。黄昱宁一直是我最羡慕的同行。

——作家　徐则臣

犹如费里尼，黄昱宁恢复我们对细枝末节的感受，我们因此时而对往事眷恋不已，时而又胆战心惊。她用小说发出的一点点动静一点点声响，甚至可以让未来和过去一样历历在目，如此她用她的梦盖住我们的梦，让我们成为她的笔下之臣。

——华东师范大学教授、作家　毛尖

这些小说保持着一种奇异的平衡，在道德感和越轨之间，在故事传统和现代小说技巧之间，在练达人情和突如其来的激情迸发之间,就好像在内心深处,她无时无刻不在使用着一架神秘的天平。

——作家　小白

黄昱宁有本事让你觉得在跟作者游泳呢,在闲看腰围和脚踝呢,没料到被她悄无声地按到了水底。她会将你捞出来,惊出冷汗,再按回去。最后,作者看你把衣裳穿回去,拉一下衣襟,你回去吧。她一路陪着你,你还要怎样呢?

——上海作家协会副主席、小说家　陈村

黄昱宁早就用文字表明,她对我们置身其中的世界有着独特的认识。现在,她把这些独特的认识置放进虚构的世界,赋予它们具体的样貌、生动的细节,仿佛文字生成了肉身,灵动的气息跃然而出。这独属黄昱宁的文字世界,无论是神飞未来的奇想,还是烟熏火燎的日常,都有一种现下小说罕见的知识格调,拓开了虚构写作的或一路径。

——文学评论家　黄德海

《呼叫转移》的结构与后面情节的辗转让人难忘。呼叫和转移在小说中是双层意味,一如"欺骗"在小说中成为"氛围",意义多重。在这篇作品里,我看到了"另一个"黄昱宁,一个在小说世界里越来越沉着、冷静、自如的小说家。她的小说总能像她的译作一样,不负期待,给人惊喜。

——北京师范大学教授、文学评论家　张莉

黄昱宁希望追求一种现实中的超现实感,这正是中国当下的某种特征。一个农村姑娘到城市里的发廊工作,立刻获得一个英文名字。无论服务员还是顾客,这里能够使他以最快的速度接近时尚。这个过程,是不是像洗礼？发廊妹成了修女,度己度人。黄昱宁说,中产阶级对很多事情充满了恐惧,没有什么变化的动力。而那些在城市化进程中涌进来的新移民,他们或许不那么体面,却充满了力量和欲望。这种力量的强大和中产阶级的虚弱,在社会话语中的地位恰成反比,或许正是这种奇怪的关系中,产生出了属于中国社会的超现实感。

——得到APP"每天听本书"总编辑、作家　陆晶靖

与其说《三岔口》是在讲述一个三角形的婚恋故事,毋宁说它是在呈现一场事关婚恋的"心灵暗战"与"精神审判"。三个人物,摸黑过招,也知大敌当前,更想迎头痛击,却怎么也看不清对方藏匿于何处。并不出奇的生活故事,在作者有条不紊的节奏把控和语言布置下,变得险象环生、摇曳生姿。一种混杂着冰冷、坚硬、孤独、痛苦、无奈、无助的个人化气息与情绪跟随着情节的推

进而逐步弥散开来。小说的情节极具戏剧性和画面感,从中我们可以感受到《纸牌屋》式的暗黑、《冰血暴》式的惶惑以及《美国丽人》般的颓废。

——河北作家协会特约青年研究员　赵振杰

目录

序言·李敬泽 —— 桑丘在『魔都』—— 黄昱宁《八部半》序　001

八部半

第一部　呼叫转移　001

第二部　三岔口　073

第三部　水　121

第四部　你或植物　147

第五部	幸福触手可及	173
第六部	水星很忙	207
第七部	千里走单骑	223
第八部	文学病人	251
第八部半	海外关系	283

幕后花絮

——谈《呼叫转移》　311
——谈《三岔口》　314
——谈《幸福触手可及》　317
等故事掉落，或飞驰而过　320
笼子里的困兽
藏在石块下的动物
——谈《文学病人》
谁决定了故事的生与死

跋语　323

桑丘在"魔都"

——黄昱宁《八部半》序

会场上,我读黄昱宁的小说。人们正在讨论网络文学,庞大的、令人晕眩的字数和人数,星云在膨胀、爆炸。我想,在这里,黄昱宁的小说是荒诞的。谁会喜欢这样的小说?

谁会写这样的小说?

她是一个翻译家,英语。她是资深的、活跃的编辑,把麦克尤恩、阿特伍德等等贩卖给中国读者——好吧,不是贩卖,她是"世界文学"的织网人和布道者。她写了大量随笔,谈论着从莎士比亚到石黑一雄的成群的陌生人,把他们谈成你的邻居,谈成你自己。为此,据说她还成立了一个工作室,发布一档音频节目。她还是一个主妇,上海主妇,一个母亲,中国母亲。

一个聪明人,精力旺盛的人,热爱生活的人——在汉语中,"热爱生活"通常等于爱吃爱玩爱热闹,好像生活仅仅因为感官享乐而值得热爱,但至少,生活之值得热爱还因为好奇心,对未知的期待和窥探,一种智力的爱欲。

这样一个人,要成为小说家。

——谨慎、犹豫的鼓掌……我想她当然应该是小说家,她都快把自己活成小说了。我的谨慎和犹豫在于,她实际上不像我所熟悉的中国小说家,比如,她太国际范儿,既没有鲜明的地方认同,也没有对中国文学传统谱系的执念;她非常知识,但肯定没有知识到"分子"的水平;她又是如此家常的一个俗人,但似乎也没有俗到张爱玲那么"精致"。以我有限的接触,该人永远是理智清明、兴致勃勃的,我难想象她曾有多愁善感、顾影低回的时刻。

好吧,她也许是简·奥斯丁——我非常喜欢的一个英国作家。

然后,这个人就写了这本小说集《八部半》。

——一本非常八卦的小说。作为上海的一个主妇一个妈,黄昱宁抱有对流言蜚语、邻家动静、社会新闻、电视综艺的永不餍足的热情。这本书里的每一篇小说都有如此一个现世和俗世的根底,或者说,当它们汇集在一起时,你能够辨认出一个奥斯丁式的、"姑妈"式的作者,她的视野、她的世界的规模和尺度正好和我们相同。她所关心的事正好是我们在客厅里和餐桌上谈论的事。

但还是有所不同,这些事被她讲述为故事,她的讲述使如此的热闹尘埃落定,回荡着空旷、静谧、孤独、寻寻觅觅的气息。

就像在茫茫人海里,一个人找另一个人,一个声音渴望着与另一个声音相遇或者不期而遇。

这是绝对的偶然,这是注定的错误。

一个人找到或找不到另一个人,由此,一个人赢得或失去他的世界,这是黄昱宁的根本主题;在她看来,这才是现代的元叙事,是不管英国人还是哥伦比亚人还是中国人还是中国的上海人的初始和最终的故事。

由此你才能理解黄昱宁对媒介的痴迷。她的几乎所有小说中,一个图腾、一个内在的机枢是媒介:《呼叫转移》《幸福触手可及》和《三岔口》中的手机、微信和朋友圈,《水星很忙》中的杂志,《文学病人》中的电视,《千里走单骑》中的未来科技;还有《水》中的楼板——这是这本书里唯一的前现代媒介,楼上和楼下的两个人通过楼板互传声息,它暴露出所有媒介的本质——它传递着,也隔绝着。当生活被越来越多的媒介介入时,人们在《文学病人》的孤岛上相互遥望——在《三岔口》中,暴怒的男人把女人推到窗前,他就是要让窗下前来捉奸的妻子放下手机:看看吧看看吧!能不能真实地面对你的生活你的世界!当然,我们知道,在那一刻,"真实"不是客观之物,"真实"同样是被创造、被观看的。个中悲怆在于,男人在幻象、隔绝、错误的围困下做出了关于"真实"的表演,他表演的同时也是他的绝望。

人与他人的关系,在本质上关乎人如何和怎样获得、持有他的世界,这是最日常的经验;而在黄昱宁的讲述中,这是探险,是错误百出艰难困苦的旅程。在现代的、媒介重重的人间,人已经失去与他人,其实也是与自己的直接、整全的联系,他只能期待着偶然,期待在不可能的可能中邂逅、偶遇,期待着在上千万人口的"魔都"街头奇迹般找到"那一个";他必须把自己想象为、创造成戏剧人物。

而黄昱宁,她骨子里是多么俗,她崇拜并期待奇迹,她是无可救药的戏剧瘾患者;她的所有小说,每一篇,都起于一个诡诈的、疯狂的念头,一个奇迹般的偶然。然后,她还具有中国小说家们普遍缺乏的禀赋,她具有超强的、缜密的执行力,她能够精确地实现奇迹,她能把不可能做成绝对可能——在这个过程中,她放纵而又禁欲地享受着巨大的快乐,她是魔术师,她是骗子;但是看啊,你永远不知道她会从礼帽里掏出什么,她严肃认真一丝不苟地看着我们:意不意外? 惊不惊奇?

我得说,就讲故事和施行骗术的技术而言,黄昱宁在中国作家中出类拔萃,她已经是一个女麦克尤恩,她也许希望自己是一个年轻的阿特伍德,但她还缺乏阿特伍德那样的耐心,那种女巨人般的自信、丰盛和凶猛。她或许受制于自己的"原罪"——她是个半路出家的小说家,她必须更像小说家,她怀疑自己的天性和天赋,她就像自己小说中的人物一样,怀疑自己能否找到另一个,比如,现在正在读《八部半》的我和将要读《八部半》的你。她必须全力以赴,她就是《文学病人》中遥对万众的作家,她有一种防守型的艺术姿态,她至少要无懈可击。

——在这网络文学的会场上,忽然想起另一种网。在我常去的公园的那座桥上,每一盏路灯都被一个蜘蛛占据,他在这有光的、有温度的地方展开复杂的工程,编织一个精巧的、透明的、有足够黏性和弹性的网。那就是他的世界,如此安稳又如此脆弱。不能想象他会离开他的网,这个网对于他不是外在的,这是从他的内部生长出来的,一点微小的腺体,无休无止地吐出透明的丝。

然后,他等待。或许会有一只昆虫纯属偶然地撞上来,进入他的内部,成为他自己。

他知道有人注视着他和他的网吗?我们读网络小说,看电视剧,玩游戏,发朋友圈;我们书写我们自己和我们的世界——谁说书写的时代已经过去?我们难道不是天天在手机屏幕上书写以致手指肿胀?我们编织梦想之网,我们是"头号玩家",我们要成为我们想要成为的、以为的自己。

然后,他期待着,万一某一只昆虫会像掷骰子一样撞到网上。

然后现在,这个名叫黄昱宁的人,她看得见堂吉诃德与风车战斗,看得见人们在幻觉、执念和伤痛中编织自己那张亮晶晶的生活和意义之网。

好吧,这就是区别。我们正在谈论梦幻,谈论巨大的成功和批量生产的抚慰,那炫目的银色和金色。而黄昱宁看着我们,看着我们在梦中谈论我们的梦。

——这是个阴险的家伙。她不是上帝,但现代小说的起源就在于对上帝的僭越。她坐在那里,暗藏戏谑的快意。她从不应许什么,她冷冷地看着我们在织一张假网。她知道风和雨和清洁工的扫帚是更大更绝对的真实。上帝不掷骰子,而乐于掷一把骰子。让某只昆虫被细若游丝的那一根丝黏住,那其实不是细密的、无所不能的网,那只是一点闪烁的、微弱的联系。但至少,在那一瞬间蜘蛛或者人幸免于掉下去,坠入虚无。

写小说,对黄昱宁来说是一个抵抗虚无的工程。她当然不是上帝,她只是堂吉诃德身边的那个桑丘。在《文学病人》中,那个名叫"斯芬克斯"的机器人叹道:"堂吉诃德虚构了自己,而桑丘是他忠实的读者。"

这句话中的"忠实"包含着相互冲突的两重意思:只有桑丘看出了堂吉诃德的虚构,也只有桑丘把这种虚构对象化,理解为人的命运、人的戏剧、人的斯芬克斯之谜,人的艰难征程。

所有的现代人都是堂吉诃德,但堂吉诃德常有而桑丘不常有。在茫茫大地,在嘈杂拥挤、光怪陆离的"魔都",黄昱宁讲述着。她只讲给你听。她的小说也不过是一根在阳光下需要谨慎精确地调整目光才能察觉的游丝,飘荡着,等着,等那只昆虫。

昆虫你好!

李敬泽
2018年6月10日上午11时45分

第一部

呼叫转移

一

喝到第三杯,我还是没想起李波扬是谁。自称是李波扬的那个人,端着杯子绕着圆桌子来回跑,见人就碰杯,头顶上浮着一圈从吊灯上洒下来的光。空调开得太热,屋里烟气重,他的脸就像给焐熟了,连皮带肉涨开来。他的羊毛衫早就脱了挂在椅背上,又不知给谁挤落到地面。衬衫已经敞开两颗扣子,可是领带还是没舍得拽下来。领带上的圆点花纹看着眼熟,大概是个安吉拉叫得出来的牌子。我叫不出,不过看他浑身上下,只有这领带还像是真的。

哥们你敬过我两回啦,我说,眼瞅着你半圈顺时针半圈逆时针,高了吧?

"高什么?我是高兴——反正再高也认得出你小子。"

他开始报中学的名字,看得见湖面的教室。"全他妈搬走啦。那地方如今是个度假村,前两年省城机关开个会什么的喜欢往湖边跑。听说也快维持不下去了,下文件不让乱开会呢——特别是,风景区。"

我在那中学只待过三个学期,完全想象不出一面湖、一片芦苇荡就可以算风景区。按照李波扬的说法,他在初一三班,我们二班被班主任关起门来收拾的时候,他隔着一堵墙能听得清清楚楚。"那嗓门,带夹层的,西北风灌进大破锣,你们是怎么扛下来的……怪不得你那么快就转学。"

酒劲泛上来,往嗓子眼里堵。我刚想说当初我转学是因为我爸在省城有了工作,就被李波扬截断话头。他得意地报出我转学以后的动向:在省城上完中学,高考砸了,复读一年以后临阵脱逃。"你小子,听说直接跑到国际大都市去了?"

屋外一个窜天猴震得玻璃窗咯咯响。服务员刚撂上桌一大锅胖鱼头,一团热气冲上天花板,又散开往鼻子里钻,呛出我一串咳嗽。这锅里肯定没少搁辣椒。如今在城里吃淡了嘴,我已经不大习惯辣得这么直接。包房里摆了三桌酒,一大半人我没见过。我想这一大半里,有一半连我爸也喊不出名字。这个我每回填表都要写在籍贯栏上的县城,我至少有十年没有来过了。上一回也是春节,也是一天接一天地喝酒吃饭,也是吃完了喝完了我还是闹不清谁是谁。亲戚,亲戚的亲戚。老邻居,老邻居的邻居。或者亲戚的老邻居,老邻居的亲戚。

"在哪儿不是混日子!"我顺口就接,"隔着小一千公里呢,你怎么什么都知道?"

"打听。你转学那会儿我就跟你们那破锣班主任打听过了。然后就顺着往下打听,你那中学里我也有人啊。这年头你只要肯打听,美国的事儿也跟隔壁一样近。"

"问题是你为什么要打听我?"

"好奇啊。小时候你就跟这里的人不大一样。不爱说话,可是有主意。你还记得你有篇作文给破锣批判吗?她教我们两个班的语文,直接拿到我们这儿来念。反面教材。"

冷了大半的茶水泼过来,牛仔裤上洇开一大片水渍。灯光下裤裆的轮廓顿时清晰起来,有点扎眼,我忍不住用手挡了一下。我爸坐在我隔壁,大概正跟他隔壁那位抢单,手肘一捅,茶就翻了。

所以坐在李波扬的位置,应该能看到我一边捂住裤裆一边问:"我写什么了?"

"装,真能装。你看你混大都市的,就是沉得住气。"

"忘了,真的。"

我没忘。我是说,我忘了李波扬,但我记得那篇作文。我记得我把《一件有趣的事》写成一件尴尬的事。两家人吵架,一家把另一家养的狗骗出去,套个麻袋直接送进狗肉火锅店。我甚至在最后，写火锅店里飘出"一缕异香"。

"你想表达什么？"破锣在课堂上很激动，额头冒出一片油光。"你才几岁啊，整天都在看什么想什么？"我记得破锣在痛心疾首了十分钟以后冷静下来，建议我把结尾改一改：有人幡然醒悟，刀下留狗，两家人从此成了好朋友。"这叫冰释前嫌，教你们一个新词儿。"破锣得意地揉揉鼻子，"这样一改，本来不及格的作文就成了范文。你描写得很生动，只要立意高一点，我都可以推荐你去参加作文比赛。"

立意，真是个好词儿。我想我要是当初听了破锣的话，可能真的参加了作文比赛，高考也可能不会砸，或者砸完以后照样能翻盘。你把一件事儿做下去，变出一百种花样，也抵不上事先就往高处站一站，知道什么时候改个什么样的结尾。

事实证明，我爸不管跟谁抢单都是白抢。单早就被李波扬截了，开席前就买好了。可他完全没当回事，散席时还在念叨我那篇作文，惊叹破锣能让所有的小孩吓得尿裤子就是拿我没办法。软硬不吃啊你小子。他钩住我脖子喊佩服佩服，喷我一脸酒气。我几乎是半拽着他来到屋檐下，从裤袋里挖出一盒烟，挑出一根好歹没被茶水浸湿的，递过去。

"那什么，你如今在哪儿混？"

"哪儿都不混，我李波扬落叶归根。我他妈的转了一大圈还是回来了！"

"看样子你在这里挺滋润?"

"嘿嘿你猜怎么着?我总算混出点人样来了。"

二

"人样?骗子也算人啊!"安吉拉按摩的手势骤然加重,狠狠地在我肩膀上掐了一把。安吉拉在发廊里给客人洗了一年头,做梦都想跟着老板强尼学做头发。强尼没拿她当回事,倒总是怂恿她给男客人做颈肩按摩的时候多用点心思。"像梅丽莎那样,眼睛会说话,手也会说话。一下轻一下重,一下硬一下软,客人的骨头就跟着酥一阵麻一阵。安吉拉,你以为小费是怎么来的?"

我不大愿意听安吉拉讲这些,就好像我从来不叫她安吉拉。那是她在发廊里闲得发慌的时候,从沙发上一堆花花绿绿的时装杂志里挑出来的名字。她念的时候一个字一个字往外蹦,最后竟然把重音落在"拉"上,听得我想冲过去捂住她的嘴。洗头妹都有英文名字,梅丽莎乔安娜艾米莉。她们来自不同的家乡,头发上飘着一模一样的冷烫精的味道。睡这个和睡那个并没什么区别吧,我想。我没必要因为跟她有一搭没一搭地睡着,就得听她讲故事。再说,听了又能怎样?我难道准备找她老板,或者塞给她小费的男客人,打上一架?

"轻点儿——你又不认识李波扬,哪来这么大的火气?"我侧转身,顺手拍拍安吉拉结实的屁股。

"天底下骗子都是这个德性,你也好不到哪里去。"安吉拉瞟了我一眼,眼神有点复杂。我赶紧挪开视线。还是盯着她的屁股比较省心,我想。如果她有钱,或者说我有钱买那种更高级的内裤,这会是一个很漂亮的屁股。

但是,她的第二个"骗子",我是说这个词,还是像一颗流弹,嗖地从我太阳穴边擦过去。后来回想,千真万确,整件事就是从这一刻开始的。总有那么些事情,你七兜八转也只是在外围徘徊,非得有人踹你一脚,你才会老老实实地跳进那个早就给你准备好的圈。

就连李波扬也没敢直接把我带进去。那天晚上吃完饭,他约我第二天在县城里转转。一大早,他的车开过来,换了一件浮夸得可以上台演戏的花格子呢西装。我以为我一眼就看穿了他。"果然发财了啊,"我夸张地凑近车厢正面,在显然是刚刚洗过的锃亮的白漆面上照了照自己龇着牙假笑的脸,"宝马2系,好车。"

"哥们挺懂车啊。"李波扬也凑过来,两张笑脸。

我当然懂车。在李波扬捏着嗓子念叨的那个国际大都市里,我打过至少七八种工,但干得最久的工作就是每天晚上当代驾司机。什么型号的车里可能飘着什么气味的香水,里面会坐着什么样的车主——是横在后座上吐得不省人事,还是在副驾驶座上大叫大嚷抢方向盘——我都有数。我知道,以现在的行情,李波扬这一款,哪怕是在正规店里买新货,二三十万也完全拿得下来。但我决定装傻。再说了,二三十万的宝马虽然有点可笑,但换了我照样买不起。

我决定把傻装到底,所以我没问他是怎么发财的。然而,车才开出去,李波扬的那张嘴就再没离开一个钱字。"钱转起来才是活的,我也是这两年才想明白这件事。"他深吸一口气,"你得想,闭上眼睛使劲想,想象整个世界的钱,你懂吗,其实是连在一起的,只不过暂时分在不同的口袋里。"

"就好像咱们身边这片湖,"其实湖离得很远,他的脑袋只好往两边都转了一下,反正总有个方向是对的,"咱们从小靠湖吃湖,但每年这片湖都有枯水期是不是?不要紧啊,咱得记住,更远的地方还有条大江呢。有那条江在,湖总会装满的。时间问题……"

"满了就会发大水,"我慢慢地,冷冷地说,"你倒不怕把你家房子淹了?"

"我这是打比方啊老同学,"李波扬只是稍微顿了一下,兴致一点儿都没减,"你脑子比我灵多了,真要玩上手,钱转得比我快。"

直到十天以后跟安吉拉讲起这些事,我才意识到我和李波扬之间的默契。总之,我不接口,他也不挑明。我们好像都认定,一旦把那个词儿说出来,它就失灵了,死了,会像一具碍事的尸首,横在我们俩中间。那我们还怎么说得下去?所以我们讲话自觉地绕着圈子,跟他的宝马一样。县城就那么巴掌大点地方,车绕足一圈半,开到一栋两层楼的红顶白墙的砖房跟前。他刹完车跳下去,动作流畅得就好像眼前坐着一排观众。"我平常都在这里,楼上可以洗把澡睡个觉什么的,楼下当办公室用。"

看我还在发愣,他诡异地一笑:"眼熟吧?好好想想,你来过。"

十年前还是十五年前?那时候县里还有不少人,最新鲜最时髦的人和物都喜欢待在台球室。我不一定是在这里学会抽第一根烟的,也许是在城东那一家。如果在这里抽的是第二根,那么,紧接着,也是在这里,我的脸上遭遇了初吻。我初一,那姑娘职校,刚从她省城的表姐那里偷到一根断了一半的唇膏,几乎全都抹到了嘴上。"名牌。"她用食指抹我脸上的唇印,想想不太舍得,又伸出舌头舔舔食指。

"现在没人玩这个。城东那家也快要关了。我接过来改造了一下。"

回过头去想那时候,总是隔着大团大团的烟。我这不是在比喻,是真烟,而且是劣质烟。同样的房子,外面阳光普照的时候,台球室里也是灰蒙蒙的。这种灰和整个县城连成一体,无法分割。不像现在,李波扬叫人新刷了漆,多开了几扇窗,多加了一层楼面,从里到外都透着亢奋。于是这房子反倒古怪起来,执意不理会四周的寥落,自顾自地傻嗨。

他似乎懒得摸钥匙开锁。从玻璃窗望进去,办公室一半亮,一半黑,七八台半新不旧的电脑,竖着天线的路由器,地上到处是连上线或者没有连上线的接线板。"我带的那五个小子,都扛着钱过年去喽,"他侧身站在窗前,阳光斜照过来,他的脸上也是一半亮,一半黑,"你是没瞧见热闹的时候,人人都在往外拨电话。你可以用手机,也可以用电脑群发……呃,技术的事儿,你要是有兴趣我待会儿细说。"

我一阵烦躁,急着摸烟。他手快,一根中华直接送到我嘴边,刚叼上,打火机又凑过来。"有的忙是真好啊。只要有三五个人在屋子里忙活,整块地就热气腾腾,看起来就跟你们大城市里的证券交易所差不多。一座房子,一座村子,都得有人气才行。人气人气,非但有人,还得有气,大家都要兴兴头头,知道忙了也不会白忙,这样才好。"

我知道他在说什么。这些年尽是一拨又一拨到沿海打工的后生,县城以及周边的村子都像给扫荡过一样,冷清得可怕。全国各地都这样。李波扬前年在南方打工,接到家里电话说老娘摔断了腿。他跟新娶的老婆算账,他修空调比她洗盘子挣得多,就打发老婆回家照应两个月。才两个月啊,这娘们生生地就跟回家探亲的吴德清跑了,据说是跟人合伙到越南去开工厂。昨天他满场飞的时候,身边至少有五六个人都在小声议论这事,东一句西一句,拼起来大致是这个样子。可能有半句飘进了李波扬的耳朵,我还以为他会生咽下去,可他并没有。一丝诡异的笑意,从他鼻翼向面孔两侧展开。"现在老子就在这里不走了。就算这娘们回来找我,我也不认得她了。"

"李总好风度啊。"桌上有人用筷子敲着碗边喝彩。

"跟风度没关系。我是没空,忙,挣钱还来不及。"

一支烟抽了大半,我还是没想好怎么问下去。问深了不好,问浅了也不好。关于县城这两年的传言,我爸说过两嘴,网上也查得到,它始终静静地躺在我眼角的余光里。只要多看它一眼,我知道,我的太阳穴就会一跳一跳地痛起来。但我总得跟自己说老实话吧。我有点喜欢眼前的画面:砖墙上有人用粉笔写过什么又被涂掉的痕迹,我们在装作谈论一件好像永远都会继续下去的事业,说到紧要关节就狠狠地在窗台上摁掉烟头。

"这年头能搞到五个劳力,不容易。咱县里,就你一家这么干?"

我是明知故问。他大概也知道我明知故问。他先是挥挥手支应一句"各干各的",然后压低嗓子告诉我,这一带,村子越小,干这行的越集中。"不过他们不挑活,不像我,"李波扬说到这里,头又抬起来,音量恢复正常,"我只带人干我瞧得上眼的活。"

我又听了一会儿,大致听懂他的意思。村里搞的是人海战术，县里——或者说李波扬这里——玩的是设计套路。以前一个套路可以管三个月，现在一个月就在网上传开了。不过，话说回来，安全账户的套路老不老？电子密码器失效的套路老不老？你不怕寒碜照样用，一天发几百条，十天半个月总有上钩的。

"那你们——他们——到底发给谁呢？"我总是在他说到最兴奋的时候插一句，表示我还在听。

"随机发当然可以。不过，如果想多中两个奖，可以买号码。村里也有专卖这个的，八百块买一万条连名带姓的电话号码，怎么样，不贵吧？"中奖，他终于找到了让我们俩都松一口气的词。这个奖你不知道什么时候能中，也不知道能中多少。想法干一票大的，以后就不用再干了。像李波扬这样一本正经当师傅的，跟手底下几个徒弟肯定说过这样的话。

我惊叹了两句，私人信息原来这么不值钱，这么容易就弄得到。"那是啊，哪怕用最笨的办法，你到废品回收站去蹲两天，有多少名片通讯录快递单上都白纸黑字地写着名字、地址和号码？你换个手机，用那个软件，叫什么来着——反正你用它把信息统统同步到另一个，你以为这个过程不会泄露？还有，你们城里人办个手续买点东西，不是动不动就上网的嘛，留下多少漏洞你想过吗？再不行就满世界发链接，逮着一个倒霉蛋就送他一个木马程序，什么信息都套得出来。反正他们有的是办法，具体我不懂，也没必要懂。我只管花点小钱买下这一大堆，嗯，就当它们是彩票好了。总有中的时候。"

"然后呢?"

"其实接下来的这一步最关键。你得学会筛。你能中多大的奖,主要就看你会不会筛。你想想,一个孤零零的号码有用,还是一对互相之间有关系的号码有用?如果有很多对呢?用处是不是更大?"

"不一样的关系,能变出不一样的套路。"我下意识地接了一句,声音轻得只有我听得见。我以为只有我听得见。

"开窍了,嘿嘿,我就知道你会开窍。这里不比你们大都市,这里找不到几个开窍的人。说真的,咱这里还是小打小闹,跟南方没的比。人家现在搞出一整条产业链,刷客,卡商,黑客,月入百万。我也不懂,我也在学。"李波扬在窗台上掐掉第三个烟头,顺势在毛糙的砖面上划过一条黑线。

李波扬的表情越来越正经,像那种在台上做报告的领导,讲形式很严峻发展是硬道理。我本来想说昨天我还在新闻里看到台湾人把基站放在马来西亚,抓他们还得出动国际刑警。我想说有一天你可以把这生意做到越南,顺便把你老婆找回来。可是他的模样太认真了,四周没有一丁点可以开玩笑的空气。

一辆小卡车懒洋洋地从正前方驶过,车速慢到我不可能不注意它。车厢四周贴满红布,布上的白色美术字一个个蹦到我眼里。坚决打击电信网络新型违法犯罪行为。打防并举,彻底铲除。这样的宣传车在小县城里从不过时,通常还会装着高音喇叭,会有痛心疾首的女声由远及近,再由近及远。大概因为还在过年,有人关掉了高音喇叭,只剩下标语在默默地移动,看上去既冷清又滑稽。就好像,全世界都在过节,但街上总会游荡着孤魂野鬼,一个个都努力绷着严肃的、人类的脸。

我们都装作不知道对方也在盯着那车看。我的眼睛都没有眨。

三

有些事情,你听一遍,跟着笑笑就过去了。直到你把它从记忆里挖出来,一勺子一勺子挖出来,滑溜溜地黏在自己的舌头上。非得让你的牙齿和舌头卷一卷,嚼一嚼,非得让你用自己的话再讲一遍,你才会意识到,这件事情到底意味着什么。

尤其是,当你开始讲的时候,正好选在这样的时刻:你刚从安吉拉结实的身体上爬下来,鼻子里全是她头发上的冷烫精味道。她在你耳边奇怪地哼哼唧唧,你搞不清楚这代表她满足了还是没满足。谁他妈搞得懂女人?最安全的办法就是该干的时候卖力干——三十来岁的男人如果干这个都惜命,你就真的可以去死了——完事以后什么也别聊,倒头就睡。她们如果没到位,就会跟你找茬儿,就会看什么都不顺眼,砸掉几个倒霉的碗。如果她们到位了,你甚至更惨,她们的哼哼唧唧不知道什么时候变成了呜呜咽咽,你听不清楚她们在讲什么,但你从她们爬满眼泪的脸,从她们肩膀晃动的样子,知道她们在等待你答应什么,承诺什么。她们在等着你发个誓,好把她们刚才飘到云端里的感觉固定下来。男人排空下半身之后,像潮水一般袭来的睡意,除了帮助你缓解疲劳,其实更大的好处,就是避开女人那些可怕的仪式,避开说那些恐怖的词,永远,一辈子,戒指,爱。

半梦半醒间,你总是能依稀感觉到女人抱住你的腰,听她在你耳边口齿不清地叫你骗子。你心里恨恨地想,我要真是个骗子也不至于混得这么惨。一个转身,你坚定地入睡,清楚地听见自己在打呼噜。

然而这一回,你的脑袋却没跟着身体一起放空。光着软塌塌的身体,盯着天花板,想要开口说点什么的人居然是你。你竭力回想着李波扬的语气,他对你的态度显然比对他徒弟更恭敬,他一边说一边小心翼翼地观察你的反应。他故意把人称搞得含含糊糊,实在没法避开的时候也不用"我"——他只肯说"我们"。他说"我们"的时候亲热地拍拍你肩膀,让你自然而然地成为他的同谋。他是这么开头的:"比方说——"

"比方说,"你仰面躺着,左手在安吉拉汗津津的大腿上滑动,"有个老板。"

"就是我们发廊的那种老板?"安吉拉难得看到你的话这么

多,兴致勃勃地插嘴。

"身家比你们强尼大多了——大老板,懂吗,有私人司机那种,喝醉了也不用请代驾。"李波扬并没有这么说,但你愿意这么想。好像老板越大,整件事情就显得越正当。

这个老板有个秘书。李波扬没说秘书是男是女,但你觉得她应该是个女秘书,那种胆子还没大到坐到老板腿上,心里却总在揣测老板口味的女秘书。"有一天秘书收到一条短信,"你的手突然在安吉拉腿上停下来,"是一个陌生的手机号,但是能准确地喊出她的名字。那条短信告诉她,这个是她老板的新手机号,原来那个不用了,千万记得存一下哦。"

"这样就能上当?"安吉拉想翻身下床,被你按住。"如果她打老板原来的电话问一下,就一定能拆穿了。"

李波扬可没有解释为什么,你只好顺着安吉拉的问题,自己给故事添油加醋。"可是她为什么要打呢?晚上,嗯,是晚上,九点多的样子,秘书想,难得老板跟她这么不见外,难道她倒要傻乎乎地去证实吗?万一这个点打电话被他老婆截到怎么办?万一这个新号码老板只给特别亲密的朋友呢?"

你兴奋起来。好像房间里凭空下了一场雨,细节像蘑菇 样从阴暗潮湿的地方一串串冒出来。"所以秘书乖乖地存下了号码,嗯,那天她睡得很香。到了第二天——真的,其实只需要一个晚上的美梦就够了——她就对这个新号码确信无疑。从此以后,她有事找老板,就会打这个新号码——"

"那不就彻底露,馅,了?"出租屋里的热水器年久失修,根本调不高温度,安吉拉被头顶上浇下来的水冻得打了个激灵。字与字之间,你能听到她的牙齿咯咯作响。为了取暖,你跟她一起挤在水龙头底下。你抱住她,她的面孔正好抵住你的锁骨。

"事情好玩就好玩在这里啊,"有那么一刹那的工夫,李波扬得意的表情从你和安吉拉的身体之间飘过去,"他们哪有那么笨呢?这个电话早就设置好呼叫转移了。秘书一拨新号码,就自动接到旧号码。所以,你懂吗,说话的还是这两个人,但移到了另一条电话线……"

你和安吉拉同时爆发出笑声,笑声与水花一起溅在墙壁上,听起来潮湿而刺耳。屋子太小了,马桶、淋浴龙头和煤气灶几乎连在一起,跟睡觉的床铺也就隔着半堵墙。房东说这叫一室半,六十年前造的工人新村的老户型,麻雀虽小五脏俱全。"我要是再贪心点,"他说,"摆五张上下铺群租,房租至少再多收一千。"安吉拉说这话不夸张,你们不见面的时候她就得睡到发廊边上的群租房里去,这里头的行情她清楚得很。所以,有时候,你会疑心她有事没事地要来你这里睡觉,其实只是为了睡觉。

每个月五号,房东总是在隔壁棋牌室打完通宵麻将以后清早来敲门,耐心地等着你穿衣服刷牙磨磨蹭蹭。你不凑齐那一堆皱巴巴的钞票,他是不会走的。他说十年前就在无线电厂下岗内退了,他说还好手里多一间房子。"我只要现金,"他说,"家里开销就靠收房租。卡里的下岗工资十年没动过了,那是要攒起来给儿子讨老婆用的。我就一张卡——要那么多卡干什么?搞不好还会给骗子骗掉,我家老太太……"

房东说的是他八十八岁的妈。他妈的故事你不是第一次听,然而你每次听都会像第一次那样,用鼻子发出鄙夷的声音。中央首长的保健医生开发的神药,连吃一年保三年不生癌,连吃三年保十五年。今天付钱,明天退款,还全额退款,这是在做慈善,嗯,也可能是临床试验……好吧,都说到这分上,还有人要哭着喊着跑到银行去给骗子打钱,银行保安拦也拦不住,那还有什么好说的?

你懒得想下去。你的思绪已经在岔道上拐了个弯。你在想,用大老板的名义骗,这算不算骗?骗一个秘书的钱,一个想上老板的床的秘书,算不算骗?这个念头还没飘到眼前就被你举起手轻轻挡开。然后你的手落下来,揉揉安吉拉的头发。从安吉拉的笑声里,你也听得出,她也觉得这不算骗,至少跟老太太受的骗,不是同一种。

"呼叫转移——但是钱呢,钱呢?"安吉拉从龙头底下冲出来,抓起毛巾就往床上跑。房间小,不用跑很久。从你的角度看过去,她几乎就是往那个方向扑腾了一下,便准确地摔到了床上。

你几乎是吼着告诉她答案:"一个月以后,秘书收到一条短信——"

"临时去日本出趟差,正登机。有笔钱来不及联系财务,你先帮我垫付一下。三十万。回来送礼物给你。账号是……"你回忆着李波扬的语气,一个字一个字地背下来。

安吉拉用被子裹住肥嘟嘟的小肚子,大腿和两只乳房的上半个圆露在外面。她抓起一只枕头捂住嘴,吃吃地笑。你注意到她最近又白了。在大城市里待着,尤其是在大城市的发廊里待着,就好像天天在吃漂白粉。她甚至变得更聪明了,刚才还半闭着的眼睛猛地睁开:"对啊,老板这么信任她,不拿她当外人,她当然要冲到银行去提款啊。砸锅卖铁也得转啊。再打这个手机,那边已经关了,当然也没有什么呼叫转移了。她肯定想,不奇怪啊,老板一定是在空中飞着呢。"

到日本怎么也得飞三个钟头吧。足够女秘书含着微笑,怀里揣着美好的未来,把所有的积蓄,甚至问东家借一点,西家挪一点,凑足三十万,统统打进那个账户里。

四

没下雨,路面干燥,一整条路都没在修,每一盏路灯都亮着。我住的房子和我要去的饭店正好在这条主干道的两头,只需要过四个路口。然后我应该开着客人的车,在地图上拉个对角线,从城里的这一头开到那一头。我知道那一头的别墅区离地铁站不远。

干代驾的不是每天都能碰上这样既省力又赚钱的大单,而且还是刚过九点的第一单,这简直是个奇迹。我支起折叠滑板车,小腿肚上的肌肉微微打颤。刚才跟安吉拉闹得太疯了,无论如何出门前应该眯一会儿的。可我连眼皮都没合,一秒钟都没有。

非要踩上滑板车,非要迎面吹来的夜风灌进鼻孔里,我才感觉到有什么东西又回到了我的身体里。至少,在这种状态下,哪怕冒出再奇怪的念头,我也很清楚这是我自己想出来的。我不用在想象中把自己劈成两半,把弄不明白的事情统统推到对面那个人身上,我不知道怎么称呼他,我只能说你你你。你啊你,你倒是说说看,这算不算骗?

一个完整的人,哪怕像我这样瘦,肉身也是沉重的。用力蹬一下滑板车,这感觉特别明显,好像总有什么要迎着风从眼睛鼻子嘴巴耳朵甚至肛门飞出去。几万分之一秒的挣脱,然后是几万分之一秒的坠落。我重重地固定在我之中。

所以,我在第二个路口停下来,拿出手机——对于这一串动作,我没什么可以推脱的。我没有办法说,我中了邪或者被鬼迷了心窍。我在这台双卡双待手机上打开另一张卡,从没用过的那一张。李波扬送给我的时候,我只是顺手塞进口袋。把它装进手机是春节过后,回城的火车上。那天,我买不到硬座,怀里揣着站票,把行李箱横在厕所边上的过道里,人就靠着箱子坐在地上。厕所的门开开关关,臭气一阵阵飘出来,一连有几个拎着裤子从里面出来的人一脚踩在我的箱子上,每踩一次就骂一句。我随便数数,至少有九个中文的卧槽和六个英文的发克。安吉拉连着拨过来几次电话都被我按掉。我想那时我烦透了,所以我不仅关掉了手机,而且打开后盖。卡槽上的空当,那个一直就存在的空当,显得格外刺目。

"放心,这张卡是用真人身份证实名注册的。我李波扬送佛送到西,配套供应。"

我没有傻到追问这张真实的身份证或者身份证复印件是从哪里来的。他供应的套装里,还包括几个电话号码,以及这些号码的主人的名字、身份,还有他们手机里的全套通讯录。一个名字就是一张关系网。

"不信你挨个查查,全是住在你那国际大都市里的。有头有脸,都是我筛出来的优质资源。大过年的,这就当送你个红包啦。"

"弄到这些你花了多少钱?"

"这就看你怎么算啦。买信息当然要钱,但这不重要。重要的是经验。你说经验值多少钱?"

"但是我没经验啊,我也不准备干你这行。这个红包对我没什么用。"我想我当时的语气一定不够坚决不够有力,否则他的脸不会在同样有气无力的阳光下,立刻堆出笑容来。"拿着吧,有备无患。就当存着一张不会过期的彩票,随时开奖。要不然,明年春节你再来,如果没用,原封不动还给我。"

我的视线避开他的脸,他的眼睛。李波扬比我见过的所有人都自信,他认定明年此时,我还能在这里找到他。安吉拉总是跟我说,如果强尼卷走那些老客户预付卡里的钱,拍拍屁股走人,她一点儿也不会意外。哪怕是明天也不会意外。城里所有的发廊、美容院、健身馆,哪怕是看起来很高级、只有外国人进去的那种,不也都是这么干的?但李波扬的语气、表情,跟这些人都不一样。他简直是当着我的面,认认真真地在钓竿上装好诱饵,然后向我甩过来。他胸有成竹,他拿我当个人才,他甚至用上了"优质资源"这样时髦的词儿,听起来比我见过的那些醉得满车乱吐的老板都更像老板。我想他不但相信我明年春节会回去,甚至还相信我会留下来,留在这栋红顶白墙的砖房里。这里是他的——那地方叫什么来着?——这里是他的华尔街。

滑到第三个路口时,我已经圈定了目标。在李波扬的名单上,冯树排在最后,备注上写着"导演",李波扬用记号笔在这两个字旁边画了个问号。在李波扬看来,相对于排在前面的经理,导演是一种非常可疑的职业。"性价比可能有问题。"李波扬说。这话听着耳熟,他在跟我讲完那个呼叫转移的故事之后,也这么嘟囔过一句。"你想你得花上一个月等机会,夜长梦多。回报率还不如那些老套路高,比如恭喜中奖那个,真的是实报实销。群发个几百人,总有人转点零花钱给你。"

"那你为什么还要讲那样的故事给我听?"

"这个……我就是觉得好玩。这种高级玩法,我的徒弟听不懂。你懂。"他说你懂的时候,眼睛隔着玻璃闪闪烁烁。我这才意识到,昨天晚饭时他并没有戴眼镜。平光眼镜。

"这事情到底是不是你干的?"

"不管是谁干的,你觉得有区别吗?老实说,有时候我自己也搞不清楚。我今天跟你讲的是登机打钱,明天就是绑架交赎金,我就这么一说,你就那么一听。"

我搜过冯树,可是网上讲得含含糊糊。冯树应该不是那种影视剧导演,我看到他的名字跟几部陌生的话剧联系在一起,好像还在戏剧学院里兼着教授。我想象不出有谁会随手给导演打钱,可我还是放过了一个广告公司的客户经理和一个保险公司的行政助理,直接调出了导演的通讯录。

我最多只能在这个路口磨蹭三分钟。这点时间只够我把短信发给三四个人。我在短信里亲热地喊他们的名字,请他们务必更新号码,在落款写"冯树敬上"。最后两个字突然从我手指头冒出来的时候,我打了一个激灵,好像所有的中学语文知识都在这一刹那活了过来。导演是不是应该这么文绉绉地说话?我不知道。我只知道,我在努力想象自己就是这个叫冯树的文化人。从一个人变成另一个,李波扬需要一辆宝马,一件花格子呢西装,加一副平光眼镜,而我只需要两个字。

我判断不出客人的年龄。被霓虹店招的光衬着,他看起来也就三十五岁。从后视镜看他钻进车里,垮在后座上,我又觉得这完全可能是个五十三岁的男人。车是奥迪,旧款,怎么开都不出错,怎么开也没快感。三言两语一搭脉,我就知道这人的酒喝得不多不少,刚上头,正是最爱说话的阶段。

他问我的折叠滑板车多少钱,如果路很远我怎么来得及滑过来。对对对地铁啊还可以地铁,他说,我我我在地铁里看到有人拎着你这种车的。他把问题一个接一个扔出来,我端着方向盘在心里数五六秒,他便把这些问题挨个收回去,忘掉几个,自己再解决几个,并且对自己的答案表示满意。他问我大晚上的开车送一帮醉鬼回家是什么感觉,然后哈哈哈大笑三声说这还用问吗能有什么感觉?他说我肯定会在心里笑话他们,我在驾驶座上摇摇头。我想他没看见我摇头。

夜斜在车窗两边,嗖嗖地往后倒。喝了酒的男人一阵冷一阵热,我能听见他的手一直在按车窗键,所以风一时从背后吹来,一时又停下。高架桥上看到的高楼都只有半截,缺笔少画的灯箱广告牌拼成一张空落落的、拔去好多牙的嘴。我老是想抓起身边的随便什么东西,扔出去,填上这张看不到边的嘴。我当然抓不到什么,我只能使劲往嘴的深处看,简直能听到那种从喉咙口发出的呼噜呼噜的声响，像黏着一坨浓痰。

比起那些开出租的，我这份工收入不稳定，也没人给我买五险一金。我得时不时地在白天打点零工填补亏空，比如到哪个装修队里凑个数，帮着砸掉两堵墙。不过，哪怕再让我选一次，我也不会去开出租。白天，这座城市的每段路都丑得没法看，我没法不走神，没法不打瞌睡。堵在十字路口前的转弯车道与直行车道中间，两边都看不到希望的时候，我不相信我控制得了自己的脾气。还有，也许我能管住自己的胃，却没法控制我的膀胱，我讨厌开着开着突然跳下车去找个绿化带就地大小便。女司机连这么干的资格都没有，她们憋极了会哭，哭着开进路边的学校里，央求让她停两分钟去趟厕所。"路上到处都是黄线，都是。"她们哭着说。

代驾不一样。夜晚的道路对司机比较友好，夜色也比较适合哄骗自己的眼睛、耳朵和头脑。不管是保时捷法拉利还是劳斯莱斯，都是我开的——它们的主人暂时放弃了控制权。哪怕转错一次弯，客人也不会像在白天那样突然尖叫起来，指责我是故意的，就为了多挣几块钱。至少有那么几分钟，我会沉浸在愉快的错觉里：路是我的，车是我的，整个夜都是我的。

手机就是在这愉快的几分钟里响起来的。第一条短信进来时我甚至没听见。客人在一声高一声低地自言自语，我在哼着尧十三的黄色歌曲。这曲子配他的唠叨倒也不难听，我想。我发誓，在那几分钟里，我已经完全忘记了冯树这个名字，忘记我在半个小时之前还用过他的身份。

第二条进来的提示音正好跟那句关键的歌词重叠，以至于，我觉得我刚刚压低嗓子唱完"鸡巴"两个字，就听见一记清脆的、类似于放屁的声音。接得实在太巧了，我只能一边开车，一边用眼角的余光搜寻声音是从哪里发出来的。手机亮着，我腾出左手按了两下，两条短信一起跳出来。

——冯树老师，您这是什么意思？拉黑了我一个月，又扔个新号码给我，我打过去还是忙音。您是在故意逗我吗？

——你给个机会，我可以好好说话。我有事情要告诉你。

我差点以为是安吉拉出事，腿一抖，在眼看着要闯过红灯时终于踩住刹车。此时大半个车身已经跨过停车线。幸好后面空着一大段，没有车逼上来。这个路口的红绿灯要等三十秒，足够我用三秒钟意识到这两条短信都来自那张新开的卡，而且来自同一个人。剩下二十七秒，我的脑筋飞快地转动，把这两条的内容合到一起，拼出一个名叫萧萧的女人。

萧萧是冯树的学生，也许不仅仅是学生。萧萧被她的老师，也许不仅仅是老师，拉进了黑名单。萧萧接到了她以为是冯老师其实是我发的短信。萧萧以为在黑夜里看到了一束光。萧萧想抓住这束光，她打了冯老师的新号码，却被我设置的呼叫转移挪到了冯老师的旧号码。那边还是冷冰冰的忙音,拉黑的并没有变白。冯老师也许正在睡另一个女学生,他什么都不知道。

后来回想起来,我有一万个理由学着冯老师的样子,当场把萧萧拉黑。看样子冯老师是个成功的男人,让成功的男人头痛的女人一定是个麻烦的女人。一个有专业精神的骗子不应该自找麻烦,他的好奇心必须适可而止,为他的目标服务。更何况,冯树拉黑萧萧的号码,也许就跟我按掉安吉拉的电话一样。我敢打赌,天下没有一个男人不能理解这种快感。

然而红灯在这一刻换成了绿灯。我的车,不,那男人的车,一个趔趄,往前冲。前面一马平川,车很快就达到了最匹配它性能的速度。在这种速度下,不是我在开车,而是车在开我。后座上的男人话越来越少,我几乎能感觉到酒精在他的大脑里弥漫的路线。管说话的和管思考的区域应该都沦陷了,接下来那块可能管做梦,因为我听到了他粗重的呼吸正在变成含糊不清的梦呓,夹杂着几声反胃和咽口水的声音。我取得了真正的统治权:如果我乐意,我可以随时来个急刹车,让他吐出来。

人在这种进可攻退可守的状态下容易产生幻觉,他会觉得对任何事情,那些跟他不相干的事情都有发言权。他甚至觉得这些事靠自己耍点小聪明就能解决。萧萧的第三条短信就在这时候闯进来,它是那么清晰、简短,像一道闪电。

——我想我怀孕了。

五

事实证明,这一单生意并不好做。我是说代驾的这一单。我不晓得这个人到底喝了什么酒,这种酒精到底要让他的情绪转几个弯。总之车到他家以后,我只好耐心地等着他醒过来,发呆,然后毫无预兆地捂着脸哭出声。

"一个人,他妈的我一个人喝。"

可你至少喝得起酒。

"干马提尼。到第三杯就喝不下去了。"

这是我见过的酒量最差的客人。

"你懂吗?就他妈一个人怎么喝,九点就买单走人。"

可这车是你的,这独栋别墅也是你的。

最后我也毫无预兆地嚷起来。我说你能快点哭完吗,我还有生意要做,我得蹬着车滑到地铁站,然后至少坐五站才有希望接到人,这里是别墅区不是酒店区,这里没有生意做你懂不懂。你喝酒的时候,有人在加班有人在偷东西,还有人在怀孕。所以你能不能快一点?

他被我嚷傻了,递来三张一百说别找了。我没客气,揣进口袋,蹬上滑板车,头也不回地往地铁站跑。进站前,我拿出手机,回复萧萧:忙着。别闹。过会联系。

萧萧果然安静下来。一整个晚上我都在想关我屁事回家就关机睡觉。半夜三点摸黑进门,安吉拉睡得人事不省,月光透过破窗帘洒在我这边。插座在床头板斜下方,我抓起一只枕头垫在屁股和半截翘起的地板之间,插上手机充电。切换到新卡的微信账号只需要两秒钟,新账号自动搜索到萧萧的号码只需要十秒,去年用几百块买来的旧智能手机——多半是小偷卖给二手店的销赃货——质量好得简直像个阴谋。

萧萧飞快地加上号,一秒钟都没有耽搁。我想她一定是守了大半夜,手机都被她捏出汗来。我决定先发制人。

——这么晚还没睡?

——你怎么忍心让我等这么久?

——刚忙完。

——你怎么忍心一直不接电话?

——别打了。我还屏蔽着。

——你怎么忍心?

半夜三点钟,一个只会说"你怎么忍心"的女人,显然没有足够的判断力来怀疑我的身份。眼看着要掉下悬崖的人,就算眼前惟一一根枯藤上长满毒刺,她也会死死抓住吧。我一阵得意,揣摩着冯老师的语气,又向前跨了一步。

——打电话就吵架。我觉得我们得换一种方式交流。

——那你能保证别把微信也拉黑吗?原来的那个就没法

用了。

——我保证。只要你乖。

紧接着发来两大段语音。我贴在耳边听了两遍。沙哑的女声被哭腔拉扯得走了形,听起来像一团黏糊糊的纱布。句子颠三倒四,说到一半音量突然拉高,直冲耳膜。我听懂三件事:冯树的老婆坐完"移民监",从美国回来了;萧萧答应过冯老师不去打扰他;萧萧后悔了。

"我答应你的时候不知道我会怀孕。"她尖叫,就好像怀孕不是怀孕,而是半夜在厨房里打开灯,赫然在她眼前蹿过的老鼠。

我没法替她抓住老鼠。所以我什么也没说。又过了几分钟,她发来一个哭脸,两个字:我乖。

——太晚了,先睡一觉,总有办法解决的。

——好。

安吉拉在床上翻了个身,手越过中线,伸到我这一边。我关掉手机,先是腿再是胳膊再是脑袋,慢慢填上她身边的空位。她嘴里咕哝一声,没醒。我轻轻抬起她白胖的胳膊,帮她侧转回去,掖好被子。也许是我的错觉,月亮仿佛又升高了一点,整张床透亮透亮,就像泡在清水里。

我是个骗子,我想,通讯录里还有很多猎物,他们都背着沉甸甸的钱袋子。我数着钱睡过去,醒来才发现,那个说过会乖的女人一点都不乖。我的微信里多出几十条信息,一条条看完已将近中午。这些文化人,上大学读这个士那个士,就是为了大清早写出那么多废话。对他们来说,这就跟刷牙漱口上厕所一样自然。照照镜子,我看到我歪着嘴角一脸苦笑。我只是个兼职骗子,身边只有一台手机两张卡,我家里也没有什么跨国大基站。我得尽快摆平了这一个,才有力气对付下一个。

反正我不能被猎物牵着鼻子走。我决定先晾她一会儿。安吉拉一大早就去发廊上班了。今天装修队不开工,对街的黄焖鸡米饭生意清淡,用不着我去帮忙。姚胖倒是电话过来问我有没有兴趣跟他一起倒腾一场演唱会的票子,我说不干,手头周转不开。水咕嘟咕嘟冒泡,我先扔了一块方便面,想想从昨天晚上到现在就没好好吃过什么,又往锅里扔下一块。

吃得下第一块,就吃得下第二块。我脑子里叮一下亮起一盏灯。

我去抓手机,打开新卡,往冯树的号码发一条短信。内容是现成的,我只需要换一种语气,改掉几个字。两包方便面的调料一起跳进锅里,红烧牛肉和辣白菜猪肉的味道在小小的房间里夸张地扭作一团。有那么几秒钟的工夫,我觉得我快要被这股香气活埋了。

——冯老师,这是我的新号码,您存一个呗。原来那个号码不用了,原来那个萧萧也……想明白了。您可别拉黑我,就当收了个新学生。

如果我是个女人,我是说如果,我至少能挑男人爱听的说。我才不会傻到眼看着人家在到处躲我,还冲上前去嚷嚷我怀孕了。从萧萧眼前蹿过的老鼠,在冯老师眼里就是一条蟒蛇,或是一口把他吞下去,或是将他越缠越紧,直到他断气为止。

冯老师当然不会那么容易断气。过了一小时,我便确信他没有拉黑我的号码。一切顺利,微信自动搜到冯树的号码。我默默地加上他,他默默地点了"接受"。沉住气,我对自己说。现在我这个号码的微信上只有两个窗口,一个冯树,一个萧萧。不管在现实中他们发生过什么,即将发生什么,此时此刻,在我的手机上,他们紧挨在一起。他们就像两个扎在一起的气球,只有我看到气球上的小洞,看到有什么一直在往外漏。秘密,李波扬说,就是权力。天晓得这两年他是从哪里学来的这些神神鬼鬼的理论。

冯树主动打破沉默的时候,我一点都没意外。

——萧萧,看到你心态很好,我很高兴。

——嗯。都不容易啊冯老师。

——你懂就好。工作还习惯吧?要不要我跟你们主编再打个招呼?

——不必。薛老师很照顾我。谢谢你给我介绍杂志社的工作。

我能准确地叫出"薛老师"。为此,我的手背上兴奋地起了一层鸡皮疙瘩。萧萧在清早发来的话,那些多愁善感的絮絮叨叨,突然都有了新的意义。一种口吻,几个名字,错乱的细节,零碎的情绪,只要我有足够的耐心把它们收集起来,总有用得上的时候。每用上一次——只要不是拧着用——我就能换来冯树更多的信任。反过来也一样。

两块方便面果然提供了更充足的能量。我觉得我脑筋的转速又跑到了时间前面。两个窗口都在有一搭没一搭地亮着,我保持着舒服的闲聊的节奏,把他们的对话搬来搬去。当冯树问"你怎么突然就想明白"的时候,我把萧萧所有的话都搜索了一遍,找到一个法国作家的名字。凭着这个古怪的名字,我在网上搜到一大堆忧郁的男人的侧影,他在每张照片上都穿着看起来并不暖和但应该很贵的呢大衣,他总是竖起领子抽着烟。他好像说过很多话,都是那种可以印在书上的警句。我有时候真是搞不明白,为什么有的人只是讲话有点道理,就可以凭这个吃上饭,买看起来并不暖和但应该很贵的呢大衣。如果按这个标准,李波扬每句话听起来都很有道理。他能开上宝马,把红顶砖房变成他的华尔街,也得算是一件合理的事情。

我挑了一句。每个字我都认得,但我没法解释这究竟是什么意思。我把它贴在冯树的窗口。

——因为,没有对生活绝望,你就不会爱生活。

我简直可以看到窗口抖动了一下,虽然我知道我看不到。我觉得冯树在极力压制那种仿佛终于对上密码的喜悦。

——你还那么喜欢加缪吗?

我顺手把这话扔到了女人的窗口。

——怎么可能不喜欢?我反抗,故我在。

六

反抗不是个谁都能用的词。至少你得站高一点,哪怕爬几格楼梯也好。电影里都这样,镜头往上仰,人看起来比平时高。你得穿着皮鞋,皮鞋头擦得干干净净,但是最好别发亮。他们会说,发亮的那种有点土。他们也爱穿运动鞋,纯色的帆布鞋和夸张的气垫鞋交替着穿。你从他们的鞋往上看,有时候居然能看到男人穿着黑色长袜,外面套着七分裤,再往上会有墨镜和反戴的棒球帽。这样的装束,必须配上歪着的脑袋和歪着的嘴角才合理,隐约可以见到他们的牙齿上粘着口香糖。他们脚下的电动滑板车是真正的滑板车,他们不需要用什么力气,手里握着遥控器就能控制滑板的方向和速度。他们就像踩着一台电熨斗,绿光一闪一闪,从林荫道上压过去,路面上简直要咝咝地冒出热气来。

他们从你身边滑过时,你觉得有目光透过墨镜,朝你简陋的折叠滑板车瞟了一眼。只要那一眼,你们就交换了彼此的身份:他是在反抗,而你,是个代驾司机。

萧萧是不是属于这类人,你有点吃不准。你把她的朋友圈相册全过了一遍,没看到几张她的自拍,就算有也是背影,侧面,或者抱着一摞书正好遮住大半个脸刚好露出两只眼睛的那种。这些照片拍得很讲究,而且不是那种用修图软件修出来的讲究。在这些照片上,光总是聚在合适的地方,周围总是没有多余的东西。你想,她在杂志社工作,跟着摄影师蹭两张好照片也是应该的。就像安吉拉在发廊里天天蹭这个发膜那个精油一样。"我是帮他们练练手。"她总是这么说。

你站在萧萧的杂志社门口。你觉得这块地方并没有照片上那么好看,地上有水坑,花砖这里向上翘起一块,那边往下陷落一截,踩上去一脚高一脚低。弄堂好长,经过一个突兀的拐弯,你才能撞上杂志社白底黑字的门牌,看到一只白猫从一堵波浪形的矮墙上走过。你目不转睛地盯着它的步态,以为它会在哪个波峰或者波谷掉下来,然而并没有。

这座城市总是在你想不到的角落里藏着一栋小洋楼。你如果不紧不慢地从那里走过,可以看到一角草坪,或者一扇落满灰尘的彩色玻璃窗。这些楼,不算收门票当景点的那几栋,好像只剩下两种用处。有些一到晚上灯箱就亮起来,穿旗袍或者和服的迎宾小姐站在门口忽闪着假睫毛。招牌不怎么明显,而且通常是外国字——这些有执照的饭店或者没有执照的私房菜你常来,你一直以为在这里接到的客人会比那些从大酒楼里出来的,稍稍懂礼貌一些。然而并没有。

另一些旧洋楼倒是挂着明显的中文招牌,有时候一扇门挂好几块,但那些字并不能清清楚楚地告诉你,那里的人都在干什么。天地人演艺基金会,海纳川影视工作室,文艺家沙龙,小小的美术馆或者音乐培训学校,前面挂一个你不认识的文雅的人名。还有,乡土文化研究中心是什么意思?听起来好像跟你接近一点,但是你讨厌这个名字。有一回你踩着滑板车从他们门前经过,看见里面出来几个中年男人,半秃的头顶上都浮着一层油,手里都拎着一模一样的编织袋,上面印着一串字,大概是研究中心成立几十周年。你知道明天这些男人或者男人的老婆就会拎着这些袋子去买菜。

相比之下,你至少能看懂萧萧上班的地方是一家杂志社。你甚至在安吉拉的发廊里翻过这本杂志。就那么孤零零的一期,扔在一张脏兮兮的紫色条纹沙发上。那些等着强尼做发型的女人对这本没兴趣。她们说黑白照片太多了。"杂志有点卖不动,主任让我们每人包一百张订单。"昨天萧萧在微信里说。这句话前不着村后不着店,就像落在一片洼地里,周围全是戏剧、诗歌和抽象画。你倒是很高兴,因为总算有一句是你能听懂的。卖得动才怪啊,你握着手机笑起来。你很想告诉她,黑白照上看不清衣服的细节,发廊里的女人们不可能拿着这样的杂志到网上搜同款,或者到马路对面的裁缝店照着做一件。

你当然没有这么说。因为冯树不会这么说。萧萧也并没有指望回答,她只是停顿了十几分钟,就跳过这个话题,说到一部他们一起看过的老电影。"真正的方法派,"她说,"现在哪还有这样耐磨的表情肌?"你来回读了三遍,照着镜子比画,还是不明白表情肌到底指哪块肉。实际上,你觉得大部分问题她都不在乎有没有答案。她只需要那么一个窗口,让她感觉到冯树在听她讲话就可以。

你抬头,视线越过波浪形的矮墙,打量这栋三层小楼的立面。你不知道她在哪个窗口。你只知道她今天确实来上班了,因为一路上她都在刷朋友圈,拍一地落花,配一句诗,再抱怨一声:春光如此明媚,上班如同谋杀,谋杀逝水年华。

两天,仅仅两天,你就觉得跟这个叫萧萧的女人已经认识了两年。你很奇怪她有那么多无关紧要的话可以说,有那么多云里雾里的表达方式,有那么大段大段的空闲。如果有人能给你找一份清闲的工作,有事没事陪你看个电影告诉你什么叫表情肌,这个人值不值得你像天神一样仰望他,值不值得你抱着手机从早到晚地等他?你说不上来。

你想起那年旷了省城复读班的课,揣着攒了十年的压岁钱,来到这座城市。你摸黑敲开表姨家的门,看着他们正在收拾碗筷。你咽了下口水,没有说下了火车以后你什么都没吃。后半夜你从客厅的沙发上滚下来,用一叠餐巾纸捂住不停流血的嘴唇,一声也不敢吭。你在长途电话里跟妈说再提一句高考就别想找到你了,一本既然没希望,就干脆什么也别上。再有人把你绑到什么工厂什么小镇里喊着口号补课,你就死给她看。死给她看这种话有点娘娘腔,这你知道。尤其是,在表姨的客厅里对着电话这样嚷,对面沙发上的表妹能清楚地看见你脸上挂着一泡冰凉的鼻涕。但你顾不得了。你要说的是你早就想说的:那些拼了命考进二本的同学,最好的结局也不过是在省城当个公务员。你不喜欢实现命中注定的事。实在逼急了你还会反问你爸,如果做人就该认命,那你当年为什么要从县城跑到省城去?

你说这里什么都好,表姨夫在驾校里当教练,跟着他不愁没饭吃。你没有提的是,表姨夫的学费一分钱也没少收。孝敬教练的两条烟你给不起,就替表姨家拖了两个月的地板。他们倒是不需要你洗碗,因为你总是知趣地找个借口,在外面混完饭才回去。你发现人的胃是有弹性的。那段时间你总是有很多新发现。三顿当然可以,但两顿其实也行。哪怕只有一顿也是不会死人的。你后来心平气和地想,这一切还是公平的。当然很公平,毕竟你白白蹭了他们家两个月的沙发。

公平这两个字,你是在来到这座城市以后才真正弄懂的。好多看起来说不通的事情,只是因为你没在心里搁上一把秤。城市越大人越杂,品种越是翻得出花样,你可以往秤上搁的东西就越多。冯树心里当然也有秤,他们管这种更精致的秤叫天平。在冯树的天平上,一头是萧萧的眼泪,另一头是那个从美国空降下来接管他的老婆。你猜,冯老师心里有点过不去的时候,就往萧萧这一头加了一份工作。然而,现在的问题是,萧萧不再只是萧萧,萧萧说她怀孕了,这块新加的砝码该怎么算？也许,你隐隐觉得,在摇摇摆摆暂时没法平衡的瞬间,你赚钱的机会就来了。

你低着头又在弄堂里转了一圈,走到弄堂口再折回来。这一带你熟得很,弄堂口出去右拐就有一家据说是老字号的点心店。那里的豆腐脑和小笼馒头好吃得让你完全可以忽略服务员的态度,你甚至学会了两句本地话,学会笑着接过他们摔在你桌上的滚烫的碗,夸一句真灵。按平时的节奏,你现在就该坐在那里,踏踏实实吃一顿早午饭。然而你没有走出去,因为在你的手机上,萧萧安静了一上午的窗口突然亮起来。

窗里亮着一排照片。你犹豫了一下,一转身走进杂志社旁边的一家小咖啡馆。你当然从来没在那里花过钱,可你以前在门廊里蹭过他们家的无线网络。今天还是很好用,刹那间所有的照片都像花朵一样在手机上舒展开。

诊断书。尿检报告。B超像。早孕。六周。病历上有个问号,大概是因为萧萧没有表态以后到底是去产科还是计划育科。

——上班路上我去医院把报告都拿全了。其实昨天检查就做完了。你看看清楚,都在这里了。

——嗯,看清楚了。

——你说怎么办？

你怎么知道该怎么办。冯树也不会比你更知道该怎么办。你决定拖一下。在一个更好的时机出现之前，你想，还是别贸然把冯老师吓跑。站在冯树的立场上，你也许应该说，这些检查里没有一项可以证明这孩子是他的。你心里开始组织句子，一边想一边盯着咖啡馆的旋转门。有个两三岁的小姑娘跟丢了前面的妈妈，在门里转了一圈，又回到原地发愣。你看到她垂下头，自来卷刘海遮住了眼睛。

你弯下腰，同时做了两件事：你双手半推半抱着把她送到门里面；你还做了一个决定——那种话，哪怕借着冯树的名义，你也问不出口。

——别慌，我在。你知道我没法答应你什么。

——你总得见见我。我总得去医院。如果没有你，你让我怎么进去？

——那么，如果我在，你能下定决心吗？

——我不知道。但你至少不能躲起来！

站在咖啡馆的门廊里，左转四十五度，你就能看见杂志社的正面。门口的草坪其实并不大，但镂空的铁门把视野里的浅绿色分割成一条一条的。你看不到草坪的边，就会以为它一直延伸到院子深处。你看到那只白猫走累了，躺在草坪上阳光最充足的地方打盹。

——我这两天实在太忙。再给我一点时间行吗?不会超过一个礼拜。

——是排戏吗?我看到学校门口的海报了。明天的试演我还想来看呢。

——千万别。

是的,千万别。如果让他们撞到一起,你的呼叫转移就玩不下去了。你在门廊里踱了一个来回。

——就只是试演嘛,你现在还是好好休息比较重要。

——也好。其实我挺怕看这戏的,虽然很熟。以前听你讲课的时候,有好几段台词我都能背。

——怕什么?

——我也不知道。太强烈了,也许。

——等事情都解决了,正式演出我给你最好的票。听话,乖。

——嗯,我乖。

——那开心点儿。你看外面阳光多好。

——哦,也许。我置身于阳光与苦难之间。

你懒得再查。这一定又是那个法国作家的话。文化人就是喜欢用不着调的大词儿。真应该有人告诉他们,什么才是真正的苦难。

——过十分钟我要去忙。好久没见你,拍张照片给我看好不好?

——你真的要看？

你也不知道为什么会突然提出这样的要求。你感觉到自己的好奇心像溢出杯子的水，这样很危险。

——真的。这天气，站在你们那片草坪上，脸对着阳光，拍出来一定很美。

你走出咖啡馆门廊，站到杂志社的铁门边上。至少有十分钟，手机上一点动静都没有。以至于，最后当她出现时，一恍神之间，你以为她是从手机里钻出来的。

你完全没有看到萧萧穿过哪扇门，沿着哪条路走来。草坪中心靠后有一丛蜡梅，黄花谢了一半。萧萧倚在树底下抬起一只胳膊，你想她手里一定握着手机。她的动作很舒展也很刻意，一个想象着自己将被看到的女人总是会这样刻意地舒展。站在能看见她的位置，阳光正好直射你的眼睛。你看不清细节，你只知道萧萧的身量比你想象的要小两号，那么瘦那么薄。阳光把她，以及她身边的一切都照得扁平。你无法想象在她薄得就像一片纸的身体里，有什么东西已经活了六个礼拜。

于是你低头看自己的手机。你知道照片正在从窗口一张张跳出来。另一个萧萧活在手机里。她很会拍照，她让光和阴影扩张她那件被风掀起衣角的白色外套。蜡梅树的影子落在她的身体上，阳光下的白在屏幕上成了阴影里的灰。只有手机上的萧萧，才是立体的。

七

戏剧学院门口果然贴着海报。海报上冯树的名字很显眼,正好叠印在剧照上那女人的高跟鞋上。照片应该是夜景,拍得模模糊糊,泛着黄,多半就是故意做成这种效果。艺术家有时候近视有时候远视,有时候简直就是瞎子。鞋子也不好看,旧,残,眼看着鞋跟就要断。

冯树的名字上方浮着两排小一号的字,一行中文一行英文。我盯着中文看,但也不怎么懂。

他们跟我说先乘欲望号,再换公墓号。

再往上,剧名是大空心字,立体的,就像咣当一下砸在海报纸上。我得在十米开外才能看清楚。

欲望号街车。

照片上没有街也没有车,只有女人的背影。卷头发,窄腰身。戏六点半就开场,我的生意开张一般要到九点半,正好接得上。当然这不是理由,无法解释今天我为什么特意换上最贵的外套,为什么先在校门口徘徊五分钟,然后走进去。

在这座城市里,我进过影院,但没看过话剧。我是说,省城高中里的文艺表演不能算。一样是学校,这个叫作戏剧学院的地方,才有资格演这种叫话剧的东西。校园不大,只要沿着门口的林荫道一直往前走到尽头,那栋显眼的灰蓝色的三层建筑就是中心剧场。我一进校门就认定了这一点。然而,经过操场边,看到一个女生把腿架在树上,我还是跑过去问路。

同学,我说,我要去看戏。我说同学两个字的时候,掂量了一下自己的语气里有没有足够的自信。是的,我看起来应该和这些大学生一样年轻。是的,我的高考成绩甚至比他们好得多,只不过,从小没有人教我练习怎么把腿架在树枝上,让筋骨变得更柔软。

女生灵活地转过上半身,瞄了一眼我手里的折叠滑板车。她的笑容在放下腿的一刹那就从鼻子发起,迅速向脸的各个方向展开。好吧,我想,除了筋骨,还有这样的笑容,都得训练有素才行。表情肌,我想起那个词儿,脸上禁不住抽搐了一下。

"直走,就那边。时间还早,来得及。"

"谢谢。你是表演系吧?你们是不是这么分的?"

女生笑出了声。"你猜。"

我不知道怎么把搭讪进行下去,只好原地转半圈,然后往剧场方向慢吞吞地走过去。好在混票要比搭讪容易得多,再灵活的表情肌也没法帮助守在门口的学生拦住我。重要的是经验,李波扬是这么说的。经验值多少钱?至少值一张票吧。

我女朋友在里面,我说。我一边说一边伸长脖子往里看,装模作样地指指点点。对对对,就是她,长腿,发箍亮晶晶的那个。

两个人的票都在她手里呢。门口又跑来一群学生,簇拥着一个看起来略微年长的老师,那人在挥舞着一只手激动地说着什么。相隔五十米时,我看到鸭舌帽底下的马尾辫。三十米,从步态和手势判断,这更像是个留长发扎小辫的男人。艺术家不都这样？再靠近点,我听到那人拔高了声调说这出戏你们应该一人看三遍至少三遍。我确定,这是一个高亢的女人的声音。守门的学生,注意力全被她引过去,齐刷刷喊尹老师您也来了啊。没人注意我已经走进剧场,而且挑了第三排紧挨过道的空位坐下。

虽然以前从没来过,我还是可以断定：在戏剧学院里试演的戏,大体都是院里的学生和圈里的熟人看。熟人和熟人都是一边握手一边坐下来,屁股挨到哪里就坐哪里,没人按票上标的座位号码来。只要挑没人占过的座,进退方便,就没人会来管我。

这是一个骗子应该做的事,我心满意足地想。眼光准,脑子清爽,混在人群里谁也不会注意。这是个好兆头。我终于为今天晚上来看冯树的戏找到了理由。

灯暗下来。身边占座的两个学生招呼熟人过来。五六个人从我身边挤过,他们的腿擦过我的腿。根据马尾辫,我认出了尹老师。我看到她挤进去,坐在第三排正中。大幕拉开,尹老师第一个鼓掌。

欲望号和公墓号确实都是车,应该是很多年前在外国马路上跑的那种有轨电车。但是舞台上并没有车,我只是在台词里听到了海报上的那句话。我听到胖女人字正腔圆地问瘦女人："出什么事了？你迷路了？"瘦女人放下行李箱，用力地表现出明明有点惊慌却故作轻松的样子。"他们跟我说先乘欲望号，再换公墓号，过六个街区以后下车。"

她有点儿紧张呢，我听到身边的学生甲对学生乙说，你看她手都在抖。乙轻声说："这个角色本来就是很紧张很神经质的，所以她这么演也对。咱们看她后面的爆发力够不够。如果够，那冯老师也算选对人了。"

甲干笑几声，笑得意味深长。

瘦女人是主角，戏里的人管她叫布兰琪。故事发生在美国南方，一间穷人的屋子乱糟糟地摊开在舞台上：板条箱，深色窗帘，老式电风扇。几个黄种人假扮的白人和黑人在台上走来走去。为了说服我们他们是外国人，演员耸肩膀的幅度比外国电影要大得多。看起来布兰琪曾经在那个叫密西西比的地方过了几年好日子，所以她的妹夫，那个壮实的码头工人有事没事就要翻她的箱子。

舞台真是一个奇怪的地方。灯光亮到哪里，哪里的人就浑身都是劲，扯着嗓子说车轱辘话。妹夫的身上总是绷着太紧的T恤，浑身油亮而潮湿，晃着膀子从箱子里拽出一堆毛茸茸的东西。"货真价实的狐狸毛皮，足有半英里长！你的狐狸毛皮又在哪里呢？"他冲着老婆大声吼，"毛茸茸、雪雪白的毛皮，一点都不掺假！

你的白狐狸毛皮在哪里呢？"

我其实看不清台上演员的表情，我想别人也看不清。我猜，他们的表情肌一定得奋力扭曲，弄到又酸又痛，我们才能看出一点点动静。然而，妹夫的吼声有种莫名其妙的穿透力，他的话不像布兰琪那样文绉绉的，每个字我都能听懂。他的声音既让我疲倦，也让我兴奋。你的白狐狸毛皮在哪里？这话完全可以从李波扬的嘴里说出来，降低声调和音量，带着他温和的、狡猾的笑意。

后来我一定是走了好大一段神，或者睁着眼睛打了个瞌睡。布兰琪的声音在我耳边有一阵没一阵地飘着。她总是把嗓子吊起来说话，絮叨着跟这个男人和那个男人的往事，要不就是抓住她妹妹的手说我们一定得弄到钱才有出路。这个戏里好像只有她妹妹的脑子是正常的。她冷静地看着姐姐，叹口气，说："我猜，能弄到钱总归是好的。"

真正一个激灵醒过来，是一个钟头之后的事。布兰琪在尖叫，像个轻薄的瓶子那样被她的妹夫摇晃。我忍不住担心这个被冯老师看中的女演员晚饭吃得太多，万一晃出一点就尴尬了。他们奔跑，交换位置，两个人的皮鞋用力蹬着舞台，发出夸张的、仿佛有很多人同时发出的声响。我刚刚还处在半睡眠状态中的脑袋一阵晕眩，太阳穴附近就好像被一群蚂蚁攻占了。像个轻薄的瓶子那样被他摇晃着的布兰琪，不知从什么地方抓起了一只同样轻薄的玻璃瓶，砰地在桌角上摔碎，然后攥着半截瓶子，用尖锐的一面指向他。

蚂蚁同时发力,和着整齐的节拍一口咬下去。一阵剧痛,从我的太阳穴迅速蔓延到整个头皮。

"我要拿玻璃尖戳你的脸!"

"我打赌你干得出来!"

不自量力的女人,我在心里骂了一句。戳你的脸,用玻璃尖。这种话,这种语调,对于一个愤怒的、浑身都是肌肉和力气的男人来说,既是辱骂,也是春药。这样的男人我见过太多了。

她果然被他轻而易举地捏住手腕,整个人轻飘飘的像碎了一样。他从破碎的瓶子手里抢走了破碎的瓶子。她跪倒在地,然后被他抱起来,摔到床上。灯光渐渐暗下来,音乐响起,不知道是小号还是长号吹的调子,还有鼓。

掌声。身边的两个同学又开始议论布兰琪的爆发力,一个说虽然是新人但确实很会演,另一个鼻子里哼了一声,说会演的多了,她要不是天天往冯老师办公室钻——也许还不止办公室——怎么也得再排上五年队吧。我的视线越过他们,看到尹老师拍一下手,捂一下嘴,也许在抹眼泪。我下意识地用力抽抽鼻子,感觉鼻子好像被什么东西堵住了。

是时候了,我想。别人都在插队,萧萧还在傻等,这无论如何说不过去。我拿出手机,默默地把诊断书、尿检报告和B超像转发给冯树。

八

女主角牵住冯树的手，又是拥抱又是转圈地谢幕。有人献花，主持人上台招呼大家先别走，导演和主演会留下来跟观众交流。几个学生开始收拾台上的碎玻璃，有人在搬桌椅。尹老师被几个同学簇拥着从我身边挤过去，听到有人在台上喊尹老师，她猛一抬头，马尾辫甩在我脸上。我愣了半分钟，等回过神来，尹老师已经跳上舞台，坐在了冯树边上。

台上摆着三把椅子，导演，主演，尹老师。我总算弄清楚演女主角的叫于莎莎，可是她好像在刚才的摔摔打打中把爆发力全用完了，现在只能像只畏光的猫咪那样，安安静静地靠在聚光灯下的扶手椅上。尹老师显然憋了一肚子话，抓过话筒就说好久没有看过这么过瘾的戏了。封闭空间，螺旋上升，聚焦式，紧张线，同性恋禁忌，荷尔蒙爆炸，被侮辱被损害，这几个词在我耳边嗡嗡响，天知道是什么意思。我觉得尹老师更像是个搞装修的，偶尔也替人看看病。

冯树看起来很平静。也许是我视力有问题，我看不出我刚才转发的照片对他的情绪产生任何影响。他脸上的所有特征都能在聚光灯下给他加分。皮肤，鼻子的侧影。哪怕是头上那些明显超出他实际年龄的白发，也在灯下闪着好看的、充满涵养的银光。

观众席上的气氛比刚才演戏时热闹许多。这些演戏的和学戏的,他们的鼓掌和哄笑不是普通的鼓掌和哄笑。我是说,他们的动作、表情和声音都比我们标准。

尹老师是最标准的。她说着说着就站起来,说着说着又坐下去。有那么一瞬间,她突然伸出手指向观众席:"刚才我好像看到宋宜的。老同学,你在吗?上台来跟大家打个招呼啊——"

冯树微笑着接口:"她看了大半场,现在忙着去招呼赞助商了。还有个庆祝酒会。"

尹老师咧开嘴豪爽地笑起来,看一眼冯树,就像看一个被宠坏的孩子,然后再转头看一眼观众。她终于找到了机会,抖出早就准备好的包袱。

"大家都在戏里听到了,'能弄到钱总归是好的'。我们要致敬有眼光投资艺术的企业家,也要敬佩秀外慧中的冯太太。她始终在灯光照不到的地方,默默地支持着我们这位德艺双馨的艺术家。"

掌声雷动。有人吹口哨。冯树站起来深鞠躬。我的视力不知道为什么突然又好用起来,我看到一丝尴尬从他脸上掠过。

我看看表,时间很紧了。主持人宣布提问环节开始。我也不知道哪来的冲动,第一个站起来抢话筒。我深吸一口气,用自以为最标准的普通话一字一顿地问他。

"冯老师,我只有一个小问题。我不懂戏,我就好奇,你们那只玻璃瓶是真砸吧？那是不是说，每演一场就得碎一只瓶子？"

冯树突然站起来。不管视力好不好，谁都能看出他有点激动。

"这是一个好问题。"他的口气就像幼儿园老师，随时能从口袋里拿出一枚五角星贴在我的脑门上，"我一直在等这样的问题。没错，我们每演一场就砸碎一只瓶子，排练的时候砸得更多。我们管道具的准备了好几箱。我要那个效果。我要演员的心也像这瓶子一样打哆嗦，碎成粉。我要让每个观众的心都跟着碎一次。我们居住的这座城市，我们所有居住在大城市里的人，实在太习惯于麻木不仁。我们都是行尸走肉，全都是。但是，至少在看戏的时候，我要给你们更真实更尖锐的东西。"

掌声再起。尹老师的两只手都捂住了嘴，腾不出可以拍的，只好努力仰起脖子，似乎想努力把眼泪憋回去。于莎莎挺直身体，拼命点头。

但是冯树还是没有刹车的意思，甚至没等掌声彻底停下来就继续发挥。"有人建议我把这个新奥尔良的故事做一点本土化的处理，把背景移植到我们这座城市来，这样莎莎也不用把自己扮成一个外国女人，还能省点服装钱。其实我知道，扮也扮不像。"于莎莎在边上知趣地吐吐舌头，底下一阵哄笑。

"但是我说没必要！"冯树的声音铿锵有力，"你们对这样的故事会有一丝隔膜吗？这种气息，这种力量。你们眼前是七十年前的新奥尔良,但让你们泪流满面的,是你们自己,是你们自己眼前的生活。还有什么,比这种跨越时空的共鸣更震撼?难道你们不觉得,每一座城市的街道上都开着一辆这样的车,它们的名字都叫欲望号?"

鼻子被堵住的感觉又来了,眼前起了一层雾。我承认,人有时候是真的会很喜欢这种感觉,最好就这样被说服,被安抚,最好永远都不要有人来关掉聚光灯,最好冯树的头发上永远闪着充满涵养的银光。然而时间真的到了,我没有听后面的问题,抓起搁在座位底下的滑板车,一猫腰,悄悄往门外走。

退场时我才注意到门口果然立着一幅易拉宝广告,旁边站着一个穿旗袍的中年女人和一个腰腹部明显发胖的中年男人,女人脖子上搭着一条羊绒大披肩,上面画着一只张开大嘴的老虎头,尖锐的牙齿露在外面。这个牌子安吉拉一定认得。他们时而微笑相视,时而跟退场的这位老师那位老师打招呼。凭直觉——我是说,凭着一个骗子的观察力——我知道女的是冯树的老婆宋宜,男的多半是赞助商。我跟在一位拄着拐杖的、看起来德高望重的老头身后。赞助商过来递名片,也发了我一张,我顺手塞进牛仔裤口袋里。直到那天半夜,开完车回到家,脱下牛仔裤往床上一甩,这张名片才掉出来。借着昏暗的床头灯,我看到头衔那一栏只有两个字:儒商。

我在黑夜里笑出了声。我想有儒商在,冯老师和冯太太都不会缺钱。我拿出手机,往冯树的窗口里打了一个问号。

——你什么意思?

——你说我什么意思?该发的都发了。

——这能证明什么……算了我不想闹那么难看,你就清清楚楚地告诉我,你要什么。

——我要你陪我去医院。

——医院里到处都是人。到那里不是成了演戏给别人看?萧萧,你想问题能不能不要这么感情用事?

我的火气一下子蹿到头顶。萧萧叽叽歪歪那一套效率太低了,再学着她的口气说话我就要疯了。按冯老师的说法,还是来一点真实的尖锐的东西吧。

——冯老师,那您就这么拍拍屁股走人了?要不要我去找宋老师谈谈?或者您的儒商朋友?

——你什么时候学会用这种口气说话了?

——是您逼的。

——行,我不会拍拍屁股走人。你开个条件。只要不去医院,怎么都行。

——我需要一点赔偿。您觉得我遭这个罪,值多少?

——萧萧……你这样我很心痛。

——那您觉得我的心痛值多少?

冯树沉默了半小时。他试着拨了一次我的电话,铃响到第三声被我掐掉。我当然不能接,萧萧也不该接。不管是什么情况,掌握主动的一定是那个不接电话的人。

我在这半小时里冲了个澡,翻箱倒柜找出安吉拉留下的一大袋薯片,囫囵塞了个半饱。微信转账证明从窗口里跳出来,我的心脏一阵狂跳。

四个零。五万。单笔转账的最高限额。

——再多我也没了。你先用着。

——我明天去医院。

——萧萧,你……自己小心。其实,像这样把事情分开来看,桥归桥路归路,我们大家都能轻松一点,也挺好。我一直担心你太学生气,现在我可以放心了。

多念书的好处是凡事都能讲得出一番道理。道理是一部慢吞吞的升降机,冯老师捧着五万块,踩上升降机坐半个小时,就从心痛上升到放心,顺便拯救了一个感情用事的女学生。这样一想,冯老师应该觉得很划算,我猜他还有点儿感动。他们太容易感动了。

我也有理由感动一下。我忍到第二天上午,拨了李波扬的电话。我想告诉他我终于挣到第一笔钱,说多不多说少不少,我想说我居然失眠了这到底是兴奋还是别的什么,我不知道。我还想说我弄到一张儒商的名片,你看我们是不是可以把事情弄得更好玩一点。电话没通,一个女声在机器里轻快地表示:机主不在服务区,请稍后再拨。我听话,稍后再拨,这回变成了男声:抱歉地通知您,您拨的号码已停机。

这可真有点扫兴。扫兴的感觉会生长,会在皮肤底下一跳一跳地痛,会连成一大片焦灼。为了不去想这事,我一翻身起来,从抽屉里找出家里所有的现金,揣在腰包里。我出门,被雨水喷了一脸。我蒙上外套的头兜,滑板车与湿滑的地面摩擦出刺耳的声音。

房东来开门的时候,整个人都像是刷了一层糨糊一样地僵硬。

"有没有搞错——提前交房租?小伙子你没事吧?"

我想说,有人给我提前发了工资,所以我可以不用像以前那样躲着你。我好像早就在等着这一天,把一叠皱巴巴的钞票豪爽地递过去,并且故意弹落一张,看着你把它捡起来。

"免得明天一早被你砸门啊。我要睡个好觉。"

"其实吧,今天晚上我倒是没办法去搓麻将的。本来准备这个月就晚两天找你。"

房东的老婆穿着加厚棉睡衣出来,头上的卷发器拆了一半。已经拆了的那一半,有几绺卷成方便面形状的头发被风吹得竖起来。她手里攥着一只新碗,一块毛巾。

"小伙子拿好。寿碗,福气。"

"呃……老太太吗?"

"还能有谁——"她话刚出口又觉得不妥,硬将后半截吞下,转成另一句,"医院里也就住了十来天吧。其实就算早发现也没用,这把年纪还是少受点罪好。你说是不是?"

我茫然地说是是是少受罪好。我的左手捏着红色的粗瓷碗,右手下意识地摸了摸碗的表面上凸起的花纹。

房东叹口气,瞟了一眼老婆,眼神复杂。"受不受罪,我也不好说。人活着就是来受罪的。"

"要不是老太太一时糊涂——"他老婆的声音陡然尖锐起来,"我们这些小辈还能怎么做?临了临了,不想想自家孙子,倒是念叨着那个杀千刀的骗子。"

"这事不是早就了结了吗?"我问。

"了结什么!躺在病床上说胡话,还在怪我们拦着她没买下中央首长的神药呢。她说得罪了首长的保健医生,人家再也不给她打电话了。她说前面的钱打了水漂,送佛送到半路,后面报应就来了。这不是老糊涂是什么?"

他们家里那台固定电话,要不是因为老太太成天守着,老早就停机了。现在总算可以扔掉了。

"多什么嘴啊你,"房东朝地板上跺了两脚,"你早干什么去了?这些年你在家里也没给老太太好脸色,你让她成天憋着一肚子话跟谁说?骗子骗子,你以为是头上长角的?不就是有耐心跟老太太聊个天么?但凡你的嘴,还有你儿子的嘴能有骗子一半甜……"

"我儿子难道不是你儿子?拆迁房租出去就是为了给你儿子讨老婆。他跟的是你家的姓,老太太有哪点吃亏了?"

我没往下听,把毛巾搁在腰包里,默默地撤出吵架现场。我的一只手控制着滑板车的龙头,另一只手攥着没法塞进腰包的寿碗。雨水往碗里落,不一会儿就存了小半碗。我不用低头看,也知道水里倒映着孤独的电话,还有守着电话的老太太。

九

医院的电梯口排着两列长队,两个保安在维持秩序。每一列队伍都在两个角落拐弯,弯成两个压扁的 S。萧萧就站在左边那列队伍里,陷在离电梯口更远的那个拐角。另一侧的小电梯是给医护人员专用的,电梯工正在往外赶人——那人手里拎着水果篮,一看就是病人家属。

你跟着一个戴着工作胸牌、正在打手机的医生走进小电梯。你冲着电梯工指指前面的医生,电梯工迟疑了一秒钟,还是挥手放行了。你站在电梯上,又看了一眼萧萧在两小时前发来的话。

——我今天无论如何也得去医院了。你真的不来吗?

你把这句话搬到隔壁窗口。其实,哪怕不搬你也知道冯树会怎样回答。

——我们不是都说好了吗？萧萧你看，师生一场，你经济上有困难我义不容辞。听说你们杂志不景气，我也在想办法。以你的天分，本来去那里也是权宜之计。相信我，你在戏文系里打下的底子，不会用不上。看得远一点，别耍小孩子脾气。

有那么一瞬间，你简直要被冯树说服了。你抹掉"你经济上有困难"，然后转发过去。萧萧没有回话。直到现在，你在电梯里打开手机，她还是没有回话。这异样的沉默让你烦躁。你在她的病历里找到了医院的名字。你一路滑到医院门口。你认出了她的白色外套。你有种强烈的预感，不管怎么说，这事儿应该到头了。

萧萧在楼下排队用了足足半个小时。因为你上楼以后，就坐在计划生育科门外的长椅上看着表。她一定是个好学生，你想，一辈子没有插过一个队。你不敢看坐在长椅上的其他女人的表情，你不喜欢想象她们刚才经历过什么，或者即将经历什么。有个外地口音的女人在哭，有两声压不住，音量陡然放大。守在门口的胖胖的护士一瞪眼，指指房间里面，对她说："轻点儿，里面在手术。人家在里面哭，你在外面算怎么回事？找你男人哭去。"

她的男人远远地站在窗边抽烟。第一次，你试着从女人的角度看过去，发觉男人的表情和动作单调得可笑。所有的男人都这样。在胖护士愤怒的逼视下，他磨磨蹭蹭地往女人这边挪。

萧萧连这样窝囊的男人都没有。她的库存里只剩下"师生一场"。只有你看到她从走廊深处走来,捏着病历卡在门口徘徊,总算横下心来往里冲的时候又被胖护士拦住。"急什么啊,给我预约单,前面还有十三个号。"

三小时。萧萧跑来跑去,上了六次厕所。你下楼买玉米棒和茶叶蛋,在医院的绿化带一边转悠一边吃。你看见,经过昨天一夜春雨,又有一波新芽从光秃秃的白玉兰枝头爆出来。再上楼,长椅上看不见萧萧的身影。你瞟了一眼胖护士桌上的病历卡,萧萧的那张已经被抽走了。

你的胃一阵抽搐。你轻声骂了一句卖玉米棒和茶叶蛋的小贩,心里却很清楚这跟你吃下去的东西无关。为了打发时间,你拿出手机搜索冯树的名字,页面上跳出几条前天试演的新闻,配的都是演出结束后于莎莎还来不及卸妆的脸。"最年轻的布兰琪,也是最有可能性的布兰琪。"这是尹老师的评语。新闻最后,记者兴高采烈地说,冯导宣称这个戏还要再回炉打磨,试演完第二天就预订了戏剧学院排练厅的时间,因为那里"最能激发他的灵感"。记者有理由相信,在今年初夏的国际艺术节上,"这样厚积薄发的精品力作定会大放异彩"。

排练厅。这几个字你看着眼熟。你在萧萧的对话窗口里搜索,果然找到好几条。

——常常怀念小排练厅。闭上眼睛,那股潮湿江南的旧地毯的气味。初吻。你的气息。

——我是一个不能上大舞台的人,人一多我会发抖。只有你知道,在小小的排练厅里,我也可以是女王。那里只属于我们俩。

冯老师的灵感原来是这样激发的。窗口吹来的凉风钻进你的衣服,在背上撩起一层鸡皮疙瘩。两个小时之后,当黄昏的一圈淡紫色光晕裹住萧萧的上半身时,你闻到了潮湿江南的旧地毯的气味。

小排练厅并不小。狭长,幽深,正对着门口的西墙上嵌着长方形的大镜子。南墙靠近镜子的那一侧有四扇落地窗,即便是傍晚的光线也算充足。你站在门口,刚才你顺手关掉了走廊的灯。相对于厅里的敞亮,门口是一团安全的黑——黑到当萧萧背对着你发呆时,当你轻轻拉开她刚刚随手带上的门,然后侧转身体往里看时,她都毫无察觉。

其实要察觉早就察觉了。从诊室里出来,萧萧就应该能察觉有个男人总是在离她不远的地方。你带着滑板车,不是拎着就是踩着,没有比你更显眼的男人了,就连忙成一团的胖护士也疑惑地朝你翻过好几个白眼。胖护士还对萧萧说姑娘你别急着走,说最好坐一会儿观察观察,说记得让医生开一周的假条。萧萧的耳朵和眼睛就像堵上了塞子蒙上了罩子,听不见她也看不见你。她就那样愣愣地走出去,一直走一直走,走出门诊楼,走出医院大门,一个路口接一个路口。你们走着同一条东西向的大马路,她在马路南侧走,你在北侧踩滑板。你的视线越过四条车道上的汽车和摩托,看见她的腿在发软,可她的速度一点也没降下来。走到第三个路口时,你就已经确定,她是在往戏剧学院走。

昏暗中,你仍然可以看见排练厅门口的黑板上有字。你凑近,依稀辨别出两行:10:00—16:00,欲望号街车,冯树。看来排练刚结束,现在这段空当正是所有人吃晚饭的时间。你下意识地往门里面张望,看见萧萧已经一屁股坐在地毯上。你的胃又一阵抽搐,想象着江南的潮湿如何沿着地毯,迅速蔓延到萧萧全身。排练厅里的萧萧跟舞台上的布兰琪也没什么两样,把脸埋在两只手里哭泣的时候,肩膀同样会剧烈地晃。

你的血往头上涌。你觉得,你的忍耐也是有限度的。你想他妈的骗子的时间也是时间,真没必要追看这么无聊的连续剧。文艺是毒药,谁信谁是傻子。冯树信不信你不知道,于莎莎和尹老师你也不知道,你只知道萧萧信。她非但喝了毒药,而且喝高了,现在就跟酒驾一样随时会撞倒什么或者被什么撞倒。她不明白惟一的解药就是回去好好睡一觉,然后认认真真地花点钱。在这个世界上,再也没有什么能比钱更管用,更能占满那些胡思乱想的时间。她应该去买毛茸茸、雪雪白的狐狸毛皮,或者跑到安吉拉的发廊里,把所有的按摩和护理都做一遍。只要抓起一把钱朝强尼眼前晃一晃,他就会捏着嗓子学着香港人的口音喊阿姐。阿姐你的眉毛要修一修,阿姐你的皮肤要补个水,阿姐你今天算是来对了新出的卵巢护理要不要试试这个不用不知道手法有讲究……

你的手机在震动。你看到萧萧的窗口不断发出语音信息。你一边贴在耳边听,一边看着萧萧左手擎着手机对着它喊,右手握着另一件东西。你大着胆子又往里面走了两步,看清楚那是半截砸碎的瓶子,显然是刚才排练留下的。你耳边的手机播放的声音和从正前方传来的、萧萧嘴里发出的声音,交错在一起,构成不搭调的、让你难以忍受的二重唱。

——葬礼跟死亡相比可漂亮多了。葬礼都很安静,可死亡呢,不一定。

——你难道不喜欢新奥尔良这些阴雨绵绵的下午?一小时过得不像一小时,而像是永恒的一小片掉进了你的手中。

——我将被安葬在海上,缝在一个干净的白布口袋里,从甲板上扔下去,在正午时分,在夏日炎炎的日光里,葬身碧蓝的大海,蓝得就像我第一个情人的眼睛。

十

后来,我把事情前前后后想了好几遍,每次都卡在那个瞬间。每次我都觉得,整件事情就是一座怪模怪样的积木房子,只要改变其中一根的位置,就不会在那一刻坍塌下来。

比如,要不是我的房东只收现金,我那天一定会顺手在手机上转一笔,说不定一口气就付掉半年的。比如,假使安吉拉的生日能够提早一个星期,其实早三天就够了,她一定会缠着我买礼物下馆子,多少用掉点儿。再比如,如果那天我打通电话,李波扬一定会这样教导我:"早跟你说了,钱一到手,第一件事就是转出去,安安稳稳地搁进自己的口袋。然后?你还问然后?然后当然是掀开后盖,卸掉电话卡,废掉这个弄不好能让你进监狱的号码。"

当然,归根结底,我相信,是因为这个奇怪的、有镜子有光线的房间,是因为这些会演戏的人。台词在他们嘴里飞来飞去,每个字都有一股神秘的力量。它们就像给老太太打电话的保健医生,能洗脑,脑子上每一条沟沟坎坎都不放过。一切都像是设计好的。萧萧说她对这戏又熟悉又恐惧,可谁知道她真的能把台词背出来,而且挑的每一句都那么锋利?我为什么偏偏就在前一天去看了那场戏,所以听她念台词就好像对上了密码?明明是初春的黄昏,可我分明看见:配上那些台词,萧萧右手握着的半截玻璃瓶闪着盛夏正午的强光。

总而言之,在那个瞬间,我把钱转给了萧萧。五万块,一分不少,我甚至没有来得及计算这两天我耽误了多少正经工作,耗掉多少手机流量。我有权扣掉一点手续费的是不是?在那一刻,我相信萧萧就要死了,或者像布兰琪那样被人送进疯人院。我想不出还能用什么办法救她。这事你真的没法怪一个骗子。他能想到的最重要的事,最他妈浪漫的事,就是转账,转账,转账。

玻璃瓶和手机一起落到地毯上。五分钟的沉默加上从萧萧喉咙里释放的变调的呜咽。呜咽变成狂笑,上气不接下气那种,笑到你以为她已经窒息。走廊另一头已经有人听到了动静,有脚步声在向排练厅靠近。我一猫腰,一个滑步,从相反方向滑出大楼。我用最快的速度狂奔,一直滑到家门口才相信不会有人来抓我。打开手机,一条消息从萧萧的窗口弹出来。

——我卖。我卖还不行吗?我以为,不能复制的时光,蚕豆大的婴儿,我的爱情,这些都是有市无价的。但您出了价。那咱就成交。发票您收好。

我想问你没事吧,刚按发送键就被退回来。根本不用我卸掉电话卡,萧萧已经把我拉黑了。我难过地想,在拉黑之前,她本来可以发一张商场或者发廊的照片给我,让我知道,我挣来的钱有没有变成毛茸茸、雪雪白的狐狸毛皮,或者五十次卵巢护理。那样我会好受得多。

后来,你总算找到了李波扬。你看到他穿着花格子呢西装的背影。背影被框在长方形里,两个人的两只手按住他的肩膀。等他转过来,脸上被打了马赛克。那是个法制节目,叫"警钟长鸣"。

"你发展了多少下线?"

"下线?你是说有多少兄弟跟我一起干?前前后后十来个

吧。没数过。"

"你们在一起干什么？"

"你们不是都知道了吗？"

"采访呢，"旁边的警察呵斥他，"老实点。"

"诈骗。电信诈骗。涉案金额二十五万。哦等等，我昨天到底交代了多少？"他转头问警察。马赛克跟着他的脑袋一起转。

底下字幕显示：主嫌犯李某某，涉案金额九十八万。镜头转成李波扬的砖房，屋里的电脑和接线板。镜头扫得威严，像是在逼视，以至于我居然看出地板上还残留着一点台球室的气息。摄像机在房子里转了一大圈，又跟着警察来到大街上。果然有宣传车驶过，这回的横幅是喜气洋洋的。镜头拉近，一个大特写：成功捣毁我县诈骗团伙。祝贺电信攻坚战初战告捷。一个错别字都没有。

再度切进李波扬的马赛克脑袋时，画外音的声调陡然沉重。刹那间，你不由屏住了呼吸。你差点以为他们会把他当场枪毙。

"你还有什么想跟家里人说吗？"

"我就不连累我家里人了。我本来想给他们长脸，现在长不了脸那就什么也不说了。再多说一个字就是丢他们的人。我只想说一句，有个叫吴德清的小子你听好了，不管蹲几年我都会出去找你。你等着。"

你想了一个晚上，才想起吴德清就是把李波扬的老婆拐到越南去的男人。你闭上眼睛，祈祷越南的电视上也能看到中国的"警钟长鸣"。

后来，有那么一个晚上，出车之前，我冲进安吉拉的发廊。最后一个客人顶着一头新染的金发吹着口哨从我身边走过。我向梅丽莎使了个眼色，她拎起包就走，一边带上门一边高声喊："安吉拉，就剩你们俩啦，门别忘了锁！"

安吉拉的嘴张成一个圆，哦字只说了一半，舌头就被我的嘴堵进去。

"怎么了？你干亏心事了？"

"没。我是说，也许干过吧……现在没事了。不过，有些事情你也只有干过以后才会死心。"

"那你还是别告诉我吧。我今天第一回上手，剪了个板寸，客人说不错，下回还要点我。你别扫我的兴。"

"所以以后用不着在我头上练了？太好了。"

"想得美。明天开始我要练发根定型。"

她的脸涨得通红，不知道是因为我抱得太紧，还是因为今天的事情让她太兴奋。我搂着她结实的屁股往墙那边靠，摸到总开关。灯暗下来。

安吉拉很重，我好不容易把她推到离我们最近的一张理发椅上。她的胳膊碰到了一根很粗的电线，电吹风哐当一下掉落在地面。安吉拉想去捡,被我用力抓住手腕,再次按倒在椅子上。我竭力回忆布兰琪的妹夫在舞台上是怎么把女人扔来扔去的,但我没有他那么多肌肉。这两个动作已经让我精疲力竭。

"你真的有点不对头。"

"没什么。我就是想问问你,我们是不是凑合着把婚结了?这样是不是就可以不折腾了?戒指我会补。"

刚才还在反抗的安吉拉突然松下来,整个人软软地瘫在椅子上。两分钟的沉默。

"我可用不着你来将就我。"

"倒也没。"

"我也不想将就你。"

"哦。"

"我的意思是,我特别希望你提这事的时候你就是不提。我都快绝望了,真的。现在吧,我把最苦的日子挨过去了,我觉得总算看到了一点光,你倒又把这事给想起来了。"

"你想离开我?"

"倒也没。"

"那你什么时候再考虑?"

"没个准。你等吗?"

萧萧最后一条信息,那个我倒背如流的句子从眼前飘过。

"成交。"我说。

后来，为了让这个故事更像一个故事，一个可以圆满谢幕的故事，你每天都在寻找后来。你甚至在汽车后视镜里找到了线索。虎头图案，一根根竖起来的锐利的虎牙。你的视力和记性好起来真是天下无敌。你确信你看到了宋宜的披肩。

宋宜的边上坐着冯树，他映在后视镜里的面孔看起来老了一大圈。也可能是因为之前你见到他全是在舞台上的样子。银色奔驰，跟你猜想的差不多。车门关上的声响不轻不重，没发出一点杂音。

"叫你少喝点少喝点，死活不听。有必要吗？"

"有没有必要是你定的吗？对不起，我忘了，一直是你定的。什么事情都是你定的。"

"你什么意思？你找茬儿是不是？你故意发酒疯是不是？让别人知道我们俩的关系不好，对我有好处还是对你有好处？或者，对剧社的投资有好处？"

"别他妈提投资。别以为拉来点鸡巴投资，我就是你的奴才，你就可以当着这么多人的面，跟个戴假头套的房产商打情骂俏。我没死，我他妈就在边上！"

你猛打方向盘，故意来个急转弯。你听到冯树喉咙里发出咕噜咕噜的声音，你在想原来导演骂起人来也并没有更特别的字眼，除了他妈的就是鸡巴。与此同时，你的脑筋也在飞快地旋转，你在搜索关于儒商的记忆，暗自赞叹那个假头套质量不错，一眼看不出真假。

短暂的沉默之后一定是疾风暴雨。只不过,宋宜的疾风暴雨听起来就像一阵接一阵的断气。她好像气得讲不出一句完整的话,只能扔出一个个词,词跟词之间加上标点。比如,血口喷人与双重标准之间是惊叹号,恶人先告状与哀莫大于心死之间是省略号。女学生甲女学生乙女学生丙之间倒是一个标点都没有,她是一口气顺下来的。

你没有听见萧萧的名字。也可能是她的名字会刺痛耳膜,所以你把它自动屏蔽了。

"你这样我很心痛,"冯树的话越来越耳熟,"真的。你忘了我们当年是怎么过来的。"

"别演戏了,我都看你演了一辈子了。"

然后是用拳头捶打车门。"司机停车!听到没,叫你停你就停!"

摔门。依然不轻不重,没有一点杂音。这一款质量没的说。

宋宜隔着车窗对车里扔下一句:"我没忘,我什么也没忘。你最好也长点记性,想想这车、这房是从哪里来的!"她一边说一边昂起头向他们家的方向走去。你知道这是市中心的高档小区,一平十万起。从这里步行过去,应该还得走上半小时。

冯树忙不迭地扔过来两百块钱,嘱咐你开到他们家车库去。

"停好就自己回家。车钥匙交给门口的保安,把车号告诉他就成。那里没有人不认得我们这辆车。"车还没停稳,他就冲了出去。

你稳稳地往前开,不去看车窗外,到底谁追上了谁,谁给谁一个耳光,谁把谁碾成了粉末。你不去想怎么会有这么巧的事,也不去想这事到底有没有真的发生,发生的时间是今天,明天,还是要再过十天,十个月,十年。这不重要。在一个好故事里,这一点儿都不重要。

重要的是,当这一幕偏偏落在你头上的时候,你将胸有成竹。你知道,你已经准备了一生,你时刻准备着。就像台上的每个演员,都知道下一句台词怎么接,下一个瓶子怎么摔。他们不会放过任何能把火星点燃的时刻。就像布兰琪说的那样,他们把一小时看作一小片永恒。

太晚了,车库里一个人都没有。你将会把车停在一个最暗最偏的角落,四周一个探头都没装。你将会蹲下来,一个接一个地找轮胎气门嘴。你将会把刚才在路边捡到的树枝准确地扎进去。树枝触到了弹簧,你再往下用力按。你想起萧萧上气不接下气的笑,此刻这笑在你的脸上默默延续并终结。一片寂静中,你将会听到,有咝咝咝的声音在墙壁与墙壁之间回荡。

掌声。

第二部

三岔口

J

喉咙一阵痒,我没忍住,咔咔两声把自己从梦里咳出来。话说回来这也不是个值得流连的梦。我在商场里排队等电梯,可是直到上电梯的一刹那也没想清楚是上楼吃甜品还是下楼逛超市,所以我把两个键都按了——其实是白按,因为每个键,从 B3 到 12,全亮着。天晓得为什么电梯里只有三个人,电梯外却要排队。三个人里有个女生,视线越过我的肩膀照电梯里的镜子,专心整理刘海。砰,镜子被她看得粉碎,碎片落到我的脚下……做梦哪有什么道理可讲?

他出去上班,尽可能轻地带上大门,这点声响和我的咳嗽交叠在一起。照例是七点半,我们照例保持着两个钟头的时差。"就算泰坦尼克号上的那对小情人平安下船、喜结连理,不超过半年,他们睡觉的时候也不会再相拥而卧。"我在一篇专栏里打过这样的比方,"不要小看不同的作息时间,它可以毁掉所有生死相许的爱情,解决办法就是用土地换和平,用空间为时间减压——有精力困于斗室在心中杀掉对方一千次,不如一起努力挣钱买一套有几间卧室的大房子。"我总是习惯把这类昂扬的、务实的、押着俗气的韵脚的句子,放在专栏的结尾。

反正我们家有两个卧室,他一个,我一个。实在逼急了,书房里有张榻榻米,厅里的长沙发买的也是那种两分钟就可以变成床的款式。"空间够多了吧——用这点土地换十年和平够不够?"从他的语气里,我总是既听不出问号,也听不出句号。

那个情感专栏叫"简爱"。"倡导简单直白的男女关系,推崇经济适用型爱情,去小资化,反中产病,分寸掌握在用一小杯冷水泼脸的程度。"编辑乔紫是这么跟我交代的。我说这样行吗,全世界不都在掏小资中产的腰包?她说你傻呀,只有小资和中产才会对"去小资反中产"感兴趣。我说到底什么是小资中产,她横我一眼:"就是明明没吃饱却好像已经撑坏的痴男怨女。"

她说的没错,你只有开出这样的专栏以后,才知道根本就没必要找亲朋好友伪装痴男怨女,你的邮箱里随时会装满如假包换的痴男怨女。他们认真地讲自己的故事,好像从来没有意识到这个故事已经发生过几亿次。他们认定自己的叹息和眼泪独一无二,像一株刚刚长出嫩芽的植物,新鲜得几乎可以滴下露水来。一开始,我每回一封信,就担心我的阅历和情绪已经清空,担心故事类型再也翻不出一点花样,但我根本来不及多想。他们的问题就像刚刚退下去的潮水,翻一个浪头又卷过来。我至少可以用几十种方式回答"异地恋怎么办"或者"她妈妈不喜欢我",实在不行还可以说"答案早就在你心中"。反正,"简爱"就这么莫名其妙地从报上扩张到网上,发长微博,开微信公号,这些玩意加点插图就能一本接一本地出文集。我的署名一直是"简",读书会给读者签名就偷懒写一个花体J。

底线是不上电视。在饭桌上认识的导演说你形象还不错啦口齿也清爽,中文心理双学位,在相亲节目里当常驻嘉宾一定红。我说如果"红"就是跑个超市都要戴墨镜——还得是蒂芙尼的——那就算了吧。再说心理学我哪有学位啊,就是上过一年辅修课罢了。乔紫在边上夹起一块白得刺眼的黄喉,扔进泛着霓虹般油光的火锅:"她写专栏纯粹挣点零花钱,老公年薪搁那儿垫着呢,天天在回笼觉里焖熟了才起,没事上你们电视干吗?上一次妆老半年,出场费还不够打肉毒杆菌的。"

但今天的回笼觉看起来火候不对。好像我身体里连夜赶制出了一批更敏感的神经末梢,他那点微小的、刻意压低的响动被迅速放大音量传到我耳边。一个激灵我就醒透了。电动牙刷在嘴里翻搅出泡沫的时候,昨天晚上的每一个细节都跳出来——那些被睡眠暂时挡在门外的细节,经过大脑一晚上的加工,愈发尖锐刺目。

昨晚,他把我的手从他大腿上挪开的时候,是足够轻柔足够小心的吧?是把力量控制在我没法拿这个手势当借口,根本没理由发作的那个程度吧?"不行,真的不行,有一个项目,真的,太耗人。你当然没问题,是我的问题。过一段,我保证。"他的表情很平静,皮肤褶皱甚至依稀挤出一抹微笑。剩下的就是疲倦,毫不妥协的疲倦,让我不忍再追问一个字的疲倦。

我镇定地顺着他的动作把手抬到了他的肩膀上,半依偎在他怀里。他僵硬地揽住我,手指摩挲滑溜溜的肩带。"别考我啦,我当然看出来了——新睡衣。可我真的不行……"

我差点说,还有新香水,橙黄的瓶子上映着几何块面的豹子脸。美洲豹。可是我没说。我抽身后退,隔开两米转了个二百七十度。"这牌子的内衣从来不减价,今天七折出货,不买白不买。"他用一个更刻意的微笑赞赏我岔开话题的技巧,但紧接着还是关上了卧室的门。他那间。

怒火很快让欲望变成了某种类似于水蒸气的东西,混在香水里,散发出惟有黄梅天里的某个墙角才能闻到的那种气味。这多半是幻觉,但我昨天晚上陷在沙发里看《纸牌屋》的时候,确实觉得自己闻到了。就好像,在客厅里我觉得我清晰地听到他的鼾声,走到他门口,那声音又不见了。

这样的情形已经持续多久了？说三个月、六个月或者一年都可以,这得看你用什么标准。如果画成曲线图,近两周似乎有个明显的波峰。与之前最大的区别是,对于我各种关于上床的暗示,他已经像机器人那样,建立了固定的反应模式。不再有慌乱、歉意或者任何聊胜于无的敷衍。早在我开口之前,他已经把那个不字,高高地挂在了脑门上。

那么长时间都忍下来了,我不知道为什么昨天晚上的那一幕突然就成了一道忍无可忍的分界线。我记得电视剧后半集的每一句台词都像吸饱了血的蚊子那样在我耳边绕了一圈又迟疑地飞走,没有一个字有力气叮我一口。我关上电视机,打开电脑。没有什么比工作更能稳定我的情绪了,我得把专栏写完——有个快要被男友手机上的暧昧短信逼疯的女人,还在等着我回信。

"不要把你的爱人当嫌疑犯,不要认为只要他还有一点私人空间,就是对你的背叛。你尽管继续用爱他、珍惜他的理由侵入他的邮箱、偷看他的手机吧,这是毒死爱情的特效药,祝你成功。"我打字如飞,打"毒死"两个字的时候就像在钢琴上敲出一个夸张的切分音。我踩着尾音站起身,扫了一眼整个客厅,目光落到他搁在沙发里的公文包上。

别问我,我知道我找不出能解释这个动作的逻辑。总之,我扑向包,几乎在刹那间就找到了我要找的疑点:夹层袋里有一张凹凸彩印的贵宾券。凭券可在那家刚刚在郊区开张的超五星度假酒店董事长套房里住一晚,含豪华双人晚餐,用带轮子的高脚桌送到房间里来的那种,面值 8 888。翻到背面,有人用细芯黑水笔写了一行英文字:

Dear K,
    Your wish is my command.
                                    Sincerely yours,
                                           L

我知道吴凯文的跨国公司交际圈里只用英文,英文名字最后都会浓缩成一个字母代号,也知道把这段连起来翻译只是一句客套话(亲爱的 K,悉听尊便,L 敬上……),甚至这笔迹也看不出太明显的性别特征。但这张纸片上所有的词,正面的反面的,中文的英文的,还是自动挣脱语境弹起来,就像那些上了蹦床就停不下来的运动员,在我眼前茫然地飞来飞去。套房,双人,夜晚,亲,爱,你,愿望,命令。

隔了一晚上,在电动牙刷的嗡嗡声中,它们眼看着又要跳出来。我一个急停,关掉牙刷按钮,用力往水槽里吐了一口。泡沫里混了点从齿龈中渗出来的血,画面触目惊心。更触目惊心的是,昨天晚上,我,情感专家简老师,在搜完丈夫的包之后,又想起了他的手机。

当时手机正在充电。用脚后跟都能猜出他用生日做开机密码。新来的一条微信直接显示在屏幕桌面上,用英文,一个叫Lilian——莉莲,听起来像某种酥皮甜点——的女人说:我没想到事情竟会发展成这样,但我会遵守我的诺言。

人只有碰到问题才会知道自己到底有多少潜能。十分钟之内,我准确地找到莉莲和吴凯文的对话窗口,把他们近一年里所有的英文对话浏览了一遍。原来我的英语这么出色,而且自带无用信息过滤系统。我要寻找的是一尾谨慎的鱼,披着异族语言的鳞,在工作的海藻间无声游过,搅开的涟漪隐没在一堆欲盖弥彰的标点和表情符号里。可以确定的有三点:她是他的下级;他们的言辞是最近才开始暧昧的;她对他说"你真够义气"的时候,他沉默了一个晚上,第二天才回了一句:应该的。

这类俗套的剧情本来应该夹杂着更为挑逗的字眼,但也许他早就随手删掉了。他不舍得删掉的句子是"Tell me when will I see you again"(告诉我何时你我才能重逢),因为他完全可以说这只是今年唱烂大街的那句歌词,并没有别的意思。我的血往上涌,但我的理智还在。我的英文不如他流利,只敢在他的窗口里用最简单的词追问她:"诺言?真的?"这句话一发出,我就立马在窗口中删除,顺便把她刚才那句问话一并抹去,然后飞快地退出窗口。

"明天我休假,我会履行诺言。明早电话联系,带上那张券……你敢来吗?"她的回答既快又简洁,正好占满手机桌面的宽度,像拉起一条横幅。我能想象出按键的是纤长而灵活的手指——用在别处,这些手指想必也同样灵活。

我克制住自己没有再打开窗口,这样就不会留下已读痕迹。等他看到时,会以为她只说过这一句——更重要的是,只有他一个人看到。我冷冷地哼着那句英文歌词,从他的卧室门口经过。我的身上也长出亮闪闪的鱼鳞,连鳍都有。鱼鳍只有在受到攻击进入战斗状态时才会张开——我在专栏里写过这个句子。

但我至少是一条阅鱼无数的鱼。那么多失控的人物和失控的事件是我每天都在处理的工作,我知道女人的愤怒是把男人推走的捷径。放下牙刷,借着盥洗室里愈来愈明亮的光线,我在镜子里看到了一个把情绪控制得恰到好处的女人。很好,我对我说,你昨晚的睡眠质量中等偏上,甚至比平时更看不出眼袋;你进可攻退可守,你的账户很安全,你用你这几年积累的资源随时可以换来更多的工作,或许还有更多的男人;难道你从来不曾暗暗盼望过处理一场真正的变故,遇上一个真正的对手,好把自己平时纸上谈兵的那点同情心和优越感,凝固成一件……真正的兵器?

这些工整的反问句和比喻句把我自己也吓了一跳。我赶紧扭过头,大步走出去。我拔掉隔夜设定好煮粥程序的电饭煲插头,弹开盖子,看着一股热气喷薄而出。我拨通了吴凯文公司的总机。

"请问Kevin到公司了吗?有件业务……"我不晓得自己为什么要捏尖嗓子。其实,这是我第一次把电话打到他公司,他的同事绝对认不出我的声音。

但电话那头似乎还是有一个明显的停顿。"您好。Kevin……他暂时不在公司。什么时候可以联络……我说不准。我个人建议您把名字、联系方式和业务范围告诉我,我们会安排别的同事主动找您跟进的。"

"哦……那再说吧。那么Lilian小姐呢?"我试探着问。

那边干笑一声,语调和语速恢复到刚接起电话时的水准。"今天她休假一天。她的手机应该会保持畅通。如果事情紧急,我还是建议您留下联系方式。"

我挂了电话。看来情况比我想象的复杂。隐约的亢奋堵在横膈膜附近——住在楼上的歌剧演员曾经给我指过具体位置。我忍不住张开嘴,试图像她那样,用声带把这股气息逼出咽喉。气刚爬到声带,我的思绪就挪到了别处,最后只好草草呜咽了一声。

在我想好应该怎么做之前,我得先吃上一碗锅里的红豆薏仁百合粥,十一点到楼下的美容院里去做个脸。在喝粥和做脸之间,我还有时间登录微博回一封信,分析一则案例。信是昨晚发来的,当然是匿名。那个正在跟上司暧昧的姑娘写信还算通顺,从第一个字开始就好像做好了挨一顿骂的思想准备。每天信箱里都挤满了这样的信,我最多也只能抽样选几个代表。你骂得越狠,往你账号里打赏的人就越多。这个世界真是疯了。

出门之前,我扫了一眼他房间里的立式正装衣架。昨天我看到他把自己最喜欢的那套通勤搭配——藏青正装外套,米色衬衫,深蓝斜纹领带——从衣橱里拿出来,挂在上面。金色袖扣搁在床头柜上。就像每一个普通的上班日一样。现在这套衣服被他穿走了。袖扣也带走了。穿成这样去幽会未免太正式了——我忍不住想——那一打名牌马球衫,我都白给你买了吗?

K

梅花鹿在我手掌上吃树叶的时候鼻子蹭到了袖扣。鹿一皱鼻子,不满地瞥我一眼,掉转头。我就势在它屁股上拍一掌,鹿噗嗤抖一下,很受用。受用的母鹿浑身散发着可疑的气味,悬在动物园里常见的那种干草加粪便的气味上。我此刻的嗅觉,好像就困在这两种气味之间的夹层里。不过,也可能都是扯淡,是他妈的错觉。鹿可不像人那样随时会发情。

袖扣确实碍事。还有正装皮鞋公文包,在一座动物园里,非但碍事,简直滑稽。守门的老头,连续五天看到我这身打扮准时在早上九点出现在动物园门口,今天终于说了一句:"你还是买月票吧,省钱。"他居然能透过我这一身名牌,看出我现在需要考虑省钱的问题。

穿正装当然是为了让她以为我还在上班。还需要上班。我当然可以穿上马球衫,有意无意地漏一点口风,说我这两天在陪重要客户打高尔夫——可连想一想这样的理由我都觉得疲惫不堪。我在鹿苑边上的长椅上坐下,用一根铁丝剔掉嵌进鞋底纹路的烂泥,想象这几天,她窥探我的视线总是被一道看不见的屏障弹回去。她应该会生气,而且就连她自己也抓不住到底在生什么气。挺好,这件倒霉事总算还有这么一点好处。

我从来没想过告诉她。你没法对一个天天写情感专栏的女人讲这样窝囊的事情。你一开口就败了,她会把交叉着跷在茶几上的腿放下来,收腹吸气。她会说:"慢慢讲,我听着,办法总是有的。"虽然只上过辅修课,她还是会严格按照心理咨询师的规范,直视我的双眼。她在努力压制眼神里的兴奋。刚才,爬行馆里那条纯白的蟒蛇,盯着新投进玻璃缸的小白鼠,也是这样的眼神。两道白光闪过,我没忍心看下去。

以前她不这样。但我也只是依稀记得她不这样,却想不清楚到底是哪样。就好像,自从有了笔名之后,她的真名就失去了实用价值,成了遥远的记忆。简,简爱还是J?你能想象跟一个叫J的女人上床吗?像大多数夫妻一样,我们基本上不需要互相称呼——一旦需要,我就叫她"简老师"。因为"简老师"总是带着点恰到好处的嘲讽,所以跟在后面的那句话,她会比平时听得更认真一点。

"简老师,你猜我为什么爱去动物园?"

"因为你缺乏安全感,而且,也许你从来没真正度过心理断乳期——是不是小时候经历过什么创伤呀?生理心理双重创伤——比如,割包皮?"

"扯淡!"我承认她一本正经地胡说时样子有点性感,让人产生冲过去扇个耳光然后在她嘴唇上吻出牙印的冲动。但她一定还会往下说,你连一个标点都插不进去。于是冲动就地瓦解。她从来不在应该停的时候停下来。通常她只看到我关上门——比如昨天晚上——却想象不出我会戴上耳机,在手机上搜几首冷僻的歌听,比如《飞行员之歌》。

我是孤独的飞行员,漫长的夜里寂静地盘旋。孤独地制造地对空导弹。歌词真变态,跟我一样变态。这话我他妈的能跟谁说?谁听了都会觉得我变态。老婆在隔壁,我却只有把她关在门外,才能找到一点点思念她的感觉。无论是精神,还是肉体。她会不会冲进我的门,拽下我的耳机,掀开我的被子?单单是一个内裤的特写镜头,就会把她气疯吧?我有点害怕,也有点隐隐的期待。反正我从来不会把房门反锁。但是,当然,在我们这样的家里,这一幕到现在也没有发生。

"简老师,你猜我为什么不用去上班?"

这个画面刚刚有了点影子,我就在心里按掉开关。我没法想象跟她讨论这个问题。我宁可闭着眼睛从狮山上跳下去。她整个人就像是一部教参,写满了标准答案。我知道,问题到了这个级别,我就只能被她的答案逼到墙角里。工作不是包皮,别想用一句玩笑就打发掉。

两只火烈鸟在调情。两根细长的脖子在伸缩转动时,有那么几个角度,看起来就像是彼此打了个活结,随即又被一只看不见的手轻巧地解开。我捡起一颗石子,半斜着身体朝它们身边的小池子打了个水漂。石子出手的一刹那,正装腋下的线几乎要崩裂,可那对鸟没什么反应,它们在忙着给自己的颈部瑜伽操上难度。我能感觉到我的生物钟焦虑起来。周五十一点半,每周例行的工作午餐会,公司雷打不动的规矩。我的前公司。

事情就是在两个月前的午餐会上摊牌的。如果不是那天老板盘子上的牛排太难切,我相信,他至少会把发作的时间往后推,至少会先找我谈谈。然而,锯齿刀在牛肉的肌理中遇到了障碍,发出的声音就像是筋疲力尽的教师用劣质粉笔在玻璃黑板上打了个滑。他有点尴尬,把刀往盘子上一扔,转过头来问我:"那份合同是怎么回事?我很吃惊,我看到了你签的字。"

我是签了字,但那只是一份修改格式合同条款的意向书。当然我也可以不签,那么这个责任就得让莉莲一个人承担。取消远期汇率锁定是客户提的,在合同条款的细节上讨价还价不算常见也不算罕见。当然我们都没想到客户真的赌对了,可那也只是赌赢了一小把而已——签订正式合同并支付第一笔款项的前一天,人民币居然真的跌了一跟斗。好在这一单总金额并不大,所以损失也就三四十万……这些句子一起涌到喉咙口的时候已经被自动翻译成了英文,我不知道应该先说哪一句。如果面对的是半年前卸任的那个美国佬,我甚至可以拿那块牛排开个玩笑。但现在这位施瓦茨先生是个德国人,尽管英文流利得听不出多少破绽(惟一的问题是咬字紧张,像一个经过多年努力口音终于获得西区认可的伦敦东区人),我还是找不到一个可以跟他有效沟通的办法。

连同突然从胃里翻上来的牛油果色拉的气味,这些话被我统统咽了下去。一桌人都在看我的好戏,我不想给他们机会。

那天下午,在施瓦茨的办公室里,我把这些全说了。我说那位客户如果在折扣上多较劲,我们损失的只会更多,我们只是遇到了小概率事件,而且损失在可控范围内。我说以前安德鲁通常会默许销售部在一定范围内掌握让利空间。在这个范围里,格式合同只是个格式,意向书也不具有法律效力,我们真要反悔也不是问题,当然这样公司的面子会比较难看——尤其像我们这样的公司。我说我的团队赶在上月底定下这单生意当然是为了这个季度的报表更漂亮一点,但这也是在规则范围里的,不是吗?

我差不多把当年备战大学英语辩论比赛的那点功底全使了出来。施瓦茨没什么表情,天生往外鼓的眼珠子有点像鸵鸟,但我看不出一点怒意。辩论最怕碰到这样高深莫测的对手。我的音量一点点低下去,末尾的问号听起来像是省略号。

"你特别喜欢用'范围'这个词。碰巧我从来没搞懂过这个词。什么叫'规则范围'?我只懂规则,不懂范围。意向书没有经过我的批准,就是你跟客户之间私下的约定,公司只能为了声誉替你这种行为买单。有没有实质性损失、到底损失多少,这还在其次,重要的是不能乱了规矩。最后一点,不要再跟我提我的前任。"

施瓦茨最后一句提醒我,我已经一次性犯了所有可能得罪老板的戒条。而且他完全没有问起莉莲,他认为这是我一个人的责任。不过,他的语气要比话里的意思松弛——他的咬字,竟然比切牛排的时候更松弛。我开始怀疑,把我逼到口不择言,正是他早就打好的算盘。

向人力资源部经理维姬求证的时候,她当然什么都不肯表态。我追问一句,她就抛一点似是而非的线索。

"玻璃天花板最多就是上不去,也不至于要我头破血流吧?"我说。

"这个……不好说。安德鲁在的时候,倒是确实讨论过你的升职问题。"

这话间接证实了我的判断。毕竟,我在销售部经理这个位子上已经待了六年多,确实到了不进则退的关口。职场江湖上总是流传着不升职就走人的故事,但如果你以为那都是资深员工在跟老板讨价还价,思维就太简单了。站在老板——新来乍到的老板的立场上,一个薪酬达到全公司中层级别最高水平的部门经理总是略显可疑的。如果此人偏巧是前任的亲信,那么,哪怕他什么都不做,老板也能从他的面部肌肉纹理中分析出满腹怨气。碰到这样的情况,那就不单单是刁难他升职的问题了。新老板不会放过任何一个先下手为强的机会。我不是没听过这样的传说,但我从来不往深里想。

"所以施瓦茨带来的那个香港人,就可以拿我这个位子当跳板?过两年就能当上副总了吧?"

维姬竖起食指放到唇边,绕过这个问题直接进入她的轨道。

"认识有十年了吧,这些话我只跟你说一遍。你不要再问为什么,你要考虑的是接下来该怎么办。"

"难道要我辞职?"

"施瓦茨知道你不会辞职。至于向纽约总部或者本地的劳动仲裁机构申诉,你也知道,这对我们双方都不是经济有效的选择,对你尤其如此——如果施瓦茨把这份你签过字的意向书拿出来,恐怕你还得背上出卖公司利益的恶名。你的合同年底到期,如果公司期满不续,那你简直等于净身出户。但是,现在公司主动提前跟你解约,就能按最高标准给你一笔遣散费,还有推荐信。你知道,在这方面,我们公司一向是很有人情味的。"维姬的表情,看起来就像是一个正在说服住户赶快领遣散费的动迁组组长。

"我也是为你好。"动迁组温柔地下了最后通牒。

我当时很想在桌上抓起一样东西。但她的办公室实在太干净了。惟一的玻璃是窗台上的金鱼缸。我想象着自己慢慢走过去,冷静地掀翻鱼缸,鱼缸磕在桌角,连同我的遣散费和推荐信一起砸得粉碎,落到地上。那几条锦鲤吓得跳到她身上,水在地毯上洇湿一大片,太阳在碎玻璃上折射五彩弧光。

我没有走过去。我需要遣散费,也需要推荐信。我鄙视我自己。我用一半的自己义愤填膺,用另一半计算"最高标准"大概是多少钱。用这点成本换掉一个关键岗位,应该符合施瓦茨的心理价位。圆鼓鼓的鱼缸壁把锦鲤放大了一号,大得仿佛能贴上简老师似笑非笑的脸:"你是焖烧锅式的分裂人格,别人看不见,里面都已经酥烂酥烂的了。"

也许简老师的脸能从任何动物的身上浮现出来。在熊猫馆里转了大半圈,我才在假山一侧看到酣睡的熊猫的半边屁股。恒温的玻璃馆里连一丝风都没有,所以大团大团的白毛就只是顺服地贴在熊猫微微起伏的屁股上,没有朝任何一个方向竖起来。莉莲说过,她小时候的理想是活成一只熊猫,抱瓶牛奶从滑梯上滑下来。就像一格一格的慢动作。掌声一片。胖得顺理成章,懒得理直气壮,睡不醒没人敢吵你,没胃口就有一群人替你着急,你不肯交配就有人放A片给你看。偶尔醒来,你根本不需要表情,买票进来排队参观你的人都会觉得你在向全世界微笑。

好吧,这一圈终于兜到了主题。莉莲的脸终于替代了简老师的脸,从熊猫的屁股上浮起来。办公室里,那是一张特征模糊的脸。聚会时她涂一点口红,淡紫色衬衫的扣子松开第二颗,五官才会生动起来。"可还是看不出锁骨呢,"有一次经过她办公桌边,我听到她在电话里跟什么人抱怨,"我总是比目标胖五斤。"

那天我在酒吧里特意瞄了一眼。她把左手肘撑到椅背上,挺胸抬头,这时候左边的锁骨位置其实能看出一个浅浅的窝。上午她刚见过客户,还留着大半妆。假睫毛粘了一天的风尘,重得快要落下来。酒吧里最大的长桌边挤满了我们销售部二十个人,每个人都听到她突然提到了那份意向书。

"为了这个月超额我可是先斩后奏了啊。我答应人家可以改掉那一条,记得跟你提过一句的?"

她没有提过,我很确定。当着那么多人,我还是含糊地笑了笑,咕哝一句:"好像是……这么拼啊,到这里还要谈工作?"

她凑过来两句话就说清楚了事情原委。我有点吃惊她现在对客户许诺的胆子越来越大,但这不是个适合好好提醒她的场合。很快,血腥玛丽里的番茄汁和伏特加就弥漫在我的喉头和胸口,眼前的一切都显得无关紧要,以至于莉莲从包里把打印好的意向书拿出来让我签字的时候,我几乎看都没看就去摸笔。

"你还是看看吧……我知道,这有点风险。但是人家也没要折扣……"

我去摸笔的手停在半空中。旁边已经有人开始起哄,说莉莲你怎么谢经理,这个字签下去是不是应该以身相许。秧子架到这么高,我要是陡然跳下来,倒像是不配合气氛不给大家面子。于是我捏着那张纸,想象了一下皮笑肉不笑应该是什么样子,然后转过头来直视她:"签下去就是要替你担肩膀的——你总得揉揉吧?"

酒吧的气氛立时活跃起来。会咬人的狗不叫,越是喧闹的绯闻就越安全,这也算是办公室经典法则,但前提是你得照着经典剧本演下去。莉莲两只手作势放在我肩膀上,但没用力。

"我在年会上抽到的那张套房赠券可一直留着呢,"莉莲的口气像是早有准备,"送给经理预祝高升,也谢谢替我挡子弹。哎,我不开玩笑,正好跟你太太两人世界啊。"

"一张赠券就想贿赂我?"鬼使神差,我在常规答案之后又加了一句更有剧场效果的,"两人世界早就没感觉了。最近忙得无欲无求,连老婆的作业也交不出。"

这类部门的庆功聚会最大的兴奋点就是拿经理当靶子,若是我演不出浑身的弹孔,就拿不了满分。"好办啊!换个人陪就行啦!"几个人同时说,声波像齿轮一样彼此镶嵌,摩擦出不怎么悦耳的杂音。

"行啊,"莉莲接得飞快,"只要经理一句话,我随叫随到。"

"你嘴还挺硬。"

"你心软就成。"

话递到这份上,我的心是真的软了。但是,说到底,如果当时有一点点迹象能让我警觉施瓦茨的计划,我就不会签下这个字,更不会由着莉莲把赠券塞进我的公文包。施瓦茨是迟早要行动的,他只需要一个借口,但我这么快就主动送上这个借口,还是让事情的本质发生了一点变化。不管是莉莲的锁骨,还是两杯血腥玛丽,抑或我那点残存的英雄救美的幻想,都不足以让我甘愿付出失业的代价。

"失业?开什么玩笑?"后来维姬听到我说这两个字的时候夸张地嚷起来,"过几天事情停当了以后我就把消息放给猎头公司,你就等着接电话好了。当然,不一定会是五百强,可能招牌不像咱们公司这么大,但是规模小一点的企业活力强啊,成长性好啊。"她顺手扔一张英文报纸到我眼前,拿腔作调地念英文标题:"IBM全球裁员十一点八万人。"

"西门子微软高通迈威,哪个不在裁员?一整个部门端掉都有的是啊,明天也许就轮到我呢。早一点出去,还有到别处当CEO的机会。"

"过一阵再挂出去吧,"在她的调门越升越高时劈头打断她,让我的感觉略微好了一点,"我想安静两天。"

"呃,也好。可以给你两周交接,再长一点都没问题,这段时间你上不上班都行,想度假现在也正好是淡季,马尔代……"

我一甩手,把她的"夫"字关在了身后的门里。

从熊猫馆往前走,有个笼子里关着一头巴西狼。整个动物园就这么一头,至少七八年前就关在这里了。我觉得这里是动物园的终点,来过这里我才可以回家。就连写在那块方牌子上的字,我也几乎能背出来。雄性,又名鬃狼,野外数量稀少,爹妈是巴西赠送的国礼,多年前就死了。它的出生创下了巴西狼在亚洲首次繁殖成功的记录。

巴西狼并不怎么像狼,个头和火红的毛色更像狐狸,还长着一双有点喜剧效果的大耳朵,后腿比前腿长。牌子上说它生性胆小温驯,以吃浆果为主,有个绰号叫"素狼"……等等,素狼?

我第一次看到这两个字的时候,下意识转回头看它的眼睛,简直能看出一丝羞愤来。于是此后它所有的动作都好像有了新的意义。它在笼子里来回走,努力然而毫无野性地发出凄楚的嘶鸣。不管它有没有朝我看,我都觉得它在回避我的目光。我觉得,我把它看得无地自容。也许反过来也一样。我总是在想,有没有可能挑个月圆之夜,一直躲到闭园以后,听一听它的叫声会不会凶猛一点,变成狼人以后还是不是只吃素。如果我是武林高手,会缩骨术,我就钻进笼子,打开插销把它放出去。能有什么严重的后果呢?它只吃素。

所有在假想中对这头狼的怜惜和羞辱都会引发一阵接一阵

的兴奋与刺痛,交替从我皮肤上滑过。有时候我会觉得,这样的感觉至少比麻木好得多。也许我来动物园,只是为了这个。在某个平行世界里,我和这头素狼没有语言障碍,我们可以相互嘲笑。隔着铁丝网,有时候我会分不清到底谁在笼子里面。

它曾经有过一头母狼,从鹿特丹运来,我见过一两回。前两年母狼死了,笼子又成了单人房。我看不出它是否悲伤。我不知道一头只吃素的狼怕不怕孤独,该怎样表达它的悲伤。

昨天我扒着笼子看了它一个小时,它懒懒地躺着晒太阳。明亮的光线下,它的脖子和背上清晰地呈现老态,秃了毛的地方只剩下一块块白斑。也许是我的嗅觉在退化,也许是动物园的卫生状况有改善,反正我觉得笼子里的尿骚味比前两年淡得多。

今天的味道甚至更淡。一路走过去,鼻腔里只有稀释到很淡的湿气味道。笼子的栅栏渐渐在视野里清晰,有人在端着橡皮管子往地上浇水。

五分钟好像有五个小时那么长。五分钟后,我被手机铃声拽回到现实中。

L

彩铃响了大半首歌,吴凯文才接起电话。可任凭我怎么寒暄,他只是愣在那里。我说我是 Lilian 啊,经理你还好吗,昨晚微信你是不方便多说吧,我懂我懂。他没反应。我说我就想告诉你,我说过的话都算,我知道这也弥补不了什么,可我不能让你就这么走了啊……我欠你一个说法。他还是不响。

我说不下去了。电话那头好像是一个很开阔的地方,显然是户外,但人不多。就像是事先录好的罐头效果,有鸟,有风,有远远传来的、低低的吼声。他开口说的第一句话,我想过七八种可能,但完全没想到会是这样:

"狼死了。昨天还在晒太阳,今天就死了。"

"什么狼?Kevin 你怎么了?你在哪里?"

"他们洗得真干净啊。就跟从来没有这头狼一样。牌子都摘了。"

不管他在哪里,此刻他的声音脆弱得让我尴尬。以后他会后悔让他手下的职员听到这种声音的。我决定不理会他的自言自语,用平时谈工作的语气跟他说话。"经理,昨天我们已经说好啦。"

"说好了,说好了。"他喃喃地重复,并没有弄明白这是什么意思。

"所以现在我们应该见个面。"

他像个程序紊乱的机器人,总算接收到一个明确的方向和指令,各项指标都渐渐恢复正常。"哦,在哪里?我有车,如果路顺可以捎你一程。"

路当然是顺的——就算是必须在高架上绕几个圈,他也会说路是顺的。无论在什么状态下,吴凯文总是能做到体贴周到。他说过,这是销售员最重要的品质。接近中午是一天里交通最通畅的时刻,三刻钟之后,他的车停在了我小区对面的马路上。我再度接通他电话的时候,他已经完全平静下来。

"抱歉,我想你把玩笑话当真了。不管有没有出那件事,他们都会让我走。所以你放宽心吧,这事儿过去了。"

如果这话说在两个月前,也许事情就真的这么过去了。但内疚是有毒的,积压了两个月之后,毒素弥漫全身。我总得找到解药吧。

"过去了?那你还来干吗?这句话完全可以在电话里说嘛。"

他尴尬地笑出声来。我一边关手机一边锁门下楼。

"解药就在你自己手里。内疚不内疚全都是假的,你现在需要满足或者克服的,是你的好奇心。暧昧是个花里胡哨的盒子,不揭开盖子,你怎么知道里面不是空的?"一个小时前,当我接到这封信——准确地说是一封公开信时,也像他这样,突然发出了尴尬的笑声。

信用长微博的形式发在"简爱"的主页上。当然,我的真名不会出现,收件人只是个化名。那是个很受欢迎的情感专栏,五年前大学毕业刚上班时我就在报纸上追过它,一路追到微博上。J每天都在私信箱里选几封,连同她的回信一起挂出来。很多人评论,很多人转发,还有一些人激动地往她的支付宝里打钱——这是微博新功能,他们说,这叫打赏。

不知道躺在家里写字等着别人打赏是什么感觉。至少用不着天天穿着帆布鞋赶班车,拎着早饭钻进办公室,飞快地一边换高跟鞋一边抹口红吧。J不常贴照片,但每张都很好看,一张不缺胶原蛋白也不缺睡眠的脸,侧转角在四十五度到六十度之间。我没有她的本事,文采只是一方面,更重要的是,我从来没有俯视众生的优越感。没有这样的优越感,怎么会有勇气指导别人过日子?

我并不嫉妒她,我觉得有这样的人站在山顶上(哪怕是虚拟的山顶)也是好事情。至少让你觉得你身边有一座可以爬的山,有一条可以让人安心的轨道。生活因此显得井然有序,有阶梯,有希望。好多话,非要被她写出来,我才会意识到这些念头在我心里盘旋已久:

"如果跟你讲一大段谈恋爱的技巧,告诉你不要踏进复杂的泥潭,如果这样就能让你安心,那我可以再无偿写一万字,就当爱心捐助好了。可惜人性从来不是这样,你不是亲自试探到底线,不去撞一撞墙,总是会觉得自己有穿墙而过的特异功能。那好吧,晚穿不如早穿,早点头破血流就能早点养伤。"

我当然没有在信里把我的情况说透。我发现人只要一写字,有些事情就会在字与字之间找到一片草丛,一块树荫,知趣地躲起来。我说"他稳重而普通",可我没有说他是否结过婚。我说公司里出了点误会,我害他丢了工作。我说我觉得必须做点什么,但我分不清什么是内疚什么是感激什么是喜欢,可我没说到底是什么让我如此内疚。

当我把整件事情慢慢倒带时,我总算弄明白为什么前一阵子维姬开始找我聊天,为什么她突然成了我的闺蜜(她有好多闺蜜,这大概得计入人力资源部的工作量),为什么她总是向我灌输:吴凯文眼看着就要升职,凡事有他罩着就不会有问题。还有,施瓦茨非但没有惩办我这个直接当事人,反而发了我一个当季的明星员工奖。他在上周午餐会上朝我微笑,下巴上笑出一道凹痕,还顺便教了我一个德语单词。我觉得我成了他的同谋。

整个公司应该有一大半人相信我是老板的同谋吧,相信我先把吴凯文骗上了床,再把他推下他们早就挖好的坑。哪怕是那天酒吧里见过那份意向书的人,这两天看到我也一个劲地眨眼睛。我估计他们已经自动修正了记忆,对我的演技又害怕又佩服。

吴凯文的金色袖扣在方向盘上闪着光。"这样吧,你就请我去那里吃顿自助餐,咱们的事儿就算了了。"

"咱们走一步看一步好不好?我好容易匀出一天休假来。这张券再不用会过期。你知道我没有男朋友的。考察一下酒店环境也好啊,以后招待客户用得上。"

这几句话搭在一起,逻辑实在有点怪。在销售部拿到超额奖的女人,难免会被人猜疑卖的不只是产品,何况我还把男朋友、酒店和客户三个词串在一起说。但他放过了所有可以发挥的地方,踩一脚油门,顺口就把话题给换了:"我没想到你住这么远。平时也从没见你迟到嘛。这地界,眼看着都快到机场了。"

头顶上果然响起发动机的轰鸣。吴凯文略微歪了下脑袋,找到合适角度,透过车窗瞄了一眼。"空客A380,双层客舱,可以装五六百人,"他说,"真够威风的。"

如果这玩意天天擦着你头顶飞过去;如果你的耳朵哪怕在睡梦中都会时而清净时而幻听,就像踩着固定的节奏;如果你每次听到飞机失事的新闻,都会想象一块螺旋桨穿透天花板坠落到客厅中:那么,你就不会觉得飞机有什么威风的地方。

"以前更惨,租房子,三天两头担心房东提前解约。现在我已经很满意了。只有机场边上的房子,我才付得起首期。当然,远是远了点……"

远是远了点。第一天搬过来,我妈就说过这话。不过她很快振作起来,每天清早四点半赶到小区门口的班车站排队。第一班六点才发车,可是哪怕你四点三十五分到,能占到座位的名额就没了。队列里全是跟她年纪相仿的老人,全是来替孩子占座的。"大城市好就好在讲规矩,"我妈兴奋地说,"第一天我五点到,没位子。第二天提前一刻钟,还不行。第三天总算踩准了时间。他们没法更早啦。咱们就赢了。"

我的眼前雾气蒸腾,仰头看天花板才抑制住泪腺。"妈我怕我赢不了呢。我有什么条件赢啊……"

"赢不赢都只有这一条路。难道你想回咱们那个县级市?反正靠什么都不能靠男人,跟他们你就得把每笔账都算清楚。想想那个女人是怎么把你爸拐走的。离婚才半年,他就抱着儿子摆了三十桌满月酒!三十桌啊,这事你都不记得了?"

我当然记得。我记得请柬寄到了外婆家,我记得外婆瞥了一眼请柬上的照片就叹了半个小时的气,说了十七八个难怪。她说这是示威啊,是要我们好看啊。她说要是这白眼狼生的是闺女,就不会有脸发请柬到我们家了。示威?示什么威?就因为这个胖小孩比我多长了一截肉,我爸扔下我妈就天经地义了?我妈抢过请柬,扔进了垃圾桶。从那天起,她就开始数着日子等我大学毕业,她好带上所有家当,搬进这座大得没有边、谁也管不着谁的城市。

搬来以后我从来没听我妈抱怨过一句,哪怕是冬日清晨,她在长长的队列里发抖。她每天出门前替我定好闹钟,五点三十五分准时响。五点五十五分,我连滚带爬冲出门,总是看到她整个人都裹在军大衣里,伸出手来朝我摇晃,像半截打了霜的枯枝。她让我排进队伍里,自己用五分钟到旁边的早点摊上买一袋热乎点心,跑回来塞进我手里。"上车睡一个钟头就到地铁站啦。"她嘴里哈出的白气全涌到我脸上,"千万抓住杆子再睡着,千万。"

有一次我没拉紧,一个急刹车,头上撞个包。午休时,我冲进公司边上的发廊,剪了个齐刘海才敢回家。

如果我妈知道我正跟着一个快要失业的已婚男人到高级酒店去开房,她会不会昏过去?问题是,学会大城市这套不拖不欠的游戏规则,学会跟男人"把每笔账都算清楚",这不就是她教我的吗?

J

咖啡座里有四个穿旗袍的女人在演奏民乐,大概是配合整座酒店设计的中国风。二胡,琵琶,扬琴,笛子。仔细听,也不是什么民乐,都是流行歌曲。天青色等烟雨而我在等你,炊烟袅袅升起隔江千万里。有那么几秒钟,我甚至跟着哼出了声。

我哼的调子围着我脖子转了小半圈,传回我自己的耳朵。我一愣,狠狠地鄙视了一下自己。我这是来度假的吗?我是来打仗的,我是来捉奸的——当然,捉奸这样的词,过去,现在,将来,都不应该出现在J的词汇表上。

仿佛有刀把J从我身体里割开,任凭她飞升到酒店大堂挑高五米的天花板上,用手肘撑住水晶吊灯,笑眯眯地看着我。透过每一个能够反射的表面——落地玻璃窗,玫瑰花茶,擦得锃亮的黄铜柱——我都能看到她的影子,晃晃悠悠,像是一大块笑得浑身打颤的果冻。

碰到这样的事,J会怎么做?当然不能去踢门,不能一哭二闹三上吊。生活在县级市的女人可以这么干,我不能,或者说J不能。J在专栏里是这么写的:"你以为让对方难堪就能一劳永逸了?你以为加在他们身上的伤害最终不会反噬你?撞开一扇门就像撕裂一幅画。想想看,就算一段感情即将告终,难道你希望以后千百次出现在梦里的就是这样支离破碎的画面?"

能用问号的时候就不用句号感叹号,能有开放式结局的就不要一条道跑到黑,这是典型的J的语法。像反噬这样听起来铿锵有力,看上去高深莫测的词儿,也准确地卡在了合适的位置。其实所谓心理疏导,有哪一种能真正解决问题呢?人嘛,哪个心里没有一个半个倔头倔脑的小人。你把这小人问倒,或者干脆一棍子打倒,心思平静下来,就算完成了任务。至于解决问题……所有的问题,都是被时间解决的。

我已经在这家新开张的超五星酒店里等了一个多小时。我找过乔紫,她找到在旅游网站里工作的朋友,打听到昨天确实有人在这家酒店里预定了今天的董事长套房。"你怎么一问一个准啊,"乔紫诧异地说,"现在这种淡季,平时这些贵宾套房根本没人住,我刚追问了两句,原来是有人用了他们开张那会儿卖过的礼券。"

"哦,"我鼻子里冷笑一声,"是女人吧?"

"这我可没问……你这个巫婆,连这个也算得出来?"

"不是,瞎猜的,"我赶紧打住,"那我换个时间订好了,到时候再找你帮忙。"

他到现在都没有给我打电话,没有找个借口宣布在外面过夜。或许他太兴奋了,还来不及想起这件事。他们的脑容量暂时不够用,只够装得下对方。前年圣诞夜,这样的感觉我也有过。床单不晓得什么时候整个从床上掀起来,把我们裹在里面转了个圈。我的头发垂到床沿下,吴凯文压在我腰下的右手几乎失去知觉。我们与床单、床单与床、床与地板,全都构成了匪夷所思的夹角。我的所有感官中,只有鼻子和耳朵还在工作。鼻腔里是他浑身散发的香槟酒味,耳边听他一个字一个字地念叨。

"你就放心好了,想做什么就做什么,我兜得住。"他说,"最多两年,也许需要再到总部培训一年,怎么算都该轮到我升职啦。六十万年薪加分红,够不够用?"语速很慢,音量很小,带着回声,一遍又一遍旋转。我不知道是他真的说了那么多遍,还是我得了脑震荡。

就算我脑震荡好了。可是,在一座大得没有边、谁也不管谁的城市里,还能有什么漂亮的情话能比这一句更动人呢?他不扯花花草草、山山水水,只提他眼前觉得最重要的东西,像是拿着一个帆布大包,跑到我跟前的草地上,哗啦一下倒出来,叫我全拿去。这也就够了,比我专栏里写过的所有句子都好看。至少那一刻,我觉得真是这样。结婚五年都还可以说出这样的话,我们应该没有什么理由不能永远了。

他们推开旋转门的时候,我正在计算——五年加两年……见鬼,还真是到了那个不吉利的年份。一个多小时前,我特意在咖啡座里选了柱子背后的位子。只要歪歪脑袋,他们的行动路线就能一览无余,反过来,我这里却是他们的视觉盲区。

这两年一过,该来的都来了,该走的都走了。她走在前面,一边走一边翻包,快到前台时摸出了赠券。他跟在后面,走一步停一步,装模作样地看手机。董事长套房,一个年轻的、也许跟他一起加过无数个夜班的女人——拿这些来庆祝升职,真是再合适不过。从我这个角度望过去,女人的五官只能看个大概,但白皙的肤色很抢眼。悬挂在大堂里的中式灯笼在她身上打了一圈淡黄的光晕,像透明的鱼鳞。

旋转门开了又关,关了又开。办完手续后,他们并没有马上找电梯上楼,而是在酒店的花园和游乐设施里转来转去,有点像质量验收。有两次,她的手伸出来挽住他,他没躲,但也没趁势发展,然后走两步他们会自然分开。也许他们之间,已经对彼此的身体熟悉到足以抑制好奇心的地步。他们知道前面还有的是好日子,慢慢地走就是了。

最后一个念头是条鞭子,抽晕了那只已经在我大脑里转了几个小时的陀螺。我喝了一大口伯爵茶,杯沿上多了半圈唇膏印。

出门时我特意开了一管新的香奈儿,就是想把我整个人的色调提得亮一些,再亮一些。然而疲倦势如破竹,以至于他们终于走向电梯时,我想站却站不起来。鼻子酸胀,浑身上下却根本调动不出一滴液体。

民乐四重奏刚好在完成《红豆》的最后一句。吹笛子的姑娘突然像从瞌睡中惊醒一样,在"也许你会陪我看细水长流"的"流"字上用足力气拖长一拍,却居然走了调,变成一声格外刺耳的啸叫。这声音总算松动了闸门,泪水从眼睛、鼻子、嘴巴,甚至我觉得从耳朵里一起流下来。我转过头,天顿时就黑了。

K

起初是装睡,但渐渐地,整个肉身先是沉重,再是轻盈。新装修的套房里充满各种可疑的气味,但沙发垫子真是说不出地舒服,把你整个人都托在一道软硬适中的平面上。我知道我没睡着,我怎么睡得着呢?我只是进入一种能主动控制梦境的状态,简老师别想从这样的梦里分析出什么潜意识来。这更像是一台附带剪接功能的放映机,我自己剪,自己放,自己看。

材料都是新鲜的,刚刚发生的。从两个小时前有人推着晚餐进套房开始。然后是酒店给贵宾安排的各种仪式化的打断:点蜡烛,送鲜花,切龙虾,上一只会喷火的蛋糕。我们各自的台词只能穿插在其中，既不流畅也不自然。我们都不是那种能把服务生当空气的人，我们都忍不住猜想他会怎样揣度我们的关系，所以我们有义务扮演一对渐入佳境的情侣——哪怕观众只有他一个人。

站在服务生的角度上，大概更像看一场弹幕电影吧。我们说的话在空中飞来飞去，偶尔抓住了一点意思，就跟着笑笑。

"他们说你要去创业……"

"他们还说我会升职呢。"

"你真的不怪我？你本来可以把我也拖下水的。"

"然后呢，一起沉潭？你不怕当淫妇，我还懒得当这个奸夫呢。"

"那天在酒吧里，假如换一个人，假如不是我求你，我不相信你会答应得这么爽快。"

"好吧，其实我也不相信。"

"还有……我一直在想你说的那头狼，真想看看它到底是什么样子。"

"颜色很漂亮，跟你的头发有点像——新染的吧？"

她确实漂亮多了。我是说，比起五年前她刚来公司时，简直像换了一个人。头发的颜色，鞋跟的高度，手包的牌子，笑容的频率。英语仍然有一点口音，她说上大学之前就没有碰上过能把重音念对的英文老师。可她很快就学会一套让英文显得更地道的花样，比如恰到好处的关联词和插入语，比如听不太懂的时候她就礼貌地打住话头,微笑着把自己听懂的单词重复一遍,剩下的让对方填空。她就像是一张用不完的画板,每画一幅,就能把前面那幅完整覆盖,不留一个死角。

所以她说的没错。如果换一个人,我的头脑大概会冷静得多。比她漂亮的女人我见得多了,但是我很少在她们身上看到像莉莲那样新鲜的、仿佛野生的饥饿感。她那么急切地学习那些早已让我们麻木的规则。她不在乎姿势好不好看,只想尽快占领这座城市,包括其中的男人。总有男人给她送花,同事说每次名字都不一样。这不是什么坏事,销售部的女人当然应该学会跟男人周旋,哪怕世界五百强公司的销售部也是如此。

直到现在,直到我躺在沙发上,假装不知道她轻轻帮我盖好毛毯时,我仍然没法确定我是否喜欢她。或者说,喜欢这种词太简单太年轻了。服务生进进出出的间隙,她在认真地勾引我,争分夺秒地完成一个她早就想好的任务。她觉得欠了我一笔债,必须尽快勾销以后才好重新上路。有时候恰恰是这种笨拙让我既害怕又感动。终究还有人,而且是一个好看的女人,对规则有如此偏执的信仰,就像十年前,七年前,甚至两年前的我。

手机叮一下送来刷卡通知。两千八。简老师又在用我的副卡。对莉莲这样的人,简老师会作何评价?很奇怪,即便是面对这样的事,我也很难把她的身份从专栏作家变回我的老婆,我没法想象她也会吃醋。"你知道他们有多努力吗?"提起城市里的新移民,她会不咸不淡地来上这么一句。她的话里有四平八稳的公正,也有不易觉察的势利——一旦觉察,你就会觉得既准确,又锋利。

在酒精的作用下,J 的脸和 L 的脸也会奇妙地叠在一起。除了皮肤都很好以外,她们的五官并没有更多的共同点。但是,在某些时候,她们倒是都会出现一种坚定的、不容分说的表情。J 总是想当我的老师,而 L 总是想当我的学生,她们并不在乎我愿不愿意。某种程度上,我好像成了她们之间的过渡带。我觉得,总有一天,L 也会学到像 J 那样准确而锋利,她们的面孔会越长越像。

灌下两大杯红酒以后,我夸张地表演醉意。我说奇怪啊平时没那么晕,大概早上在动物园里走累了。她过来扶我的时候,满身果味香水飘过来,我差点就势抱住她,像抱住一大捧草莓或者车厘子。然而我还是没有抱她,我需要时间缓冲。她愿意以身相许,并不代表这事情不会有代价。每件事都有代价,这是城市的首要规则。

更何况,妈的我不知道我还行不行。至少有半年我好像根本不需要女人,在黑夜里当个孤独的飞行员让我特别惊慌也特别轻松。对于冲动堆积到什么程度,才足以阻挡那如潮水般袭来的厌倦,我实在拿不准。

拿不准就先不要拿,等一等,看一看,所有的问题都是被时间解决的——这话也是简老师说的。她又说对了。

L

还好他醉了。也许不是真醉,那也无所谓。我需要一点时间来缓解渐渐在我心里弥漫的尴尬。事情比我想象的要难得多。在酒桌上陪伴手里握着订单的男人,那些拿黄段子试探我底线的男人,那些喜欢突然俯下身掸掉你头发上的树叶的男人,倒没这么麻烦。那只跟手段和经验有关,掌握规律就有胜算。反正有规律的事情总是好办的。

但 K 不是。我愿意了解他,愿意逗他发笑,比我原来以为的更愿意,于是交谈渐渐带上了一点危险的气息。我开始发觉,照这样发展下去,事情也许不会局限在一天的纸醉金迷里,不会只留下一点关于龙虾和床的甜软记忆。

"你难道从来没怀疑过我跟他们是一伙的?"

"如果是,也很正常。你最好把演技练得再好一点,让他们觉得你是自己人,要不然就会变成下一个我。"

"但是……你从来不觉得我很崇拜你吗?"

"这种问题是陷阱吧。No comments.[①]"

他心不在焉地抵挡着,手里的刀叉却越发娴熟,在龙虾肉上

[①] 英语,通常用于外交辞令,译为"无可奉告"。

划了个诡异的十字。

"你这年纪,早该要个孩子了吧?"

"这又不像养个小猫小狗那么容易。人跟人,是讲 timing 的。嗯,就好像你跟客户谈生意,互相提 proposal①,她条件成熟的时候你没准备好,你觉得划得来的时候她开始计较成本。时间一长,谁都觉得不提才是最大的默契。"

说到老婆,他的话突然多起来。不知道为什么。他用词越是冰冷,越是把这些事情类比成做生意,我就越觉得他们之间的关系比我想象得更亲密。那个让他交不出作业的老婆,跟他是一类人。他们可以坐在同一张谈判桌的两边,而我不是。至少现在不是。他们是那种跟着村上春树跑步或者谈论跑步的人,他们穿着"布鲁斯兄弟"棉衬衫在寺庙里短期出家或者接受轻断食养生疗法,他们在日式居酒屋等鳗鱼饭端来时独自喝啤酒看杂志,那些杂志上出现最多的词是"小确幸"或者"滋养"……我得承认,想到可能会搅乱他们那个严密而美满的世界,我还真有一点类似恶作剧的快感。

我给他盖上毛毯,看着他的眼珠隔着眼皮轻轻转动。四周一下子安静下来,浑身的毛孔骤然收缩。超五星酒店董事长套房的隔音,好得足够让一群人在屋里默默地杀掉另一群人。

不光是隔音好,整个套房里的所有细节都在抢着向你表白:

---

① timing 和 proposal 都是商业常用英语词汇,前者指时机,后者指建议、提案。

这里物有所值。双卧，起居室，餐厅，书房，都带阳台。淡玫红丝绸被面，全套的仿明家具——套房专属管家说这是黄花梨，接口都是榫，不是钉子。他在介绍的时候，我心里嘀咕，就算你说这是紫檀（虽然它一点都不紫）我也不会怀疑，我真的搞不清楚。但是这并不妨碍我认真地凝视一格格镂空的龙纹屏风，再透过这些格子欣赏摆在小茶几上的孔雀蓝瓷瓶。瓷瓶顶上当然会有一个角度合适的光源，像是正巧追过来一粒光，钉在瓶子鼓得最高的那个点上。见到这画面，作家会说莫名其妙的话：温润，底蕴，岁月静好。但我只看到钱，很多钱。钱能买来耐心，能买来巧夺天工的榫，换掉粗鄙的钉子，还能买来永远沾不到一丁点泥的细高跟，从加长轿车上骄傲地伸出来，轻轻落到地毯上。

自从我被公司频繁派到外地出差以后，我开始习惯半夜里醒来至少有两分钟想不起自己到底在哪里。我喜欢研究各种级别的酒店。哪怕半夜十点入住，清晨六点退房，我也会把房间里每一种洗漱用品的牌子、每一个插座的位置都看一遍，我会在黑夜里闭起眼睛，想想这些细节是不是舒适合理，意味着什么级别的生活质量——尽管我一大半都用不到。

眼前的一切异常和谐，像牛奶巧克力广告那样明亮柔软。吴凯文舒服地浮在沙发上，只是这画面的一部分，是我短暂的奢华生活的一个道具。他的存在，给这个镜头增加了一点不确定性。他也许就这么睡过去，也许会醒。他醒来也许会干什么，也许不干——这一点也不重要。醒着的时候,他的英文让我非常自卑,他总是巧妙地暗示自己见识过大场面,所以不管是黄花梨还是火焰蛋糕都不会让他大惊小怪,他那训练有素的淡定是幸福生活最高级的装饰品……但是这又怎样呢?他还是输了,而我,暂时地,居然跟卑鄙的胜利者们站在一起。

一阵奇怪的忧伤和兴奋袭来,我得站起来透口气。我走进书房,打开套房里配备的电脑,登录微博,找到J的页面,在她的私信箱里写了两句:

"谢谢你回答我,我觉得我好像懂了。我仍然在悬而未决的状态中,但我好像不再纠结会不会有答案了。"

J

"祝贺你,在看透男人的课程中又修满了几个学分,离毕业又近了一步。"我在键盘上清脆地敲上句号,按下发送键。

这种"谢谢你回答我"的来信是人家的事后烟,我本来不用回,至少不应该这么快回。J平时的行文风格要酷得多,"看透男人"这种政治不太正确的话也说不出来。但是,除了不停地回信,不停地证明大部分人活得比我更糟糕以外,我还能靠什么调整情绪呢?如果无法呈现最佳状态,那还是一个人回家的好。

你有什么理由回家?做错事的人又不是你。我在总台开房的时候就不停地提醒自己,要镇定,要坦然,你至少得比他们更坦然。我劈头就问我能住2666号房间吗,总台那小姐忍不住反问,这到底有什么讲究。

"没什么,我算过命,星座合呗。"

小姐立刻来了兴趣,追问她的处女座适合住几号房间,我费了点劲才把她拉回正轨。

"还真是空着,我给您办。不过您没有预定,这是门市价,我可以临时帮您办张贵宾卡打九折……"

"不用麻烦了。我不缺钱。"

"您的星座不适合今天打折,对吗?"这小姐太好奇了。我给了她一个水瓶座的莫测高深的微笑,狠狠地刷了信用卡。K的副卡。

我真庆幸我具备女人少有的方向感。从2666房间的阳台确实能看到董事长套房的阳台,他们在我上面一层,阳台成九十度角。我从朋友那里打听过董事长套房的位置,正对人工湖,三楼。开房之前,我在客房楼层里整个转了一圈,才确定2666是最佳观察点。对自己的智商恢复信任,是克服挫败感的第一步,这话我也在专栏里写过。

窗帘始终没有放下,阳台上亮着一盏灯。他们偶尔在阳台上眺望。依稀能看出,他们并没有换上浴袍。除非他们趴在阳台上唱歌剧,否则我当然没法听到他们的声音。间或仿佛看到服务生或者套房管家白色的衣角闪过，也可能只是我的幻觉。我在心里替他们排时间表，八千八百块的晚上值得设计一套富有创意的流程。我想如果我是那女人，我会要求男人在每个房间里换一种做爱的姿势，这间水草丰美，那间落英缤纷。我会变成一头埋进水草、踏上落英、幸福得不知如何是好的九色鹿。在想象中偷窥丈夫和别的女人上床，我的兴奋和愤怒竟然一样多。也许更多。

我打字如飞，我灵感四溢。我对二十岁的女人说，所有惊天地泣鬼神的迷恋都通往一条狭窄的小路，叫自轻自贱。我对三十岁的女人说，单身不是放弃自我提升的理由，你为什么不从好好地做一个水疗开始，重新发现自己？我对四十岁的女人说，去，找个靠谱的离婚律师，买一双合脚的高跟鞋，容光焕发地把所有的文件放在他面前，带好书写流利的签字笔。请放他一马，我写道，也放你自己一马。我对所有的女人说，不要被这个时代的性无能审美所绑架，不管在梦里还是醒着都记得掐自己一把，感受一下自己的血肉之躯是不是还活着！

我竟然用了J从来不会用的感叹号。

评论里照例是一堆赞美。J你真帅！说到我心里去了！转发正能量！

这些欢呼照例像鼓风机那样向我吹过来，让我觉得自己顿时宽袍大袖，成了电视剧里的古代人。我知道接着我就会给吹一个趔趄。我扔下键盘，拿起手机。我得趁着烦躁与怀疑照例袭来之前,做出一点实际的动作来。临出门的时候,我不是从计划 A 一直想到了计划 E 吗?该往前走一步了。

我从手机里找到刚才随手按的照片,挑了一张,发出去。

K

照片上的光线暗淡。没有层次,欠缺景深。有好一会儿,我都挣扎在睡意中,看不懂简老师发过来的是什么。照片上的景物一点点唤起记忆,却无比突兀,似乎搁在哪个梦里都不太合适。一个新近粉刷过的阳台,一盏像是直接从武打片里扒出来的纸灯笼,中式花架,西式秋千。如果换一个专业摄影师,也许每样物件都能拍出情调来。可当它们同时出现在模糊不清的画面上时,你只会觉得滑稽。

这就是我屋外的阳台。而这个阳台居然长得这么滑稽。我不知道这两件事究竟哪一件更激怒我。简老师在跟踪我,我在明处她在暗处。简老师像一只母豹子,眼睛在黑暗中熠熠闪光。简老师仁至义尽,没有踢门捉奸也没有哭花半张脸,她只不过刷了我的卡开了一间房,她只不过冷静地用手机拍了一张无关紧要的照片,只不过优雅地发给我,告诉我什么都逃不过她的眼睛。如果愿意,她当然可以把我逼得弹尽粮绝,可她宽宏大量,她是知识女性,她是情感专家。她在用符合心理健康标准的方式,温柔地、不卑不亢地提醒我好自为之。就像维姬,就像施瓦茨。围绕在我身边的整个世界所有人,都是那么通情达理,他们都乐意给我一条生路。只要他们乐意,手腕一翻,天上就会掉下一个笼子,把我罩在里面。我是他们的珍稀动物,他们想养就养,养厌了还可以解剖。简老师的经典案例,看看,男人的花花肠子是什么颜色?

岂止是肠子,我觉得我的所有内脏都在挣脱它们本来待着的位置。它们谈不上愤怒或者不愤怒,它们只是被激素调动出早就休眠的活性,变得异常亢奋。它们早就在等着一次荒唐的爆发。从她的角度看这叫恼羞成怒,从我的角度看这叫破罐子破摔。想到可以把事情彻底搞砸,我几乎要在黑夜里笑出声来。

我从沙发上一跃而起。

L

他从沙发上一跃而起。拉起我的手,几乎是连拖带拽地把我架到阳台上。一路上,他另一只手也没闲着,抓起餐桌上正在燃烧的烛台,像擎住一柄火炬。烛光把他的脸映成刚刚放上平底锅的牛排的颜色。

"看清楚,看清楚。"他咬着牙,像是对我说,又像是对着天空中的什么人说。

烛台被重重地搁在花架最上面一格。我被整个扔在了秋千上。他的手给秋千加了一股推力,我就势向前,向后,向前,向后。我的心脏跟着晃,我的眼前一团漆黑。有那么一刹那,我觉得我会被秋千甩到楼下去。

J:直到秋千停下来,我才弄明白斜对面的阳台上到底发生了什么事。我看到你用夸张的手势把她从秋千上拽起来,拉到离烛光更近的地方。我知道,你想让我看清楚。

K:你一定能看清楚,我的头,我的手,我的嘴,我的牙齿。

L:这不是吻,是咬,咬破我的嘴唇,咬向黑夜里越来越深的未知。

第三部

水

一

直到李小晚第二次敲开楼上的门,楼上的男人才明白她不是在开玩笑。

"我昨天就说过,这不可能。"男人吸一口气,最后三个字几乎同时从齿缝里挤出来,撞到一起。李小晚听不真切,从他的口型里才猜出那是什么意思。

李小晚想起那些催她交设计稿的编辑。他们说:"我从来没有见过像你这样不会着急的人。"她知道现在她什么都缺,就是不缺耐心。她甚至设法让自己脸上浮出一抹微笑,缓缓地柔声说:"你看,你别急,我跟你讲道理。"

有水。有滴水声,或者类似于滴水的声音,在李小晚卧室的天花板上响起。"我不知道以前有没有,我也不知道白天有没有。

我只知道,这两天晚上,我能听见。清清楚楚地听见。"越是说到后面她越是轻声慢语。她的镇定好像有种魔力,让楼上的男人只好把视线从她脚上的拖鞋移到她的脸上。电梯在走廊尽头打开,一道光从侧后方打过来。她想,这一刻,这光一定会把自己的脸色照得苍白。

男人不由得往后退了两步,把李小晚让进客厅。"总是在我第一层睡意上来的时候,嘀,嗒,嘀——嗒——嘀嗒,"李小晚一边东张西望地寻找水源——东边是厨房,西边是厕所——一边继续说,"你明白吗?那个时间是最要紧的,像一扇门。迷迷糊糊的时候人就像个瞎子,好不容易摸到门前,结果你猜怎么样?门猛地一开,方向是反的……你明白吗?嘀,嗒,嘀——嗒——嘀嗒,你给弹回去了。于是你怎么也睡不着了,这一晚上就睡不成了。"

"明白……又怎样?"男人发现她对他的愤怒毫无觉察,不由得一阵气馁,声音渐渐低下去。客厅里的灯光泛着黄,比刚才走廊里要柔和得多。一圈毛茸茸的光追着李小晚的侧脸移动,把镇定变成了安详。从男人的角度看过去,简直有一点像欧洲油画上的女人的表情:母性,正义,与世隔绝,刀枪不入。

东边的厨房和西边的厕所都找不到漏水的痕迹。李小晚甚至跑进卧室,把离厕所最近的墙角边上的椅子挪开,看看墙纸上有没有隐藏的霉斑。然而米黄的凸纹墙纸干燥而洁净,跟这套两室一厅的房子的其余部分没什么两样。李小晚想,这房子不像是一个男人住的,因为很干净。但也不像是跟别人,尤其是女人同住的,因为太干净——沙发上没有一只能搭配晚礼服的手包,鞋柜边上连一双糖果色的夹趾拖鞋都看不到。

"你的天花板有往下滴水吗?"男人试图把整件事拉回理性的轨道。

"没有,"李小晚的瞳仁就像突然迎来一阵风的蜡烛,在快要熄灭之前猛然一亮,"至少现在还没有。我知道你不相信我。但是我真的听到了,水滴在一个空腔里的声音,也许是水管,也许是墙里的洞,谁知道呢……反正我听见了,这声音在深夜里响起,清清楚楚。"

男人开始调动他所有能想起来的中学物理知识,证明她的说法根本不可能成立。声音是从下往上传的,你很难准确判断那个仿佛在头顶上响起的声音真的来自头顶——所以为什么不去楼下问问?还有,就算这房子隔音不太好,也不可能差到连楼上滴水的声音都能听见,还清清楚楚。"真要这样,"男人推一推鼻梁上的眼镜,"我这里早就被淹了。"

即便是在说这些话的时候,男人也知道没有说服她的可能。李小晚既不点头也不反驳。她的眼睛里不知什么时候又好像点上了一根新蜡烛,逼得男人不超过三秒钟就把视线挪到了别处。

客厅的电视里有气无力地播着新闻,让他们之间的尴尬略有缓解。前几天城里大雨积水，有个男人驾车抛锚，错过弃车逃生的最佳时机。等他回过神来，车门已经打不开了，最后愣是淹死在桥下大水坑里。后续报道说，最后几分钟，他给已经分手的女朋友打过电话，没打通。电视上在播放经过变声处理的女朋友的采访录音，带着哭腔。

"我在美国出差，倒时差关机了。其实天快亮了。最多还差半小时，最多。"

客厅的大门始终都没关，大概是男人故意留着自证清白的。所以李小晚走出去的时候不需要一个多余的动作，一句多余的告别。就像是梦与梦之间不需要转场。一直到走进电梯，李小晚都没有听到身后有关门的响动。

二

等不及开灯，李小晚就瘫倒在沙发上。

近一个月跟别人面对面讲过的话，加起来也没有刚才跟楼上的男人讲得多。也许把下一个月的能量也一起耗尽了。这个念头本身就跟楼上的滴水声一样可怕。那个一步步把陌生男人逼到墙角的李小晚完全是另一个人。刚才的每一个表情、每一个动作，都在她此刻的视网膜上循环播放。刚才有多亢奋，现在就有多沮丧。

手机在黑暗中一闪一闪。把手机设成静音——好像一百年以前她就已经这么干了。起先,她告诉自己,不急,过半小时回电是一样的,没有什么事是非办不可的。后来半小时就成了半天,半个礼拜,半个月。在李小晚的世界里,任何奇怪的事情都在匀速地变得自然。仿佛从游泳池的扶梯上走下去,漂白粉的味道一点点呛进鼻腔,身体慢慢倾斜。水花涌到胸口,肋骨隐隐作痛。池底浮出一堆版式设计图和编辑的脸。水面摇晃,那张脸急得皱成一团。

李小晚想不起来,从什么时候开始,她可以从这画面里得到乐趣。池底的脸浮不到水面上,倒像是越飘越远。只要不接电话少出门,李小晚的世界和外面的世界就是平行的。两个世界的时间差越拉越长。随时失踪是一种权力——等到编辑差不多急疯了,李小晚会往她的邮箱里发六张封面图,等着编辑语无伦次地在微信上告诉她最喜欢哪一张。

那一回,编辑在微信上哽咽。六个句号连在一起组成省略号。李小晚觉得她从句号与句号的缝隙里听到了抽泣。她想打一段话解释,说自己属于那种灵感型的设计师,硬做不如不做,给她一点自由就好,一切都会好。打到最后一个字,李小晚觉得前面这些字丑恶地扭成一团,爆发出一串狞笑。她按倒退键,一个字一个字地抹掉。

"你出来走走啊,我请咖啡。新开那家现磨的,味道正,而且那个空间太有想法了。你们搞设计的,没有不喜欢的。"编辑的语气渐渐平静下来。

"等几天吧。"一整个下午,李小晚就在手机上输入了四个字,一个句号。

她们俩都知道,"几天"并不是几天的意思,这顿工作餐只是说说而已。李小晚没有告诉她,那咖啡馆她早就去过,一个人站在窗外,直到独自坐在拐角咖啡桌边的女人抬起头,举起手机。李小晚本能地躲开镜头,绕到边上看过去,才发现那女人只是举起手机自拍而已。那确实是一个适合自拍的角落。房型不规则,两面墙构成一个锐角,嵌进一张只能坐一个人的小圆桌,桌上玻璃杯里的苏打水冒着亮晶晶的气泡。光线在墙面之间来回反射——哪怕在摄影棚里派两个人扛着反光板走来走去,也很难达到这样的效果。

整座城市就是被这些自给自足的角落拯救的,李小晚总是这么想。在即将把你吞下去之前,它至少给你留一张好照片。

楼顶上又响起滴水声。李小晚不知道这个问题该拿什么来拯救。十一点,手机间或还在床头柜上闪两下,但亮度越来越弱。快没电了,但她既懒得去找充电器,也不想看看这一天下来,到底有几个电话,几条微信。

其实那声音也没有她刚才描述得那么可怕,有点像小时候春游,在什么风景区里钻进几个彼此连通的岩洞。四周黑漆漆一团,李小晚伸手想拉同伴的手,什么也没抓住。就在她一步步往前挪的时候,他们已经等不及钻到别的洞里去了。她嗓子眼里一紧,胸腔里有什么东西被顺势拎起。头顶上有根钟乳石正好滴下水来,先打在另一块石头上,然后落到她头上,沉到她心里。此刻,也是那种空落落的声响,在楼板夹层匪夷所思的声场中回荡。

这并不是那种机械粗暴的噪音,不是那种你一听就知道必有一战、赢了就能消停的东西。楼板上的滴水声是活的,它有灵性,会耍心机,会勾引你下意识地伸手摸摸头发有没有打湿。它不是一把榔头或者冲击钻,不是那种形状确定的东西。你会忍不住追根溯源,猜测前因后果,勾勒它运动的轨迹,想象那是清泉、污水甚至鲜血,想象水里会不会有老鼠或者蛇。一个莫须有的秘密足以让你一个接一个地打寒颤。进而,房子的结构,主人的习性——这里一笔那里一画,颜色,光泽,气味,故事开始默默生长。想象力是最有效的兴奋剂。

三天以后,李小晚倒完垃圾回来,走进电梯就看到楼上的男人也在里面。电梯卡在三楼,按什么键都不好使。男人忍不住朝电梯门踹了一脚。

"也不是第一回了,"李小晚慢腾腾地说,"等等就好。"

男人的喉咙里发出奇怪的杂音,但是终究还是和着口水咽了下去。"你好吗?我是说,楼板,还好吗?"

"没断过。还滴水。习惯了。"

"呃……可是脸色不好啊,吵得睡不着?"

"嗯。所以你相信我的话了?"李小晚苍白的面孔挤出一丝微笑。

"我昨天还叫来水管工彻底查了一遍。"

"查不出结果?"

"其实我倒是希望能查出来的。就算撬开地砖修修补补,也就两三天嘛。真的。我知道失眠有多难受,我希望能帮帮你。"

"不用了。谁能帮得了谁?但我说的是真话,相信我就算帮我了。"

"好……你有没有想过,有一种现象,叫——"

电梯咯噔一下突然启动。李小晚没收住脚,往前趔趄半步,右臂被男人一把拽住,才没倒下来。

七楼。李小晚头也不回地走出电梯时,男人还在结结巴巴地做名词解释:"那个,叫——幻听。对,幻听。其实很常见。真的很常见……"

三

后来——其实只过了半年,长得像半辈子的半年——等她以为所有的事情都过去以后,编辑给李小晚引荐了一位心理医生。准确地说,他还不是心理医生,只不过刚刚通过了一场考试。"资格考试,心理咨询师……嗯,跟那些有执照的心理医生比,我只是,没有处方权。"

李小晚并不觉得自己需要心理医生。有没有处方权都不需要。几年来,这还是她第一次被编辑约出门,她不知道喝一杯咖啡就会成为一个急于建立临床经验的咨询师的案头材料,她想这一定是编辑对她屡次拖稿屡次失踪的报复。半年前,如果碰到这样的局面,她应该会起身跑去洗手间,然后从另一个门逃走。

李小晚没有逃。相反,在编辑和心理咨询师仍然在有话没话地讨论最近走红的电视剧时,直愣愣地打断了他们:"幻听,是不是很常见?"

心理咨询师第一次出征就被打乱了阵脚,他一边搜索记忆里的课本,一边顺着李小晚的目光望过去。她不像是在对着我说,他想,但是我得代替那个人回答她。

"这个问题比较复杂。幻听跟幻听还不一样。从精神病学的意义——呃,别紧张,并不是说精神病人才需要考虑精神病学,你懂我意思——从精神病学的意义上讲,有真性幻听,也有假性幻听。"

如果你觉得这声音来自体内,比方说肚子里,那就是假性幻听。如果你相信它来自外界,那就是真性幻听。李小晚觉得这个定义太扯了。那个声音在地板和天花板的夹层里,可是除了装修工人,谁亲眼看到过那个夹层?响起的刹那,它漂浮在身外,然后呢？然后的事情谁说得清？也许黏在皮肤上，找到毛孔就钻进去。她想说，一个"幻听"的人如果分得清内外，说得出真假，那就是在装病。可她只是摇摇头，什么也没说。

心理咨询师终于看到了化被动为主动的希望。他提议，如果李小晚觉得有必要，他们可以再约个时间单独做个疗程。"我还没有开业资格，不收钱，但我可以保证你的隐私……"

"躺在长沙发上。催眠。像电影里一样？"

"也可以坐着。"

李小晚没有回答约还是不约。她说无论如何今天总得聊点什么吧，她说你们心理医生是不是都要从小时候聊起的，你们是不是相信每个人的童年都藏着一个怪叔叔，会在阴暗角落拉开牛仔裤拉链，冲着你傻笑的那种？

编辑已经尴尬得不知所措，右手按住李小晚的左手，越捏越紧。

"那就随便聊聊吧，讲讲你的生活。"

一个经验丰富的心理医生是不会提出这样宽泛无聊的问题的。这更像是电视选秀节目评委的口吻——"说说你的梦想。"李小晚觉得自己被拎上了舞台，有义务给镜头贡献两只湿漉漉的眼睛和一个既悲伤又励志的故事。也许为了让心理医生满意，还应该把逻辑打乱，插入几段荒唐的梦境：比如跟二十年没见的小学体育老师搂在一起，没想到一使劲把他的假发给拽了下来。

编辑错愕的表情像一面镜子,反射着李小晚诡异的滔滔不绝。好几次她都想插进去,至少安置一个标点。李小晚也不明白,为什么那么久没有社交活动,现在一张口就停不下来——好像只要停下来,就再也不可能继续了。

一个小时之后,心理咨询师和李小晚都筋疲力尽,谁也进不了对方的轨道。李小晚只说发生了什么,却拒绝回答为什么。就像是一本写砸了的小说——编辑总是要她给这样的小说设计封面。笨重的事件,俗套的高潮,彼此之间若无细节连缀,就是一张过度曝光的照片,你只能看到刺眼的、大片大片的白。十年前为什么突然回国,连毕业证都不拿?五年前怎么会从广告公司辞职,并且在客户脸上留下红彤彤的掌印?两年前为什么要戴着订婚戒指跟父母大吵一场,却没在结婚登记处等来新郎?一年前为什么换掉住处,躲开所有的朋友,几乎连门都不出,只要能从网上买的东西就绝对不进商店?

说到最后一条时,李小晚往咨询师的笔记本上瞥了一眼,依稀看到他用铅笔在"抑郁症"三个字旁边打了一个问号。"不典型。"他嘴里喃喃地说。

症状不典型。这一点连李小晚自己都同意。无论是自闭、抑郁、躁狂还是精神分裂,她都在网上查过资料,结论是都有点像,却都有很不像的地方。当她第一次从网上订购了两千多块钱的食物和生活必需品时,她安安静静地坐下来计算,凭着这些东西她可以足不出户地待满多少天以后，才可能死掉。她实在没有办法用人类的语言向咨询师描述，一个关起来的世界，至少在关起来的一刹那，是多么甜美、安全、勾魂摄魄。心理学家们总是试图扮演成救世主，他们考执照、上电视，他们宣布找到了万能密钥。他们打开一扇反锁的门，本以为会看到一具狰狞的骷髅，结果骷髅抬起头，皮肤上泛着光泽，朝他们微笑。

只有李小晚自己才知道，这完整的画面留着一道隐秘的裂缝，水从那里渗出来，嘀，嗒，嘀——嗒——嘀嗒。"问题是失眠，"李小晚若有所思地说，"其实，说失眠也不准确。是睡与醒的边界越来越模糊。你常常会觉得需要找一个参照，才能确定自己醒着，活着。"

"我猜……你这些话不是在对我说吧？你想告诉另一个人。"

"什么？"

"那个人在哪里？"

四

他局促不安地站在她的客厅里。房型，装修风格，楼上楼下都差不多。所以站在这里会有点恍惚，李小晚想，就跟我上次一样。

"你看，我是来道歉的。"男人两只手的手指交叉在一起，抵住嘴边,人顺势在沙发上坐下来。

"就因为昨天在电梯里说我幻听?我都快忘了。"

"不是。让我想想该从何说起……"

他打开手机,让她看照片。背景是他的卧室,床上多了一样她上次没有看到的东西。

"什么意思?"李小晚的表情还是冷冷的,但声调明显降了一格。

"这琴是我的。大提琴。在楼上。"

照片拍得粗糙,看不清细节。深褐色琴身上有一片亮得反常,像是刚刚擦拭过。琴弓跟琴身并排躺着,完全没有碰到琴弦。李小晚从来没见过大提琴躺下来的样子,她只知道在音乐会上,它们都是被一根柱子支着,半倚在演奏者身上的。从观众席望过去,尤其当琴声响起,演奏者开始左摇右晃、仿佛灵魂出窍的时候,琴就像是长在了那人身上,成了他的一部分——既在奋力拥抱又在努力挣脱的那部分。此刻,照片上,躺在床上的大提琴显得笨重而滑稽。李小晚觉得就像是领结还没来得及松的新郎被人推倒在婚床上,顿时溃不成军,身上的每一个细胞都垮下来。如果换把特大号的吉他,也许会让画面稍稍合理一点。

"其实最近这些天,晚上我都在试这把琴。也不能说是试,就是……拨几个空弦,我甚至没有动琴弓,你明白吗?"

"不明白。"

"拨空弦,就是只用手指拨一根弦,喏,就这样,"他的手指在空气中颤动,"没有旋律,也不需要旋律。刚开始的时候,都得从这个手势学起的。"

他嘴里念念有词像是在背书,眼睛里却闪过无以名状的柔情。他开始讲大提琴有四根弦,说 G 弦那真是低沉啊像叹息,说你一定想不到单独拨响 A 弦的时候可以发出多么明亮饱满的声音,频率能到二百二十赫兹。

"我不是问什么叫空弦。我是说,你的琴跟我有什么关系?"

"这个不容易解释……不过我正准备解释。这些天,夜深人静,我都会把琴拿出来。你瞧,我也是刚刚反应过来,你说楼板上滴水,不也是那个时间吗?"

只不过相隔一星期,两个人的位置就完全颠倒过来。现在一口一个"不可能"的人是李小晚,楼上的男人却在竭力说服她,常识不是问题,经验也不是问题。正常的耳朵怎么会把空弦当成水滴?那是因为你没有考虑到经过楼板的过滤,音色是会发生变化的。问题是这么轻的拨弦声怎么可能穿透楼板,那种木结构的老房子也许还讲得通。可这是钢筋混凝土,怎么可能?

"我想,你是那种特别敏感的人。你的耳朵有透过各种材质捕捉特殊频率的能力,只不过你对大提琴缺乏感性认识,所以首先联想到别的东西。碰巧你的联想能力也是……"他右手举到高处,做了一个往下压的姿势,"总之没什么不正常的,人的潜能本来就是巨大的,感官本来就是相通的。语文书上怎么说的?通感,对,通感。"

仿佛有一缕风钻进了李小晚的毛细血管,和着脉搏的节奏在动脉、静脉里循环奔跑,她简直能听见它一路跑一路吹口哨。潜能,通感,这些说法至少比一个冷冰冰的医学名词更容易接受。至少,眼下要容易得多。

"我还是不明白,你怎么会有这把琴?你怎么会在深更半夜想起来玩这个?我在你楼下住了这么久,为什么最近才听到这声音?"

几乎在发问的同时,李小晚就预感到这里必须有个催人泪下的故事才压得住。自小学琴,天赋超常,练习失当,神经损伤,手术失败,心灵创伤。男人不太会讲故事,每到紧要关节就要停下来顺一顺。然而,当个善解人意的听众并不难,别人的故事再复杂也只是打了活结,李小晚很快就跟上了节奏,顺手一个个替他解开。

"就算不上台演奏,也有的是跟音乐扯得上关系的职业啊。"

"早就改行啦——其实根本没入过行。手术后我就从音乐学院的附中转到普通学校。我再没跟人提过这些事。也没人敢碰我的琴,包括我自己。我的手做一般的事情没什么问题,但是,你知道,上台演奏需要的不是一般的手。"

"所以只能拨空弦过干瘾?"

"其实难度不大的曲子,我还可以拉。我现在闭上眼睛,乐谱、指法全都背得下来。但要命的是……"他说不下去了,求救似的看着李小晚。

"要命的是,你一拿出琴来,就会头晕,想吐,两只手发抖。每次听到别人拉的曲子——那些明星叫什么来着?马友友?——你又会非常非常难过。"

"你怎么知道?"

"我也不知道怎么会知道。就好像你不知道为什么最近突然会把琴找出来。人要是一直能知道他为什么会干这个,干那个,这个世界就简单多了。"

故事合作完成,两个人都听见了对方松一口气的声音。可疑的故事也是故事,总比悬在半空,谁也没兴趣讲述它要好。上楼之前,男人说我讲出来舒服多了,可算是找到症结了,今天晚上保证不会吵你了;女人说没事你继续,知道不是漏水,也没有什么解释不了的灵异现象,我就放心了。李小晚说的是真心话。在她看来,找到水源就够了,是不是顺手拧紧龙头,倒显得无关紧要。

然而水龙头还是给拧上了,以一种格外圆满的方式。先是弓与弦试探着轻声厮磨,再是低沉的叹息此起彼伏。琴声像发酵的面团,在头顶的案板上小心翼翼地翻滚、摔打,揉进李小晚的五脏六腑。李小晚不知道那是什么曲子,反正旋律确实不算复杂——拉到需要用力推高的地方,便轻轻慢慢地滑过去。李小晚不太懂音乐,不知道他的乐谱和指法有没有背错,也看不到他的手有没有发抖。

李小晚找到两张旧报纸,卷成细长的圆筒。她站到床垫上,让圆筒一头抵住天花板,一头罩住右耳,好听得更清楚一点。第一层泪水漫上眼眶时,她模模糊糊地看到,天花板在一个长音中微微震颤。

那天晚上李小晚的睡眠质量达到人生巅峰,醒来以后觉得,如果深吸一口气,她可以发出头腔共鸣。她意识到,十天以来,这是第一次没有听到滴水声。

五

石块扁平,最适合掷出长长的抛物线。沿着抛物线的轨迹,警察找到公路北侧山坡上的几棵树。树长得很好,毗邻公路的树木很少有长得这么好的。树干粗壮,适合攀缘,树冠茂密,足够藏下一两个人,大人,小孩,都没准。也可能是猴子,主持人说。

李小晚在网上反复看这段视频。它原先应该是一档电视节目,被人截到"秒拍"上,便于播放转发。主持人浑身散发着浓重的广播学院气息,字正腔圆,面无表情,稿子显然不是她写的。李小晚把手机横过来,主持人的脸骤然放大。李小晚拉进度条,按暂停键,再松开,试图在主持人说"也可能是猴子"的时候,看到她面部肌肉的变化。她看到了她的嘴角微微上扬。

确实有点好笑,不是吗?类似事件并非绝无仅有,主持人说,去年就有位董事长在风景区被猴子用石头砸死了。当然,这一回,情况有点不一样,石头砸在受害者的手腕上。无论是石块的力度和锐度,还是受伤部位,这都算不上致命一击——如果他是站在路上的话。不幸的是,当时他在一辆时速一百公里的汽车上,他的手腕握着方向盘。行车记录仪上,镜头猛地一歪,路面仿佛飞起来。

然后是同类事故综述,呼吁公路周边加强管理,明确相关部门的责任,谴责并警告公路边恶意投掷的人——如果不是猴子的话。最后是采访心理学家,剖析反社会人格的形成原因。五分钟的报道,提到受害者用的都是化名,有一张打了马赛克的肖像,石块和侧翻起火的汽车给了一个特写镜头。这些就是他在世间留下的最后的痕迹。李小晚想,如果不是死得这样意外,可以让观众感叹一下世事无常,庆幸自己尚且安全地躲在空调间里,那么他一辈子也上不了新闻,也不会有这么奇怪的化名。

一块石头把一个人变成一个潦草的符号,湮没在社会新闻的杂草丛中。这条新闻的所有意义就在于没有意义,中心思想是一个人的死居然可以这样没有意义。至于肉身与记忆,还有他的琴,空弦的回音,都成了某种类似于水蒸气的东西。李小晚想,这样混蛋的事,只有蹩脚的小说家才干得出来。他们眼看着快要用冗长的心理描写把自己写到睡着的时候,就会抓一个倒霉蛋出来,制造一个小概率事件,换一场假高潮。石头。为什么,只是一块石头?

李小晚试图回想,在那天睡了一夜好觉之后,在他出事之前,她还见过他几回。至少有一次是确凿的:那天她从超市回来(是的,她又开始出门了),他也在那部塞得满满的电梯里。她记得她有过一闪念,想谢谢他——只要一句谢谢,他就应该明白这几天她睡得很好吧。

她终究没有说出口,电梯里人太多。也许不用说,他只要瞥一眼她的脸色就知道了。以后还有的是机会,她想。她已经连着好几天静静地听他拉同一首曲子了。那曲子一响起,她就相信今天又可以睡得很好,她不知道这会不会形成某种依赖性的条件反射。下回再碰到他,她也许可以建议他换一首。

她没有再碰上他。电梯里开始有人说他出了事。他们说的是他的门牌号,她过了好久才反应过来这就是她楼上的那一间。她的脑子在麻木地运转,她想这栋楼里的人原来也是互相认识的。他们平时蜷缩在各自的屋里,就等着天上落下一块石头,然后像装了弹簧一样,飞快地探出头来。他们互相交换着关于他的信息,叹息着拼凑他的经历。他们每句话之前都要加上"我听说",最后都要补上一句"不信问问物业"。

物业说他公司有人来过,派出所也来过。他走的那天天气很好，照例跟小区门卫打了招呼，说要开车出个短差，两天以后回来。他的公司这两年业务拓展的重心是周边的二三线城市，就是新闻里讲的"以本地为圆心，逐渐加大半径向外辐射"的那种。他开车经过的那条高速公路就在公司规划的第二层辐射圈上。公司鼓励职员自驾出行，因为这样要比出租转火车再转出租效率高得多。买那辆车的钱里有公司给的购车补贴，皮夹子里装着公司发的加油卡。

"当然是工伤。"有人开始愤愤不平，因为物业讲"听说对于赔偿数额有分歧"。"以他父母那样的年纪和精力，怎么可能搞得过那家公司呢？"另外一个人冷静地接口，然后自我介绍说他是律师，还从西装口袋里掂出一张名片发给李小晚。律师的老婆挽着律师的手臂，感叹这个人为什么这么倒霉，不明不白地死了，家里连一个可以替他出头的人都没有。为什么，女人说，三十好几了还没有结婚？门卫里资格最老的胖爷叔讲，五年前他刚搬来的时候身边好像有个女人，那女人好像把头发染成棕红色。后来？后来就不见了。

各种信息在李小晚的脑袋里扭打在一起。她知道，没有人会告诉她，当石块以几万分之一的概率击中他的手腕时，他正在想什么，嘴里是不是哼着一段旋律。她想，如果可以证实这件根本无法证实的事，也许她会好受一点。

但她注定不会好受，而且这种不好受多少能抵消掉一点莫名其妙的内疚。入夜,她坦然接受了卷土重来的失眠,简直像拥抱一个久别重逢的老朋友。再也不会有大提琴拉的催眠曲了,静默让人难以忍受。而这静默居然渐渐潮湿,嘀,嗒,嘀——嗒——嘀嗒,声音由微弱而清晰,由温柔而坚定。顷刻间,她觉得水滴洇透了整个房间,像一张被眼泪爬满的脸。

六

"下次吧,我们回头再约。等你想好你究竟想说什么——至少等你确定你想跟谁说以后,我们再聊吧。"

心理咨询师合上笔记本,挺直上半身,叉起碟子上的一小块茶点。切成小三角的三明治里嵌着薄薄一片烟熏三文鱼,他小心翼翼地确保鱼肉和面包全都塞进了嘴里。

"不管怎么说,放松点。你知道就连三文鱼也分两种,一种是普通型,一种是自弃型。"

没有人接口,他只好继续背书:"这不是我说的,是科学家说的。自弃型三文鱼懒得吃懒得动懒得长大,它们的激素浓度有好几种是明显异常的——有的比正常指标多点,有的少点。我的意思是说,抑郁是生理性的。你想啊,鱼又不用上班不用谈恋爱不用设计封面,可它不是照样会抑郁吗?所以说,不要气馁不要自卑,有了病就得治……当然,我没有处方权。"

早就开始暗暗后悔安排这场约会的编辑拼命挤出一丝笑容。"刚才你们说得热闹,我顺手把单买了。"

傍晚,李小晚一踏进自家大楼,就感觉出了异样。频率,她想起楼上的男人说过这个词,那个以"赫兹"为计量单位的词儿。耳朵先于头脑反应,于是她的腿被耳朵指挥着绕过电梯,走进了小门背后的楼道。

一层层走上去,李小晚的心跳越来越快,她不知道这是因为爬楼梯太累太急,还是因为越来越靠近某个神秘的声场。熟悉的旋律断断续续出没,天知道它是外来的还是自发的,是真性的还是假性的,属于生者还是死者。她甚至来不及害怕,来不及细想,一首在阴阳界任性穿梭的曲子到底意味着什么。最后敲响楼上那扇门的时候,李小晚几乎整个人都扑到了门板上。

琴声戛然而止,门里似乎迟疑良久,才打开。

先在视野中凸起的是大提琴。支在尾柱上,就是一把大提琴应该有的样子。但女人迟迟疑疑地走过来,挡掉大半个琴身。

李小晚的第一个反应是,她的头发是黑的,并不是物业说的棕红色。她很想问你为什么不染了,还好这一闪而过的念头很快被她忍住。这是个好现象,她想,我至少比三文鱼要理智。

只消三言两语,她们就明确了对方的身份。女人并不追问楼下的邻居为什么这么好奇;而李小晚也不需要知道,女人回到旧居,有没有跟他的亲属打过招呼。厅里空了大半,要紧的东西都陆续运走了。没有换锁的必要,女人的旧钥匙仍然开得了这扇门。

"刚才那曲子是你拉的?"

"对啊。好久没试过,手生。琴倒不太涩,弓毛换过,松香也抹过,比我靠谱。"

"一直有人拉的琴怎么会涩?你们俩以前都学这个?"

"什么?没有的事。他连五线谱都不认识。"

有什么东西脆生生地断了。这一回李小晚可以确定是假性幻听,断裂的声音来自身体内部。

"我很难过,你不懂……我是说别人不会懂。我走的时候,他说世界很大,只是他懒得动而已。我没想到他真的就一直在这里。人没了,琴还在。"

李小晚的社交潜能突然爆发,很快就从女人的话里套出了她想知道的信息。他的手没有受过伤,她也没有。她只是比他更善于放手而已——琴放得下,人也放得下。李小晚想,太俗套了,这类女人总是会碰到胸无大志身无长物的男人,他们只会自己给自己编故事。故事总是编得不合逻辑,违反常识。当然,如果对面是一个连空弦和滴水都分辨不清的重度幻听或者轻度抑郁症患者(也可能兼而有之),那多少有点用。

"你拉得很好听。"

"老柴的,《船歌》,难度不高。也算学过吧,三脚猫。以前每回听他猛夸的时候,我都不太好意思。只够骗外行。"

"大部分人都是外行。其中还有一部分,也许是一小部分,就喜欢受骗。不过呢,要骗,就最好骗他们一辈子。"

有那么一小会儿,女人仿佛有一半身体浸没在回忆里。曾经,男人喜欢关上所有的窗户,坐在地板上,说来吧来吧,你一个人拉,我一个人听。

李小晚心里一动,追问道:"然后他会录下来?"

"有时候会,用手机。不过我不许他接上扬声器放出来,至少不能在我在家的时候放。太尴尬了。你知道,我们早就过了那个年纪。"

"所以你不在的时候他会放?"

"那我可管不着。"

警察并没有从侧翻的车里找到他的手机,也许早就甩到远处,落在了山坡的草丛里。李小晚想,也许会有人捡到它。捡到了又怎样,它还能用吗?会有人好奇到打开所有的音频,一条一条听过去吗?就算听了,也不会有人知道,二百五十公里之外,在这套已经挂牌出售的房子里,在即将被重新装修的卧室里,用一把大提琴拉的《船歌》曾经被反复播放。扬声器贴着地板,音量调到最大,好让每个音符像流水一样灌进楼下的耳朵。拉一个长音,地板便会微微震颤。

第四部

你或植物

一

桌子和桌子之间,最多能挤过一个收腹吸气的侧着身的瘦子。瘦子就算过去,飞起来的衣角也可能被木桌角毛糙的边缘钩出丝,这一钩会毁掉一个旅行者所有的好心情。姚烨不是瘦子,她只能在心里比画一下,没动。

即便瘦成像钱素梅那样,也过不去。如果她还活着。

已经有半年,这名字没有出现在姚烨眼角的余光里,没有打着哆嗦悬在她视野的盲区边缘。然而它到底还是跳了出来,在另一种情境,甚至,另一个国家。

蓝白门面的牡蛎吧排在那本翻译得磕磕巴巴的旅行指南的"美食"部分的第一位。姚烨至少在在门口等位的队伍里看到七八个中国人,其中有三个手里捏着那本书在查门牌号。姚烨的书在包里。新买的法国水桶包就是好用,这一叠厚厚的全彩铜版纸塞进去也不会鼓起来。几乎是另一个姚烨从她身体里抽离出去,飘在空中想,关于"水桶包为什么好用"的问题,要记下来,回头在代购店铺的页面上做个专题。

但这一个姚烨,或者说姚烨的躯壳还木在牡蛎吧的木框玻璃门前,任凭胖胖的东欧口音女招待把她推推搡搡。最后她几乎是一个跟斗翻进门去,被肥厚的手掌按在墙角的座位上。事后回忆起来,她可能会隐约想起,某个面孔,某种表情,隐藏在排队的人流里,在她视线里撞来撞去。这撞击使她不安,但那面孔和表情并不是她熟悉的,她没法用直觉抓住它。

一锤定音的是女招待。还没等姚烨坐定,她就把一对男女引过来,大概觉得都是中国人可以合并同类项。转身时,那女招待用滚圆的屁股把他们的那张桌子往姚烨这边又推了一截。于是桌子与桌子的缝隙愈发狭窄。那男的在姚烨的斜对面坐定,他的脸由远及近、由高及低,如一块磁石,慢慢地然而坚决地,把姚烨细碎如铁屑的不安,都收拢过来,固定成一个奇怪的形状。

钱素梅的名字,也是这样,从一团阴影中,被吸到了这个黄昏的表面。现在姚烨可以确定,她刚才不是在胡思乱想。一切都跟这男人的脸有关。在排队的时候,她应该已经看到了这张脸。只不过,她的记忆一直在把他挡开。

男人似乎并没有认出姚烨。目光偶尔扫过她的时候,他没有慌慌张张地避开。也难怪，他们只是见过一面，还是在两年前。男人的兴趣，全在对面的女人身上。女人甩一甩长波浪，姚烨便觉得有看不见的皮屑顺着夕阳的光柱爬过来，弄得她光溜溜的脖子一阵发痒。来法国前一天，她跑到发廊里叫人剪到耳根。当时她是有把握的：想剪的，都已经剪掉了。

旅行指南上给这个牡蛎吧配的外景是看得见铁塔的塞纳河，但姚烨使劲往窗外看，既没有河，也没有塔。巴黎到处都是这样名声显赫、空间狭窄的小饭馆，门外永远有人排队，女招待的脸色总是很难看。屋子实在太小，大半个厨房都摊在食客眼前。有个留着花白的连鬓胡子的老头在撬牡蛎，手势利落轻巧得像是开汽水瓶。他没有戴那种夸张的高帽子，反倒是扣着一顶略微嫌小的贝雷帽。

"他像是那种……科西嘉人？"女人的睫毛一闪一闪，轻快地给她的旅行加上传奇色彩。

"可能的。他看起来，有故事。"男人温和地笑，伸出手把女人的手裹在掌心。

钱素梅弓背弯腰的影子从他们交叉的指缝里飘过。

三个银盘子，一个比一个大，垒在架子上端过来。海水的腥，附着在其他更容易描述的气味上，变成腥甜或者腥咸，先于牡蛎的形象，占据了三个人的两张桌子。姚烨甚至都谈不上喜欢这种食物，口腔里充满混着细微沙砾的海水并不怎么愉快。而且那种亮闪闪的小叉子不如筷子好使,总是没法把所有的肉从壳上拎起来,每只壳上都会留下指甲盖大小的一块,这会让她有点不舒服。但是,牡蛎是生活方式,牡蛎是法国,牡蛎是旅游指南上需要征服的第一个项目。姚烨没有理由绕过它。

"我们……不是一起的。"女人尴尬地跟已经侧转身向下一桌进发的女招待说英语,一只手指着盘子比画。姚烨清楚地听到女招待鼻子里发出的声音,带着响亮的共鸣。然后女招待说了一通法语,姚烨不知道她的愤怒是冲着顾客还是厨房。最后,她直接抽掉架子第二格上那个中等大小的盘子,重重地撂在姚烨这边的桌上,随即双手一摊,表示跟你们两清了。

不用数,姚烨也知道,盘子里不多不少正好一打。仍然搁在架子上的小盘子和大盘子,加起来是一打半。以姚烨的胃口,一打实在有点多,但这家店不卖半打。巴黎有名气的牡蛎吧都不卖半打。这就是一个人旅行最大的问题,没有人跟你拼凑一份合理的食谱,没有人替你托底。

女人把一篮子烤面包和一碟橄榄油推到姚烨的桌上,舌头绕了一圈才从英文转成中文。

"They……他们,呃,也别跟他们啰唆啦。咱们就自助吧,OK?不够了我再问他们要。"

姚烨拿起两片面包放在自己的盘子上,然后一口面包一口牡蛎一口白葡萄酒,顺序纹丝不乱。就像以前在医院里培训输液,三瓶药水上用记号笔标好顺序。钱素梅面无表情地问她："你说说,如果倒过来,一号瓶和三号瓶接着打会怎样?"

"呃……会死吗?"

"一般不会。但是如果死了,那就是你的问题。懂吗?"

"懂。"

男人的目光一直追着女人的身影消失在通往洗手间的走廊尽头,然后脑袋朝着跟姚烨相反的方向歪一歪,嘴里徐徐吐出几个字:"真巧。我会找你。"

这场面就像两个蹩脚的特工在喜剧电影里接头。姚烨一个冲动冒上来,想大声说你原来没有失忆啊。她到底还是忍住了,默默地朝着窗外点点头。

夜的第一层黑压在窗玻璃上。钱素梅的眼睛,那双总是瞪得很大,大得仿佛要突破脸部轮廓的眼睛,被裹在这团黑暗里,泛着油亮的可疑的光泽。

二

十八个小时之后,在姚烨住的酒店对面的露天咖啡座里,男人把名片递过来。

"康先生,"姚烨说,"您的名字我早就知道了。"

"从新闻上知道的?"男人的苦笑折叠在他那看起来富有教养

的鱼尾纹里,"那上面,我叫康某。"

道貌岸然的康某。你把女儿还给我。

"那也不能算是什么正经新闻吧?钱妈妈有点想不开,她在网上说话过头一点,这也不难理解。"

"我理解。我也理解她跑到我的办公室,在我对面坐了一个月。你知道我们这种工作,本来是用不着坐班的。为了不让她闹出事情来,我那段时间天天准时打卡。"

康啸宇在名片上的头衔是《新文学》杂志的编辑室主任。

"钱妈妈不会闹事的。她连话都不怎么说。"

"这倒是。不闹,所以警察也不管。她就瞪着眼睛看我,看谁给我寄稿子,看我怎么接作者的电话。有两回还替我们办公室种的蟹爪兰浇了水。你知道那玩意儿不爱水。活活浇死了。"

钱素梅呢,是不是也不该给她浇水?她的手伸过来,被消毒药水泡得粉白的皮肤纹路有点刺眼。姚烨说你太干了应该用点护手霜我拿给你。在平时,钱素梅一定会冷冷地摆摆手说算了。可是那天,她笑,露出半截灰黄的牙齿。她说好的我要用你最贵的那种,抹一把两美元的那种。说这话的时候姚烨就应该警觉了。也许有时候,人就跟蟹爪兰一样,应该保持那种干枯而强韧的状态。不要给她任何液体。

"你老婆呢?"姚烨放下浓缩咖啡,问康啸宇,"你们文化人流行分开旅游?"

"一大早她就赶火车去了马赛。怎么说呢,这其实不能算是旅游。她是出差,我属于,顺便请个假,陪着玩一趟的那种。马赛是纯公务,她觉得我没必要跟着,过两天我直接去尼斯跟她会合。这是我们的相处方式。"

"你真体贴。她也是。"姚烨努力让"体贴"两个字的拖腔不那么明显。

康啸宇戴着墨镜,单侧眉毛挑上去又落下来,身体略微前倾又颓然后仰,压在金属椅背上。正午的阳光照过来,正好劈在他鼻梁上,于是身体一半亮一半暗。巴黎的饭馆和咖啡座似乎反倒不及上海的讲究,姚烨稍微用点力,就能感觉到椅子在高低不平的地面上摇晃。

"她那个人,细心得很。你昨天先走,她跟我说,这姑娘,看起来有心事。"

"我只是吃得太撑了。我倒是觉得你比她更细心,能找到我住的地方。"

"压在盘子底下的酒店名片……不用太细心,也能发现。"

"你完全可以装作看不见的,就像两年前。"

"两年前,"康啸宇的嘴角抽搐了一下,"我并没有装作看不见。你别忘了,殡仪馆外面,我跟你一样,都是给家属挡在门外的。"

姚烨当然没有忘记。她跟康啸宇,统共就只见过这么一次。

"姑娘,你是好人,"她记得钱家舅舅对她说,"就是不合适进来——懂吗——真的不合适。"一转身,钱家舅舅一巴掌挡开康啸宇,就像川戏里的变脸一样充满弹性,"你,滚!"

姚烨想跟钱家舅舅说,我们不是一伙的,我们是两回事。可她终究没有说出口。人家对你再客气,对康啸宇再不客气,也并没有本质的区别。无论如何,你跟康啸宇被他们归在同一类里。对于钱素梅的死,你们都负有责任。

"对不起,这事我不该提,"康啸宇的嗓子突然变得尖而干,"医院里还那么忙?"

"我不在医院里干了。"

"什么……怎么会?"

"两年前辞的职。我没法输液。看到针往静脉里戳就发抖。从那件事以后就落下了这毛病。"

"哦……"迟疑良久,康啸宇才徐徐叹出一口气来,"可以理解。我应该想到会这样。"

"也不能算是一件坏事吧。我现在跟朋友合伙开网店,时装百货,母婴产品,什么都卖。医疗圈的那点知识和人脉倒是用得着。忙也是忙的,好歹心里轻松。生意不算很好做,但至少,够我一年出来度个假什么的。困在医院里的时候,你不会知道外面的世界有多大。"

"我知道。我是说,我知道困在医院里工作,大概是什么感觉。"

"哦?"

康啸宇清清嗓子,调整呼吸,好像悄悄按了遥控器,自己给自己换了个频道。

"看不见的气泡,速冻在管子与管子的缝隙。坚硬的,明亮的气泡,等待一个漫长的冬夜,来了又走,等待冰胀裂滴瓶的瞬间,等待你,或是一株植物,被春天唤醒,等待你,或是一株植物,听见碎冰互相撞击的那种,叮当声。"

"什么?"

"诗。"

"谁写的?"

"钱素梅。"

三

其实钱素梅很好用,这话是重症监护室的护士长说的。

"别理会刘主任怎么挖苦她,也别以为她两眼发直的时候就没在听。关照她的话根本不用说第二遍,她会一板一眼地做,一个步骤都不会跳过。八号床那位发哮喘的,一口气上不来玩命拔管子,连家属都拦不住。只有她对付得了。"

"不过,"护士长突然压低声音,右手一把搂住姚烨,"咱们有一句说一句,她太木。当护士的不能这么木。跟主任打交道要小心,跟家属打交道那就更是个学问了。话不能说亏也不能说满,不能太轻也不能太重。她嘛,千言万语堵在喉咙口,自己悄悄做了多少事,一件也讲不出来。只能把一张没表情的冷脸搁在那里,你说说看,如果你是家属,看到这张脸丧不丧气?不投诉她,投诉谁?"

所有跑到医务科投诉钱素梅的,最后都要拉上一个罪名:冷漠,麻木,感受不到病人和家属的痛苦。每回有人过世,最后跑过来收拾床铺,把这一页清零的,十有八九是这张冷漠的脸。这差不多成了重症监护室的规矩。要是这一天老撞上她,有经验的家属会跟新来的家属说,你最好去烧炷香。

"为什么'死神来了'这种戏,他们老是要你去演?"姚烨刚来医院上班的时候,咕哝过一句。

钱素梅揉揉鼻子,照例答非所问:"你知不知道,人死了,烧成灰了,微粒子还在?"

到处都是微粒子。你看不见,摸不着,但那些从肉体抽离出来,悬浮在空气里的微粒,是多少倍浓度的消毒药水都杀不灭的。钱素梅问姚烨信不信,姚烨摇头,点头,再摇头。

"你猜,"钱素梅的眼神开始游离起来,"这张床,上礼拜走掉一个喝酒喝死的老板,这礼拜是个在六楼擦玻璃窗摔到内脏破裂的民工,他们的微粒子,会不会就在这里,正吵着架呢?"

姚烨一个激灵,只能赶快把话岔开:"我看,我们还是操心一下十一号床吧。听说已经闹上电视了。"

十一号床上躺着一个九岁男孩,两排眼睫毛垂下盖住深陷的眼窝。几乎每隔两个月,他就要被人从普通病房推到重症监护室,身边环绕着一家老小的抽泣与争执,医生的被声浪淹没的解释,甚至不知道从哪里冒出来的记者的问题。就这么推来推去也快满一年了,姚烨从来没有见过他眼睛睁开的样子。只知道他全身的肌肉都在萎缩,小腿凹陷的速度要比手臂更快。

"上班第一个月就得看护植物人,年纪还这么小。真受不了。"

"轻一点……"姚烨觉得钱素梅简直要扑上来捂她的嘴。

"他能听见,"钱素梅轻轻按一按十一号床的引流管的阀门,检查是否畅通,"他喜欢你跟他说话,尤其在那些人都跑光的时候,整个病房就只有制氧机发出那种嘶嘶的声音。但是植物就是植物,人就是人,你懂吗?植物人这个词,他一定不会喜欢。"

这是姚烨的记忆里,钱素梅一口气说过的最长的话。走在塞纳河左岸,姚烨觉得自己被人按在一张明信片里,只消一阵风,周围的风景便皱成一团。她想,轻轻按动引流管阀门的、有一点神经质的钱素梅,可能是她见过的,她最接近诗人的样子。

除此之外,钱素梅就只是个好用的然而"已经混到顶"的护士。"你跟她不一样,你有培养前途。咱们科就你一个是本科毕业的护士,"护士长亲热地在她耳边说,"总护士长把你交给我,最多锻炼个一年半载就想提拔的。我仔细想过,你跟钱素梅搭班正好,你跟她学技术,她跟你学说话。"

"钱姐那人,谁教得了她?"

"那么,她说不出来的意思,你就替她说嘛。"

"这世上,谁又能替谁说话?"

姚烨两手一摊,重重地叹口气。面对走在她身边的康啸宇,和他积攒了两年的一大堆问题,她突然感觉到一阵气恼。她也说不清楚,为什么规划好的路线就此作废,一个人的旅行,变成了两个人在巴黎漫无目的的闲逛,你一块我一块地企图凑出一张完整的拼图——问题是,这张名叫"钱素梅"的拼图,是她这两年来,一直在努力忘记的。

"她在信里是个话痨,一封就是十几页。手写,能看懂一半。那些信,还存在编辑部的抽屉里。我拿过一份最短的给她妈看,居然被她撕成两半。"

"为什么?"

"因为她不信这些疯疯癫癫的话是她女儿写的,她说钱素梅从小就乖,宁可自己不念书也要供弟弟上学,出事前还提前给家里寄了下半年生活费。都是我伪造的,她说,这年头谁还会写信。出这么大事她也没给亲戚朋友留下一张纸片。她拒绝承认女儿的笔迹,说她早就忘记了钱素梅的字是什么样子。总而言之,一定是我的问题。我骗了她的人,保不齐还骗了钱,临了还伪造这些他们看不懂的故事,好推卸责任。"康啸宇说得慢而坚决,听起来就像是在法庭上供认不讳。

这套词儿姚烨听着很耳熟。钱妈妈在医院里也这么讲。只不过,迫害钱素梅的人成了医院,护士长,姚烨,以及所有在暗处等着吞噬她女儿的病人。

"钱妈妈到底为什么认准是你?"

"因为出事前一天晚上,她一直在给我打电话。手机上有记录。我没接。"

"你在干吗?"

"我……"康啸宇苦笑着摇摇头,"我和我老婆在一起。那时候还是女朋友。"

姚烨飞快地横了他一眼。这话让她暗暗松了口气。圈子兜到现在,她终于找到了自己的立场,可以在康啸宇身上贴一块渣男的便利贴,心安理得地鄙视他。

"我跟钱素梅并不像你们想象的那样……你信吗?"

"不信。"

四

巴黎圣母院正在大修。白色塑料布蒙住一侧塔身,最靠外的滴水兽的嘴从边缘伸出来,被塑料布上的反光映照得格外残破。

走到正对着滴水兽的地方,话题陷入僵局。两个人都有点累。康啸宇一眼看到有三四个人在排队,研究了一通以后冲着姚烨说:"看到那个圆柱体吗?有点像书报亭的那个。我猜是个公共厕所。我得过去一下,你要不在周围先转转?"

姚烨并没有走远。她站在一棵梧桐树底下,用手机抓拍那些在越来越强的阳光底下开心地脱掉外套、露出肥硕肩膀的女人。她眼角的余光看到康啸宇小跑着过去,一刻钟以后又快步走回来。他的头发和衣领上全挂着水珠,身后有好几个老外在朝着他的方向傻乐。

姚烨拿出了包里所有的纸巾。她刚刚才拿准对康啸宇应该采取什么态度,现在如果冒冒失失地笑出来,显然不大合适。然而,她前面越是忍得辛苦,后面就笑得越是放肆。两个人就那么一边擦一边说,你追我赶地笑,一个眼看着要打住另一个马上接过来——好像空气只要冷下一秒钟,就又会凝结成一团讨厌的迷雾。雾里结结实实地包裹着什么东西,他们既无力躲开,也难以抵达。

"你猜怎么着,那个大圆筒,一次只能进一个人,就投个币,拍一下黄色按钮,门就开了哈哈哈。你能想象巴黎圣母院脚下有这么一个后现代的玩意吗?"

"然后呢哈哈哈?"

"然后门开了,我进去,门又关上。然后厕所里有个声音开始讲法文,女声,就像飞机起飞前播的注意事项。然后我也不知怎么了按了红色的按钮哈哈哈……"

"然后就下雨了?"

"是淋浴,淋浴!谁能想到花一欧元你在巴黎可以上趟厕所还能洗个热水澡?应该按蓝色,蓝色……"

"哈哈哈……可是我想知道,她写了什么?"

"什么意思?"康啸宇的手僵在半空,他的头发上还沾着纸巾的碎屑,随着一阵不识时务的风,滑稽地摇摆。

"钱素梅给你的那些信里,到底写了什么?"

钱素梅的诗就埋在她的那些漫长的信里,与各种前言不搭后语的陈述句混在一起。有时候甚至连分段都不清晰。她身边的人事被赋予各种代号,从那些像"影子叠着影子"般穿梭的同事里,康啸宇辨认不出姚烨到底是哪一个。总之,钱素梅的信是连绵不绝、含混不清的梦话,康啸宇把其中可以分行的文字一段段挖出来,排在一起,凑出五六十首。

"你觉得她很有天分?"

"有一点吧,不能算天才。但是,她很不容易。她告诉我,她在她的家乡都没机会上高中,在你们医院的工作,是从当护工开始的。你知道,考虑到她的学历、工作、身份、形象,甚至钱素梅这个名字……反差有多么悬殊。对于读者而言,这是有记忆点的——你明白吗?这就是我麻烦的开始。"

姚烨终于找回了鄙视康啸宇的理由。总有那么一些人,喜欢说几句故意让人听不懂的话——你把这些词语一层层剥开,最后拿到的也无非是一个跟网店广告相差无几的企图。

"你是说,你想……推销她?"

"这个……我们不如换个角度看,那些比她写得更好的诗人,不一定有她这样的经历。更何况,她写的是医院,是病人,是生死……"

"哈,"姚烨冷笑了一声,"弄不好是给那些动不动要排三小时队的病人,又找了个出气筒。"

"也不能说这样的担心没有道理。我没法保证人们会用善意解释这些文字。她在诗歌里表现出的情绪有时候很负面,你刚才听到的那几句可能是她最乐观的一首了。她观察那些拿到化验报告的病人,写他们'撕掉这些纸,那些纸/纷纷扬扬地/撒下一生的悲伤'。"

姚烨想象不出钱素梅每天会在什么时间躲在什么角落里,"观察"这一切。她究竟在姚烨身上观察到了什么,才会把那件事情交给她来做?在构思那件事情的时候,她觉得自己是在写诗吗?

"诗里的这个女病人以为她自己的悲伤至少有一个观众,"康啸宇还在兴致勃勃地往下讲,好像在上一堂诗歌鉴赏课,"然而,等坐在三十米之外的那个男人站起来,她才看清楚,原来,这是个盲人。具体的诗句我可能记不清楚了,但那个突然的转折我觉得很有意思。"

有好一会儿姚烨都烦躁不已,她不想听这些句子里有多少视角转换,能让谁联想起欧洲的哪一首现代诗,更不想听钱素梅的背景与去年突然走红的哪个人有多少相似。一个句子的诞生,与一个人的消失相比,渺小得不值一提。

"也就是说,你们的杂志登了钱素梅的诗?"

"没有。这倒不是因为我担心她的诗被曲解——有点争议性,对于诗人是好事。我给她电话,请她来办公室里谈稿子;她都不肯来,只是把信写得更长更乱。在诗句里,我能看到有一个晃来晃去的背影,一个让她失控的人,也许是男人。她无法违背他的指令。"

"什么意思?这个背影是在我们医院里,还是在她家里?"

"不知道。总之应该有点权力吧。她写得闪闪烁烁,诗里的手术刀和呼吸机悬在头顶,随时要掉下来。我开始感觉到不安,我不知道按医学的角度看,那算是什么问题。躁狂?还是抑郁?"

医务科刘主任的干咳和透过架在鼻尖上的眼镜的注视,从姚烨的耳边和眼前飘过。两年前的医院里,护士圈里一直传说着他对女人的态度有点复杂。她摇摇头,极力想把这些甩到脑壳外面去。

"谁知道是不是你编的？现在她反正是没法申辩的。"

"当然,每个人说的每句话,都是不可靠叙事……其实我也希望是我编的。"康啸宇把脸埋进两只大手,上下摩挲,就好像是在用一种特别文艺的姿势做眼保健操,"我希望我从来没认识她。如果非得认识,那我希望,我那天至少回她一个电话。我只是预感到会有麻烦,但是没想到逃避麻烦会带来更大的麻烦。"

在康啸宇的叙述中,姚烨听到了巨大的、无法理解的、被刻意省略的空白。但她没有力气,也没有必要再追问下去。

五

三分钟,姚烨说,她只有三分钟。总护士长叫她去谈话。可能岗位要轮转,她轻快地说。

以姚烨的熟练程度,消毒,扎入静脉,松开止血带,三分钟足够。没有更多的时间犹豫了,为了这一刻,已经准备了太久。

丙种球蛋白是早就攒下的。姚烨知趣地没有问来路。当了那么多年护士,觉得自己快要感冒的时候央求同事注射一点增加免疫力,这样的事情,平常得就像医生在手术时,动不动就会被血溅到眼镜片上。所以,一切都毫无悬念,姚烨没有按规定要求出示处方。

"打右手,腾出左手方便一点儿。"姚烨知道,钱素梅是个左撇子。

"钱姐,你没事吧?"姚烨的语气,让你只能用"没事"来回答。

"就是有点累。很累。晚上总是睡不好。"球蛋白冻干粉在瓶中已经溶解成了无色透明的液体。

姚烨走出值班室之前,甚至乖巧地拉上窗帘,轻轻带上门。这个动作也许会让人略感内疚,也许会让后面的步骤进行得缓慢一点。无论如何,钱素梅可以这样想:舍得给自己买一百美元一管的护手霜的女人,心里不会千疮百孔。姚烨是一定能缓过来的——一年?两年?也许。

"第三天傍晚,在圣心教堂感受过静谧的心灵洗礼之后,不妨沿着台阶拾级而下,感受另类的文艺气息。浸润在小丘广场的夕阳下,开大光圈,背对公园利用侧逆光,收获此行最美的一张自拍照。"旅行指南的这一页似乎换了个翻译,读来格外顺畅,但排版有点局促,因为标题长得只能分成两行:一人食,一人行,奢华的极简,快乐的孤单。

姚烨又成了一个人,又回到了她给自己规划的攻略中。手机镜头里,姚烨看到自己的脸并不像她想象得那么苍白。夕阳是最昂贵的化妆品,从脸颊到脖子都红扑扑的泛着橙色的光。她想,诗人钱素梅会怎么写这样的阳光?

切开的气管嘶嘶作响,管壁上纹着斑驳的渴望,以及去年暮春的,栀子花香。

多么骇人的意象啊,康啸宇说。不是迫害的害,他说,是惊世骇俗的骇。

此时的康啸宇应该正坐在从巴黎到尼斯的火车上。车厢外的色彩越来越丰富,车厢里的气温越来越高。两年来,他总算找到了一个可以一次性处理旧货的机会,一个他以为可以感同身受的听众。"当时那种情况,你知道的,根本没办法讲道理。没人会听你讲道理,是不是?"

姚烨不愿意点头,就像在殡仪馆门前时那样。她不愿意跟康啸宇同病相怜,不愿意分担他的哪怕一点点委屈和内疚。然而,记忆并不会因为不情愿就消失,它们连在一起,整块整块地砸过来。

忙乱的脚步声。晃动的抢救的身影。那种人人都知道没有任何效果的抢救。所有人在拨所有的电话。被拦在门外的姚烨,从门缝里看到的钱素梅的脸。那样远的距离其实应该看不清脸上的表情。但是姚烨相信自己看见了。有一瞬间,她甚至觉得那脸上挂着笑容,洋溢着某种终于好好睡了一觉的感激之情。

护士长跌坐在护士台旁的地面上,有整整十分钟,别人怎么扶都起不来。胖警察的脸越来越严肃,盘问了姚烨两句以后,就让级别小一点的瘦警察看住她坐在值班室里不准乱跑。调监控录像，封存证物，去派出所配合调查——这一切就像是一盘错乱剪接的录像带，在姚烨的脑中循环播放了两年。

再回到医院上班时，她发现，所有人都过分客套地向她问好。走进更衣室里换制服的时候，几个更年轻的小护士把一个笑话拦腰砍断，紧张地停住笑声，就像草草收拢一把折扇。在回忆中，她试图用钱素梅的眼睛，寻找康啸宇的位置，刘主任的位置，或者她的母亲和舅舅的位置。但录像带开始打滑、扭曲，发出尖利的啸叫，最后大团大团的雪花塞满她脑中的屏幕。

"这不怪你，怎么能怪你——"护士长抹着眼泪叹着气，"但是你也别怪她……除了找你，我想不出她当时还能把这件事派给谁。"

"以她的技术，她其实可以替自己打……"话说了半句，姚烨就被自己声音里的冷酷吓了一跳。

沉默许久，护士长拍拍姚烨的肩膀："一个人走，她也是害怕的。她想跟你告别呢，你不如这样想吧。"

"但是为什么，为什么？她有什么过不去的事，不能跟你说，跟我说？"隔着口罩，姚烨的呜咽听起来就像是一个被绑架的人质在垂死挣扎。

没有人能解释为什么。康啸宇在给姚烨上了一天诗歌鉴赏课之后，把她拉得离真相更远。"归根结底，这是一种对生命的虚构化,是一种建立在戏剧基础上的仪式。"康啸宇一个字一个字地吐出来,长长地松一口气。

惟一确凿的是,警察在垃圾桶里找到了姚烨替钱素梅注射的球蛋白,还剩半瓶。姚烨计算过,哪怕用最慢的速度,滴入钱素梅体内的另半瓶也只需要花掉一刻钟。

在这一刻钟里。钱素梅安安静静地待在值班室里,也许躺着,也许坐着,也许躺一会又坐起来,也许甚至想了一句诗。然后她的左手拉开抽屉,小心翼翼地拿出第二瓶,娴熟地换到了输液架上。

异丙酚,阿曲库铵,一种是镇静剂,一种是肌松药。双保险,致命而不痛苦。

录像带倒回去,画面停留在针扎进静脉的那个瞬间。姚烨总是忍不住想,这一针不仅让她当了三天的杀人嫌疑犯,也通过某种方式,刺进了她自己的静脉。从那一天开始,她身上有一部分就跟着死过去了,而钱素梅的一部分,却附在她身上活了过来。

蒙马特高地上到处都是那种小巧的仿古手风琴。穿红黑格子背带裤、脖子上系着红色三角围巾的男人会不经意地从你身边经过,突然拉足风箱。你正在出神,条件反射地弹开,恍然间听到他嘴里哼着似曾相识的香颂旋律,惊讶这样小的琴竟然能放出那么大的音量。那男人身边,已经跟上了一串看热闹的、举着手机拍视频的游客。你手足无措,发现口袋里没有零钱,最后只能掏出十欧元纸币,扔进男人随手搁在身边的破旧的礼帽里。

"谢谢——"如今在旅游胜地卖艺的老外,个个都会耍两句中文,向越来越常见的中国游客示好。这位风琴手甚至把这两个洋腔洋调的中文字顺滑地嵌进间奏里,听起来就像是一句歌词。他一边道谢,一边向姚烨挤挤眼,手指在键盘上按了一串眼花缭乱的动作,手背上金黄色的毛在夕阳下闪光。

"Merci——Merci。"姚烨喃喃地重复着刚刚学会的法语。异国的语言也是一种恰到好处的麻醉剂,陌生的感觉从舌尖一路传到太阳穴,一阵过电般的酥麻掠过全身。她迈开步子,一路沿着台阶往下跑。

夜幕中,她打算就一直这样跑。跑上地铁,从圣米歇尔广场站钻出来,跑进巴黎圣母院门口的圆柱形的厕所。她让自己一定要记得按红色的按钮,让温暖的水从头到脚浇下来。她相信,钱素梅会一直在她身边,像影子一样贴着她跑。惟一不同的是——姚烨的脸上忍不住露出了微笑——她以前真的不知道,钱素梅会一边跑,一边写诗。

第五部

幸福触手可及

一

还没来得及挤到行李传送带旁边,萧穑的黄色拉杆箱就滚到她眼前。轻巧的万向轮根本不需要用什么力气推就兀自滑行了好长一段,但萧穑还是一边忙不迭地说谢谢,一边抬起头。置身于九十八人的旅行团,萧穑并不指望自己能叫得出眼前这个男人的名字。一身"北脸"冲锋衣,瘦,她只来得及看清楚这些。虽然他戴着墨镜,萧穑还是沿着她想象中的他的视线看过去,最后落在了自己的拉杆箱正面。加菲猫翘着脚挺着肚子翻着厚厚的眼皮躺在上面,呈四十五度角斜睨着她,还有他。

"家里的箱子坏了,临时问表妹借的,呃,还什么限量版……"萧穑不明白自己为什么要忙着解释这箱子的来历。是从什么时候起,她会这样害怕自己显得太幼稚,失去恰如其分的年龄感?

"不错啊,好认,"那人呵呵两声,"要不我怎么会在上飞机前就记住这是你的,十几个钟头都没忘。"

萧穑也跟着呵呵。咖啡和香肠的气味牢牢黏在一起,钻进法兰克福机场的每一个角落,扰乱着萧穑的肠胃蠕动节奏,它们刚被一连三顿飞机餐撑出奇怪的形状。拿到行李的队伍涌向出口,导游不知道从哪里冒出来,一手扛着"欢迎全国展会策划师培训团"的大牌子,一手举着名单和圆珠笔挨个点卯。"萧蔷,萧蔷,"他扯着嗓子用浓重的东北口音嚷嚷,"这名儿真好,是哪位美女?"

"这字念斯——饿——穑。萧穑。是吧?"帮萧穑拖箱子的那个瘦男人一字一顿地说,然后偏过头来求证。

"哦,对,不是那个台湾的。我叫萧穑。"

"这字好,有文化,古色古香的,"导游一点没尴尬,舌头转一个角度,接着套近乎,"您也不比台湾的那个差啊,上海人吧?我就说是美女嘛!"一扭头他又捎带问问那男人,"您呢?也上海来的?"

"谭鲁周。南京。讲究?哪有什么讲究,我爸姓谭,我妈姓鲁,外婆姓周。"

又过去半小时,名单上的九十八个名字全打上了勾,九十八个人的行李塞进了两辆大客车下面的行李厢。人坐在车上,仿佛被一波接一波的时差反应分成了两层,肉身下坠,意识上升,就像水上漂着一层油。

他们坐的是半夜的航班,抵达时正是法兰克福的清晨。天未大亮,萧穑被黏稠的,甚至带着一丝腥甜的倦意绑在座椅上,懒得抬头看看车窗外的云。但霞光顽强地透进来,洒在萧穑身上。仿佛为了不辜负这点光线,她从包里拿出手机,半眯着眼睛对着窗外连着按了几下快门。车速加快,倦意翻成一个浪头掀过来,于是拿着手机的手往下垂,落到椅子上,不动了。

直到车速减慢,这个盹才醒过来。车已经从机场高速驶入市区,萧穑举起还捏在手里的手机,翻开刚才拍下的几张照片。画面上,车外的树影和她在车内的身影交叠在车窗上,一道淡橘色的光从影子与影子之间穿过。再细看,有一双眼睛也混在这些被光线洗成浅灰的影子里。尽管此前萧穑并不怎么熟悉他脱掉墨镜的样子,尽管无论怎么放大照片都不太清楚,她还是认出了那是谁。

这类行业系统的培训班,抽调的是全国各地会展公司的人马,国营民营都有,基本谁跟谁都不认识。不过,在上海浦东机场集合时,好多人已经热络得不分彼此——要形成这种局面其实一点也不难。对有些男人而言,只需要分发一包烟,对更多女人,只需要几家塞满香水和面膜的免税商店。萧穑是个例外,回过头来想,谭鲁周也是个例外。

她也进过免税店，花十分钟买下替别人带的欧舒丹和雅诗兰黛，就又安安静静地坐到候机室的椅子上，看存在平板电脑上的《冰血暴》。那个窝囊的小职员，突然拿起榔头砸向他老婆的时候，萧穗甚至忘记自己是塞着耳机，本能地捂住屏幕，好像生怕别人听见那一声闷响。谭鲁周也抽烟，可他只是一个人跑到吸烟室里转了一圈。那双眼睛是从浦东机场开始，就常常向她投来这样的目光了——萧穗突然间就觉得自己把什么都想起来了，不是猜，而是确凿的记忆。问题是，她既然记得那样清楚，是不是也一直在看他呢？

这个问题有点复杂，萧穗太阳穴一跳一跳地痛起来。她闭上眼睛，定定神，随即拨通手机。不用睁开眼，第一个号码就是钱嘉义，隔着国际长途，他的声音还是那么棱角分明、四平八稳："多穿点，我刚查过欧洲天气，你们那里有寒流。信用卡里钱够不够？不够我给你打。"

"我这辈子还没刷爆过信用卡呢。不习惯这么花钱。"

"哈哈，你还是抓紧花吧，好容易出趟国。"钱嘉义拿得准她的脾气，继续做他的空头人情，"我算算喜酒已经没有什么别的花销了，剩下的就是收红包，所以，你爱买什么就买什么吧。"

那种喜滋滋的、仿佛能听见咽口水声音的时刻，是钱嘉义最让萧穗不舒服的地方，她赶紧截断话头。"行啊，我给你找点德国小家电回来，剃须刀什么的。不多说了啊，我们快到酒店了。"

说剃须刀三个字的时候,萧穗故意加重了语气。放下电话她才意识到,也许自己做出这个拙劣的、泄露对方性别和身份的举动,只是为了把谭鲁周的目光挡在安全距离之外。

二

坐在教堂里盯着管风琴发呆时,萧穗就知道谭鲁周会悄悄站到她身后。

台词也替他想好了:"真没法想象这么大这么笨重的家伙能发出那么安详的声音。"

所以后来萧穗回忆起来,她完全没法确认,他是不是真的那么说了。应该是差不多。总之,她按照电影的标准演法,没有马上回头,只是右肩微微动了一下。

法兰克福还没有上海的一个区大。课才上了两个半天,老城区就已经被他们这些人逛遍。从美因河边走到这个叫"罗马人之丘"的市中心广场,也就几分钟时间,沿途总飘来手风琴或者小提琴的乐声,娴熟得像个半真不假的玩笑。导游说,这些街头乐师多半是从东欧来的。

"柏林这类人更多,墙一倒就全往这边涌。问他们过得好不好,他们就弄段曲子给你听听。"

萧穗很想去柏林,可是这回法兰克福培训完以后安排的线路是到新天鹅堡观光,最后从慕尼黑直飞上海。路是这样顺,风景也是这样好。没有几个人会像萧穑那样不在乎风景,只想站在曾经砌着那面墙的地方,看看两边的人。

"那堵墙至少有一个好处。说不定,你想象'那边',要比你真的跑到'那边',呃,更兴奋。"临出发前,她跟钱嘉义说起过,一边说一边还用手比画着"这边"和"那边"。

"你前两天发烧把脑子烧坏了吧?"钱嘉义咕哝了一句,顺手在她额头上摸了一把。

"罗马人之丘"几乎是内地组织的旅游团在法兰克福划定的惟一景点。哪怕是在这里转个机只有半天余暇,导游们也会把人拉到这里来。如果你不要求,他们一般不会带你参观不远处的歌德故居,因为哪怕是团体,每个人的门票也要好几欧。歌德故居是外国人的地盘,又不像唐人街上的餐馆,导游拿不到回扣,积极性也高不到哪里去。

广场上反正有的是不要门票的地方。教堂,市政厅,前凸后翘却一脸正气的女神雕像。十月展会密集,国内各种公派的代表团出没其间,天天看到那些熟面孔上上下下,这个广场就成了一座舞台,连累得那些已经在这里待了几百年的房子和物件都成了假兮兮的道具。串场的总是那几个看到大陆客人就迎上前来塞小广告的华人,作势要引你沿着小路走到他们开的小店去。他们用一样的脚本,念白掐着同样的节奏:店里全说中国话。保证全市最低价。双立人也有,泡腾片也有。去吧去吧去吧。

团里的中年妇女几乎都跟着去了。还有中年妇女的丈夫,他们上衣口袋里塞着老婆开的购物单,其中至少有一口高压锅。所以,教堂里,为了冲淡刚才那种过于抒情的气氛,萧穑的身体刚刚转过一半,就顺口问了一句:"你怎么不跟他们一起去买锅?"

"买锅?哦,我用不上。一个人过,小电炉煮煮方便面就够了。"

她想,他这么一答,倒显得刚才她那样问别有用心,想打听他是否单身。可话已出口,她也只能这样一路说下去:"你,嗯,也有一米八吧,光吃方便面怎么够?"

"还好,我煮方便面是一定要配菜的。比方说,盒子上写着'红烧牛肉面',我就再到小饭店里去买一份红烧牛肉。我可以摆得跟盒子上的照片一模一样。哪怕偶尔吃趟蟹粉鲍鱼面什么的,也还配得起。"

"包装对你撒个谎,然后你就替它圆谎?"

"我是替自己圆。这样过日子比较容易满足。"

哪有那么容易满足?萧穑几乎冲口而出,到底还是忍住了。她想起自己心情不好的时候,喜欢坐在沙发上折磨遥控器,只要稍稍有点复杂的节目就坚决跳过——连那种总是说"你一定会没事的"或者动不动去下个面煮锅糖水的港剧,她也嫌搞脑子。最后总是定格在电视购物频道。萧穑不买,她只是看,看演员起劲地演,主持人起劲地吆喝,生活起劲地翻开新的一页。半小时一页。四只透明锅一字摆开,分别搁着老母鸡、绿豆百合、明虾和青口、一堆杂菜。主持人把四只盖子挨个掀开,哈着热气一边往嘴里塞滚烫的食物,一边向你许诺井井有条的幸福。屏幕下方溜过一行字:稍后请收看扫地机器人,牛皮凉席,冬虫夏草,无痕内衣,记忆棉枕头。每档节目,都会有主持人在你被催眠到晕头晕脑的时候,举出一块写着算式、打着触目惊心的叉的大牌子嘶吼,告诉你打一个电话就可以省多少钱,解决多少困扰了你一辈子的问题。

"幸福触手可及。"

粗暴,强行插入式洗脑。可她就能抱着枕头,在沙发上一动不动地看上三小时。上个月就有一次。屏幕上,一对情侣和着理查德·克莱德曼的钢琴曲,在漫天飘洒的鹅绒雨中打打闹闹,夸张地做陶醉状。看着看着,萧穑的眼泪流到了下巴上。下巴正好翘着,于是那一串泪珠从高处直接落进领口,顺着乳沟滑到肚子上,痒丝丝的。

"这又在卖什么啊?好好的鹅绒被子,非得一刀剪开?抽风。"钱嘉义不知何时出现在客厅门口,说到最后两个字时鼻子就开始翕动,随即甩出一个大喷嚏。他是过敏体质,平时拾掇被褥的事儿都是萧穑干的,哪怕是远远地看到毛茸茸的东西都要条件反射地打个喷嚏,大概算是自卫。奇怪的是他的心思倒一点儿不敏感,简直到了迟钝的地步。他没觉得萧稚不搭腔有什么奇怪的地方,更没有察觉她满脸都是泪,一转身又回到房间里打游戏了。海岛奇兵?大约是这个名字,就是那种趁人不注意就拆掉别人房子于是哗哗哗涨分的手机游戏。

幸好没有察觉,否则她还真想不出该怎么解释。她找得到哭的理由吗?求婚,登记,托人在酒店临时插进一档婚宴(尽管只能在中午),看房子(尽管还没挑到满意的),他不是一件一件都办了吗?至于求婚是不是发生在意外怀孕之后,是不是一种机械的应激反应,还有,她把验孕棒放在他眼前晃的时候他的脸上为什么会闪过厌烦和恐惧(准确地说,是用恐惧掩盖厌烦),这些真的有那么重要吗?重要的是他把日子过得像打游戏一样精确,每一道题都回答正确,每一次都顺利通关,她挑不出一点毛病。她还哭什么呢?

幸福触手可及。

然后是先兆流产。上午刚去过医院拿到保胎的住院单,下午就保不住了。整个过程她都没有哭。躺在家里喝他叫的外卖鸡汤时,也没有哭。有的时候她真是出奇地缺乏痛感。让她生气的是她自己。他什么也没说,她为什么要内疚?好像那枚受精卵是在她的指挥下跑了一趟短途游,完成逼婚的任务,然后就知趣地走了。她讨厌自己这样想,但越讨厌就越这样想。那两天里,无论钱嘉义脸上出现什么表情,做什么动作——笑,发呆,打喷嚏,买网游装备——她都觉得他这是在发泄,在示威,在仁至义尽,在如释重负。结了婚又能怎样呢?他还是自由的,她也还是孤独的。

就连屁股底下坐的这张沙发、看的电视,以及装着这沙发和电视的两室一厅公寓,也跟她没有什么关系。那是他租的,租在他的公司附近。某次看电影以后,借酒壮胆,他带着她"正好"路过,发出"上楼喝杯茶吧"的邀请——这样的老套戏码她也是配合着演过的。在回忆的时候,她用每次加一点细节的方式向他们的初夜致敬:他在包里摸索很久都没找到的钥匙。她心急慌忙重重磕在沙发上的脚踝。他为了检查有没有瘀青帮她小心翼翼地脱掉的长筒袜。哪些是真的?是"钥匙"还是"摸索很久"?哪些是她回忆时忍不住加上的?是"瘀青"还是"小心翼翼"?

但是他们终于开始暗暗想念可以仰面横躺、可以肆无忌惮地打呼噜流口水的单人床了。两个从小就住在上海的人同居,总是有点半心半意。先是她,再是他,开始溜回自己的家。很快,他回家的次数超过了她,因为她妈开始热衷于"离三十二岁还有两百十五天"的倒计时游戏。如果届时还没把她嫁出去,萧穑的妈妈搞不好会亲自出马,找钱嘉义"谈谈"。

结果替萧妈妈出头的是那枚知趣的受精卵。"趁此机会了掉也好,"钱嘉义接到她宣告流产的电话之后,只象征性安慰了她一句,就又恢复到往日里指挥若定的样子,"喜酒管喜酒吃,先在这窝里凑合凑合。明年头上新房也该挑好了,房子装修好再晾个半年,到那时你正正经经怀个孕,我妈跟你妈轮流帮忙带,也有地方可以腾挪呀。"

照例滴水不漏。连孩子都是两个妈轮流带,排名不分先后。萧穑很想问他这回怀孕有哪里"不正经",话到嘴边又咽了回去。

"剃须刀买到了吗?"萧穑陡然被谭鲁周从胡思乱想的泥潭里拎出来,吓了一跳。这个问题完全接得上刚才的思绪,一种被窥破心事的愠怒禁不住爬到了萧穑的喉咙口。"你耳朵挺好啊?记性也不错。"不等他回答,她兀自说下去,"机场上有的是。我不想特地去考夫曼百货。她们会跟去,要我用英文砍价,累啊,你知道百货店是不让砍价的……"

他知道"她们"指的是那些满世界追高压锅的团友,忍不住干笑两声:"今天下午你是肯定不跟她们混了吧?那咱们到会展中心去学习学习?"

法兰克福会展中心这两天正在开那个著名的国际书展,培训班给每人准备了一张三天联票,理论上全体团员这几天下午都应该去观摩进修的。不过萧穑知道没人会去。这培训本来就是各会展公司每年分派的福利旅游,谁会在这么好的天气钻到展厅里去看那些根本看不懂的书——除了拍几张展位照片回去跟老板表表功以外,这样做还有什么意义?即便是这一点,上网搜五分钟也能完全搞定。萧穑也没多少兴趣。不过,法兰克福实在太小了,到展场之外的任何地方都会被高压锅和瑞士军刀围追堵截。于是萧穑点点头。

谭鲁周再次精确地抓住了萧穑的心思:"这一行太杂。你常常搞不清楚办公室里怎么会多了一个人,然后下个月他又不见了。搞装潢的觉得我们搞文案的纯粹是吃闲饭,我们呢,对他们的设计……呃,我是说,在一个公司里朝夕相处尚且如此,跑出来,这么大一个团,话不投机半句多,很正常。"

萧穑礼貌地笑一笑。

"所以我这趟回去以后,想改行。"

"跳到广告公司去?"

"不是,去广告公司就不叫改行啦,那还不是半斤八两?我想,我要换一种人生。"

三

谭鲁周也不知道自己中了什么邪,为什么会脱口而出。换一种人生?他当自己是在拍电影?在说出这几个字之前,他做梦也没有冒出过辞职的念头。辞职也好,换一种生活也好,那得看你有多少成本可以折腾。然而,他看到了这几个字改变了萧穑嘴角的弧度,看到她的视线在他脸上落了几秒钟。他发觉,正是因为预料到了这种效果,他刚刚才会这么说。

谭鲁周身无长物,只有一大把故事。听来的,看来的,别人的,自己的,过去的,未来的。他不会写,一落笔就成了展览会广告。他也不会虚构,只会拼接,这个故事的头跟那个故事的腿缝在一起,囫囵一具全尸。他一般只对自己说。对别人,这些故事就像是藏在他随身携带的冷库里,轻易无法激活。他在萧穄身上,看到——不如说是像无线电那样接收到——某种东西,是可以激活它们的。这种东西不能太少,但也不能太多,不能多到他说一句她就信一句的地步,那样会让他的下一句变得无比沉重。他喜欢萧穄不时绕着弯子质疑他甚至拆穿他,他笑而不答,她也不会穷追猛打。

那些曾经对前女友起过作用的煽情励志剧(小镇青年在大城市里杀开一条血路),虽然细节丰富、记忆犹新,却不是萧穄需要的故事,至少不是她现在需要的那种。于是谭鲁周虚晃一枪,用一句"此事说来话长",就把"另一种人生"搁置在半空。等他们俩走进地铁时,他已经把心路历程直接翻回到小学时代。

"小时候谁身边没有个学霸呀,是吧?就是有他在你最多只能争第二的那个家伙,不管题目怎么变态,老师总是可以把他的卷子举起来,对着全班吼:是题目有问题还是你们有问题?一样是人啊,看看人家!"

萧穄从包里拿出两张单程地铁票,把一张塞到谭鲁周手里。昨天她在站上一口气买了十张,应该够用到回国了。

"这也就算了,我那个同学最恐怖的地方,是你基本上看不到他在什么时间用功。"古老的地铁闸门在谭鲁周进去以后飞快地闭合,发出咔吧一声巨响,从萧稽的角度看,简直就像是他被卷进了某种笨重的机器。"上课的时候他目光呆滞好像在打瞌睡,下课就在操场上跑圈,回家……我们不知道他回家干什么,但是第二天早读课他一定会拽着某个同学讲昨晚的电视剧。嗯,还带一把纸扇子学楚留香给我们看。其实真不用再看他成绩单啦,看看他这副样子,我们就败了。"

两个中国人在外国坐地铁至少有一个好处:墙是现成的,语言在你四面围成一个透明的小隔间。谭鲁周一边说一边比画,不用担心身边乘客做出任何反应来破坏故事的完整性——非但如此,他说着说着还会来句插入语,大声提醒萧稽注意对面的美女,可以用手机偷拍下来发微信的"朋友圈"。

"后来有一天,早读课,他一进教室就拉住坐我后面那个小姑娘,讲昨天那集有多狗血。然后,你猜怎么着,教室里鸦雀无声——"

"哎呀——"萧稽一声惨叫,指着车厢上方的路线图,"不应该是这站啊。"

扩音器正在用德语报站,车停下来,门打开,萧稽拽起谭鲁周就往外跑。"肯定是搭错车啦。我们上车的地方,有好几条线路并站……光听你讲故事了。"

两个人就像是不慎堕入磁场的两块铁,一个指北,一个望南,互相抵消,最后彻底失去方向感。如果半空中有个能凿穿地面俯瞰法兰克福铁路线的视角,就能看到他们俩走了一条毫无章法、渐渐从市中心向郊区靠近的路线。从第一次上错车开始,程序就失去控制,萧稽赖以自豪的英语反而成了辨识站牌的障碍——她给德语默默地注上英语音标,最后在记忆中留下一个似是而非的印象,直接造成他们第二次上错车。

但是谭鲁周的故事仍在继续。如果那个俯瞰视角还能附带他们对话的字幕,去掉无关内容之后,连起来大概是这个样子:教室里鸦雀无声,直到那女生边上的另一个男生开口——

"昨天八频道临时直播球赛,你说的这集延后到今晚播。"

隔着时间与空间的长廊,谭鲁周仍然看得出来,萧稽在故事里听到了某种类似于雪崩的声音。有什么东西坍塌了,他的讲述很准确地制造出了这种效果。学霸还是学霸,可从此以后他成了沉默的学霸。全班、全年级都知道他每天用功到深夜,什么电视也不看,这一半是因为自律,一半是因为他的父母异常严厉,在他考进重点中学的那一天,就把电视机锁进了阁楼。

"那么电视剧里的情节,他是怎么知道的?"火车从地下钻出来,两边都是成片树林,仿佛无数张乡村风光明信片飞过来。路线显然已经错到匪夷所思的地步,压垮骆驼的最后一根稻草是一个自告奋勇地替他们指路的德国老太太。但是,此刻他们俩谁也没有惊叫起来,只是懒懒地看着窗外,隐隐发觉自己也是那老太太的同谋。

"一年到头,他惟一订的报纸是广播电视报。那些热门电视剧的梗概,他每天只要花十分钟就能记熟。其实如果搁到现在,上网搜两分钟,什么资料都有啦,连报纸都不用订。"

"那么楚留香的扇子……"

"那张报纸上有人物专访,郑少秋跟记者说过花了多少时间练扇子功……反正就是一把扇子嘛,他随手比画比画,都挺像那么回事的。"

这站特别长。阳光时有时无,坐在他们俩对面的双胞胎姐妹的面孔,笼罩在不时变幻的光线中。她们都戴着绣花头巾,像几乎所有移民到德国的土耳其女人那样,美得惊心动魄。谭鲁周佯装挥舞扇子的时候,她们偷偷往他这边看了好几眼。

"那么,后来呢?你不会告诉我,他自杀了吧……"

谭鲁周吃了一惊,定定地看着萧稿。"没有吧……至少我不知道。我只知道,半年以后,他转学了。"这个故事惟一的听众显然可以承受——甚或隐隐盼望——更激烈的叙述,一时间倒让谭鲁周有点尴尬。

"所以这件事让你警觉,不能过他那样的生活,人活着不是为了把自己绷断,是吧?"

谭鲁周差点笑出声。他想她以前一定当过语文课代表,有总结中心思想的轻度强迫症。"也可以这么说吧,"他决定成全她,"我老是觉得我不属于现在的生活,我应该有另一个地方可以逃。"

他们俩谁也不知道说这些到底有什么目的,正如谁也不知道这列火车到底要开到哪里去。这显然是一条与市中心接驳、通往郊区的支线,车厢里的人一站比一站少,但他们俩谁也不愿意主动打破这份慵懒的、随波逐流的默契,商量一下该在哪一站下去。末了命运替他们做了索然无味的裁断:终点站,他们跟在那对土耳其姐妹身后下了车。

下一班往回开的车要四十五分钟以后才会来。终点站上的工作人员结结巴巴地用英文告诉萧穑,回程坐九站就能换乘到一条靠近他们酒店的线路。"去展场时间肯定不够用啦。团里不是说好在酒店大堂集合一起去吃晚饭的吗?也只能赶这个点了。"她的声音轻得像在跟自己说话,可是他听得清清楚楚。

那就意味着他们最多还可以错过两班车,谭鲁周飞快地算出了结果。一辈子总是有那么几个要风得风要雨得雨的瞬间,周围的一切都为了成全你而存在。凭空起了一层薄雾,不多不少,刚够把切近的景物推远,刚够隐去树林里过于茂密芜杂的枝条,将红黄绿三种颜色的叶子托起来,欲盖弥彰地罩上一层纱。他们向树林方向走,走了几步那雾又渐渐散开,于是,稍远处,本来几乎一片混沌的山坡一层层清晰起来,大致能看出有片葡萄园。谭鲁周觉得视野从来没有像现在这样宽阔,思路从来没有像现在这样清爽,也从来没有对听众的反应那么有把握。他想,这一定是因为,这里的空气含氧量显然高于上海,也高于法兰克福市中心。

在这样的空气中,"另一种人生"当然不在话下。谭鲁周算给萧穑听,如果辞职不干,卖掉家当,换来五六十万,是不是足够在丽江或者大理或者凤凰开一家酒吧,养一条狗,玩一把吉他。"我有没有告诉你我会一点吉他?"谭鲁周的眼睛里闪着轻盈的光,"至少唱唱《董小姐》和《一朵云》,完全混得下来。"

"嗯,连唱带说,忽悠文艺青年买几瓶啤酒加一碗过桥米线什么的,绰绰有余。"萧穑来了兴致,随手在他的蓝图上涂抹几笔。她说她有个朋友把客栈开到了瑞士,也用不了多少钱。那边有的是好山好水好空气,国内也有的是厌烦了大旅游团和大酒店的散客。"所以,"她站在种着成排葡萄藤的山坡上,随手朝山坡脚下那个看起来格外干净、稀稀落落分布着几家店的小镇指了指,"从这里开始另一种人生,也完全可以。"

完全可以。谭鲁周兴奋地附和着。充足的氧气让一切都有了可能。男人突然那么愿意听女人啰唆,女人突然那么容易就理解了男人的梦想。就连萧穑有一搭没一搭地说起她将要举行的婚礼,那些含糊其词的只言片语,谭鲁周也全都抓得住要害,并且回应得恰到好处——比勾引含蓄一点,比寒暄危险一点。

话题很快就滑到了男人和女人,他们说男人跟女人真是火星金星啊,真是鸡同鸭讲啊,所以异性恋其实比同性恋需要更大的勇气啊。他们在说这话时都骄傲地把自己排除在男人和女人之外。她说,当女人发疯般地拨男人的电话时,她不过是不想放弃罢了。他说,当男人就是不肯接女人的电话时,其实,多半也是因为他不想放弃。他们一起笑,慷慨地原谅了男人和女人这两种不可理喻的动物。

直到登上回程列车的那一刻,谭鲁周都像是一只连上了自动打气筒的气球。他觉得浑身的皮肤被源源不断的氧气撑开,几近透明。他好像能透过皮肤,清清楚楚地看到血管的走向。有好几次,他都觉得他们这一回还会搭错车,或者下错站,再跑到另一个叫不出名字的地方去。

萧穑似乎也有一点恍惚。当他们准确地在第九站下车,准确地转上了另一条地铁线,最后准确地抵达目的地时,她突然站起身,径直往门口跑。谭鲁周捡起她落在座位上的围巾,想喊她,终于还是忍住了。"我们各自进酒店吧,隔开一段时间,"在刚才那辆车上,坐到第五站时,萧穑轻描淡写地提了一句,"我会跟团长说,下午我去展场跟一位老同事碰了头。你,随便吧,比如歌德故居?"

他把围巾塞进了自己的登山包。

四

严格意义上说,那不能算个吻。他捧着叠得四四方方的围巾,正要递过去,她忙不迭地来接,打乱了节奏。手跟手,手跟围巾,纠缠在一起。他也不知道哪来的灵感,就势迎上去。他的嘴唇,填满了她从眉间到鼻梁之间那一段凹陷。嘴唇挪开的一刹那,她的思维被抽成了真空,只剩下一个沮丧的念头。她摸摸鼻子,觉得它比平时更塌了。

好容易定下神来,她赶忙向房门瞟了一眼。门不知何时被他带上了。她记得刚才接到他短信说要把围巾送过来时,还故意将头发梳整齐,然后走过去将房门打开。万一有同事经过,开着门说话可以显得他们襟怀坦白。可他比她预料的还要坦白。

萧穄下意识地从写字台前绕开,嘴里嘟囔了一句刚才没来得及说的谢谢,手里还捏着已经被她揉成一团的围巾。话一出口她就想用这团围巾塞住自己的嘴。谢什么呢——围巾,还是那个吻?晚餐的味道重新从胃里翻出来。啤酒,酸菜,土豆泥,还有那只她用长满锯齿的切肉刀划拉了半小时、最后只吃掉一半的猪肘子。"好吃吗美女?"导游梗着红了一大半的脖子,半眯着眼看她。"美女你不爱笑啊,不过不笑比笑更好看。什么?我喝多?德国鬼子这点啤酒能把东北人放倒?开玩笑吧你。我没什么我就是乐。每年这个月,祖国人民都一茬一茬地来,我天天都跟过节似的。"

最后几个字听起来像呜咽。萧穗想起前两天,一车人在半昏睡状态中,导游戴着麦克风,不知从什么话题扯到一个跟着德国鬼子跑了的娘们。萧穗当时就没有听真切,这会儿也不想细问。谭鲁周照例跑来解围,手里端着一杯码着厚厚一叠泡沫的黑啤,勾住了导游的脖子。

可是,此时此刻,把她逼到死角的人正是谭鲁周。门关着,谁来帮她解围?

"不早了。"

"我知道。"

"明天一早就退房。"

"然后新天鹅堡。"

"嗯。"

"然后慕尼黑。"

"嗯。"

"你,然后上海。"

"你,然后哪里?"

"没想好。"

"那回去好好想想。"

"赶我了?"

"没。"

酒店房间里暖气太足,萧穑的脸开始发烫。从胃里倒灌上来的,不再只是饭菜和啤酒的气味,还有一阵巨大的悲伤。与这种悲伤相比,眼下的局面该怎么应付——如果谭鲁周把她推到床上或者按到墙上该怎么办——倒反而不是那么重要的问题了。他的语气、表情、动作,他每一句都比前一句后退一大截的气势,都在告诉她一件事:那种让整个下午熠熠生辉的魔力,正在消失。那个吻——姑且算它是个吻,只不过是在气球降落地面之前,心血来潮地往上反弹了一下而已。弹得越努力,气漏得也越快。

显然,他比她更敏感地意识到魔力的失效,一脸茫然,那种眼睁睁看着自己被打败却怎么也不敢相信的神情是萧穑最怕在男人脸上看到的。她想起有一回钱嘉义莫名其妙地硬不起来,也是这样的表情。当时他不敢抬头看萧穑也不敢低头看胯下,只好平视前方,尴尬地笑啊笑啊笑啊。在萧穑说了一句"偶然一次有什么要紧"之后,他猛地从床上爬起来,像哪部喜剧片里刚刚来到犯罪现场的草包侦探,从厕所到床头柜乱找一气。

"新的,今天用的是新的。换了个牌子!"他抓起那盒被拆开的安全套,举到萧穑鼻子底下晃了晃,然后光着身子冲到电脑跟前猛敲一通,宣布找到了二十八条链接,都说换了这个牌子之后发生了跟他类似的情况。萧穑眼前顿时出现了二十八个男人,都光着身子,冲向电脑。

说不定谭鲁周也是这二十八分之一。他现在的失魂落魄比钱嘉义的那个表情放大了至少二十八倍。他原地转了一小圈,绕着房间转了一大圈,最后夺门而出。他先把门推开一条缝,往四面看看没有人才轻声溜出去。萧穑想,他做这些动作的时候,一定在想背后有一双冷酷的眼睛和一抹嘲讽的笑容。她很想告诉他事情不是这样的,没说出口。

萧穑身体一松,往后倒在床上。应该赶快洗个热水澡,应该给钱嘉义打个电话,应该把空调温度降下来,应该至少把外套脱掉。无数个应该从不同方向飞过来,撞在一起化为泡沫。她还是一动不动。从"另一种人生"的云端降落到所有的"应该"之前,她想再安静一会儿。

是有点可惜,她想。也许是非常可惜。他跟她之间有种奇怪的默契。他好像比任何男人都清楚,她不是那种去看恐怖片只为了尖叫一声钻进男人怀里撒娇的女人。下午他说了一个"听来的故事",关于一个男人杀掉另一个男人然后用他的身份招摇撞骗。她一下子就认出那是《天才雷普利》,却没有当场揭穿他。她在等。他果然说着说着自己笑起来:"这电影你看过,是吗?"

"看过。另一种人生的代价,有时候就是这么可怕。"

"还有一个法国片,《全局》,里面有凯瑟琳·德纳芙。有个男人,杀掉了跟他老婆偷情的摄影师,然后自己变成了那个摄影师。"

"这样可怕的故事,你到底搜罗了多少?"她歪着头问。她说"可怕"的时候没有一点害怕的样子。而且她看得出,他很喜欢她这样。

第二天早上,萧穑跳起来打包。摸到那条围巾的时候,她想起,昨天躺在床上,是听到门铃又响过两次的。两次之间停顿了两分钟。当时她就像是被绑住一样,既没有起来,也没有应声,只是任凭门外的踌躇和焦灼一点点从门缝里爬进来,像一条蚂蟥一样钻进她大腿根部的皮肤。第二次,门铃连着响了两声。她想,这是要干什么呢,你不知道外面有的是喜欢嚼舌头的团友吗?蚂蟥在小腹底下扭动,翻滚,在分析血液里的激素成分。她想,如果门铃再响一次,她就什么都不管了,她就要去开门了。

没有第三次。

想到这里,萧穑只觉得那条蚂蟥又要从大腿,从臀部,从胸口钻出来了。她努力回忆第二次门铃响起之后到睡着之前她想了什么做了什么,洗澡发生在哪个时间段。可她怎么也理不出一条清晰而合理的时间线。最后,她成功地说服自己,昨天太累了,那两次敲门都发生在她的梦中。就是那种格外逼真、跟入睡前的现实紧密衔接的梦境。怪不得会觉得被人五花大绑,完全动弹不得,她想。她先是松了一口气,紧接着心里涌起一阵失落,把围巾扔进了箱子。

五

"你懂的。"萧稽在手机备忘录上输完这三个字,自己也觉得这句时髦话自欺欺人。可她实在想不出更好的说法。她决定把它用在结尾。然后她把光标移到前面,开始一个字一个字往外挤:

"我时差刚倒过来,你呢?没什么别的事,就是有点好奇,我想知道,你好不好。"

手机不停地提示微信有新消息。萧稽写两个字,就心烦意乱地打开窗口看看。回来才两天,最热闹的微信群当然是"再见法兰克福",九十九个人头(多出来的那个是导游)光数一遍就会犯晕。用真名的不多,满屏都是奇怪的名字和奇怪的头像。不管谁打一句哈哈,都会有几十个卡通形象跳出来附和。

"我一直在想,你说的另一种人生在哪里。我是说,这念头也在压迫着我,我不知道该不该按部就班地顺着我原来的轨道走下去,我甚至一想起即将举行的婚礼,就会胃痛。不过,也可能这只是婚前恐惧症,他们说熬过去就会好,一切都会好……我还想告诉你,那天,在法兰克福,是我最近这半年里过得最开心的一个下午。你懂的。"

写到结尾的时候,萧稽觉得自己满身的血液都在往头顶涌。

她刚才就想好了,她不能一行一行地在微信里说,她甚至不能先打个问号试探一下。那样的话,也许只要对方表现出一点点迟疑,她就会崩溃就会语无伦次就会打消任何心血来潮的念头,那么这样的谈话最后一定会用几个表情符号草草了结,言不由衷。她把刚才写在备忘录上的这段话整个复制下来,打开微信,关上微信,再打开,咬咬牙,粘贴,发给谭鲁周。一秒钟也不能耽搁,不要给自己中途后悔的机会。她也不知道为什么非写这段不可,她不知道这样做要达到什么目的——反正不是想私奔。

她放下手机,像扔下一枚定时炸弹。泡茶,往洗衣机里倒衣服,经过客厅时看到钱嘉义仰面横在沙发上,举起手机玩海岛奇兵,那只从机场带回来的博朗电动剃须刀一直就搁在茶几上,连着两天都没人拆封。看到她走过来,他眉毛也没抬一抬,好像在对着手机屏幕说话:"我妈说红包都交给你妈。她说大家都是上海人,这点规矩她还是懂的。"

"我妈说让我们自己管着,她也不缺钱。"

"我猜就是。不过表态总还是要表的嘛。反正婚礼那天晚上在酒店里也没什么别的事可做,你卸妆,我数钱。"

"到时候你早给灌醉了。"

钱嘉义隆重地打完一个喷嚏,继续说:"我的兄弟团挡酒功夫一流,那可都是我海选出来的。"

萧穗不置可否,径直回到卧室。就在这十分钟里,微信显示有八十七条未读信息。她的胃比她头脑的反应快得多,不由得一阵痉挛。所有的信息都来自"再见法兰克福"。那些奇怪的头像好像一下子就成了她的多年密友,排着队问候她。你没事吧报上说婚前减肥饿过头刚死了个准新娘你要小心啊胃疼就要去看医生嘛。好几个人都复制粘贴了"那个下午",再加三个句号代替省略号。

"有故事,脑补中。"这一条的口气像个年轻人,下面跟着的好几条,都是捂着嘴笑的表情符号。

如果这是在一部电影中,那么此时镜头就应该闪回到十分钟之前:打开微信,是他的窗口,关上微信,咬咬牙,再打开,直接粘贴在对话框,大拇指紧接着按了"发送"。镜头往上移,定格在窗口的标题上——再见法兰克福(99)。

涌到萧穑头顶上的血速冻成冰。现代科技真是十恶不赦。以前就算寄错一封情书,总也得在邮局或者传达室之类的地方兜上两个圈子,才有可能成为众人的笑柄——而且他们在哄堂大笑的时候,多半还知道背着你。如今的时代,再隆重再深沉的东西,都会被速度瓦解成一个笑话。两分钟,允许撤回一条微信的时间是发出之后的两分钟。她没有机会了。

那股强压住的亢奋还在群里弥漫,萧穑懒得去想背后有多少人开出多少个小窗口讨论故事的来龙去脉,猜测男主角到底是谁。仿佛暗房的门被骤然打开,胶片上所有色彩斑斓的梦境,所有呼之欲出的可能性都自动缩回到一团阴影中,再也不可能出现。

她就这样看一会儿再发一会儿呆,试图把那个顶着妮可·基德曼头像、将一堆疯话误贴到一个九十九人的群里的女人跟自己分开,试图从这件事里找到一点幽默感。直到两小时之后,谭鲁周的头像突然从一堆表情符号里冒出来:

"这么热闹啊,我错过了什么?"

六

几分钟之后,谭鲁周就知道自己错过了什么。

微信一屏一屏地往前翻,故事在倒叙中清晰起来。当"另一种人生"这几个字出现在他眼前时,他恨不得反手抽自己一个耳光。再回到窗口底端,屏幕显示,萧稽已经从群里退出了。下面还跟着几条在互相责怪。有人说你们看你们看人家不好意思了,另一个冷静地说,就知道你们这样要坏事,如果耐心一点的话,本来可以搞清楚在咱们这个群里,她到底跟谁是一对。

"没准就是你呢,"底下一连冒出三个张嘴大笑的符号,"你故意的吧?"

谭鲁周打开萧稽的小窗口,却连"对不起"都发不过去了。萧稽的动作实在是够快,退群,拉黑,屏蔽他的号码,没有一点拖泥带水。连电话都不通了。她一定是被谭鲁周刚才那句话兜头浇了一桶冰水,她一定是以为,为了在众人面前撇清,他无所不用其极。

直到两个月以后的某天晚上,拉黑才被解除。这两个月里,谭鲁周养成了每天检查微信的习惯,所以他可以确定,解禁就发生在那一天。他想打个问号上去,又怕自己一说话就惹毛她,于是打开备忘录,打算写一整段再搬过去。这样一来,哪怕她火速拉黑,他也好歹是把该说的话都说了。

他说了三五个对不起,嵌在开头、结尾、事实与事实之间。他好像拿着一根长长的毛线针,冷静地从一串被自己吹大的气球底下经过。手起针落,挨个戳破。他说,那个在小学里每天把电视剧梗概背下来的人,是他,他自己。他还说,在法兰克福的最后一天晚上,他一直徘徊在电梯间。看到有个老外去按她的门铃时,他差点整个人扑上去。她没有开门,两次都没有开。老外突然回过神来,发现自己敲错了门,于是转身往回走,从他身边擦肩而过。她没有应门,他想,所以她一定是把老外当成了他。她没给老外开门,也就等于不会给他开门。他在,他懂,所以他走。

他说没有另一种人生,他说他的计划里根本没有什么丽江大理凤凰的酒吧,那些字眼在说出口的一刹那才钻进他的脑子。是有把吉他,大学里泡妞时的摆设,妞走了,吉他就再没碰过。天下所有的妞都是要走的。他说他目前只能在会展业继续混下去,但南京的机会太少,临出国前他就打定主意,一回来就跳槽到上海,在七宝租一间房子,每天横穿大半个市区。所以他不是投奔另一种人生,而是沿着原来的那条隧道往更深处走,通往也许更暗无天日的地方。他别无选择。

复制,粘贴。谭鲁周的手指在"发送"键上绕了一周,又停住了。"再见法兰克福"的群里突然一片欢腾。导游把萧穗重新拉进了群里,然后说:

"新婚快乐!"

手机屏幕顿时被漫天飘落的彩带、繁星、鲜花充满了。现代科技也有好处,随时随地能创造那么逼真的虚拟高潮,不需要什么成本。那些前几天还在群里议论萧穗究竟会不会逃婚的人们开始鼓掌,祝福,起哄早生贵子,要求张贴结婚照。萧穗没有说话。于是有人说,今天是正日子啊,新娘子哪有空招呼我们,大家表达心意就好啦。

谭鲁周默默地回到刚才等待发送的对话框,一个字一个字地删除干净。这下真的没有什么事情可干了。他从沙发上拿起平板电脑,打开《冰血暴》第一集。他记得萧穗在机场上看得入迷,一回来就在网上下载了全套。

那个窝囊的小职员,突然拿起榔头砸向他老婆的时候,谭鲁周把音量开到最大,好像生怕自己听不到那一声闷响。

七

"总共十七八万吧,后来那些,让我给数乱了。"

半梦半醒间飘来钱嘉义的这句话,把萧穑彻底弄醒了。天已大亮,甚至能看清蜜月套房的墙纸上有几点霉斑。她从床头柜上拿起手机。微信"朋友圈"的第一条,就是谭鲁周发的。

  在小说《马耳他黑鹰》里,主人公塞缪尔跟别人讲过这么一个故事:

  有个叫克拉夫特的人,典型的中产阶级,日子过得无风无雨。有一天他出去吃饭,经过一座正在兴建的办公楼,差点被一根掉下的横梁砸死。克拉夫特觉得,仿佛有人揭开了人生的盖子。他给妻儿留了一大笔钱,然后更姓改名,到处流浪,直到跑累了在西北部安了家,第二个老婆也是那种"喜欢新的色拉烹调法的女人",跟第一个没什么两样。

  塞缪尔说:"他当初那一走,就像攥紧了的拳头,手一放开,就没了。他那么做是因为需要适应掉下来的横梁,后来再没什么掉下来了,他也就适应什么也掉不下来的生活了。"

八个点赞。三条评论。

深刻啊哥们。

很老的小说了吧?我好像看过电影。

所以要珍惜眼前的幸福啊!!

第六部

水星很忙

一

有人跟踪我。

气垫鞋踩在落叶上的声响,从背后传来,刻意保持着和我匹配的节奏。我一个急停,那人的步子也马上缓下来,转而用一只脚碾住脚下的叶子,原地来回摩擦。

我回过头,目光先落在他的脚上。难得看到走在街上的男孩有这么干净的鞋面和裤脚,白是白蓝是蓝,饱和度高得有点突兀。在我的目光沿着他瘦削的身形往上移动的同时,我就已经确定,凭我学过的那几手女子防身术,这位陌生的跟踪者构不成实质性威胁。果然,最后定格在我视野里的那张脸,那个仿佛在梦游现场被人吓醒的表情,彻底出卖了他的年龄和经验。

"说吧,跟着我干什么?"

他张口结舌,伸出手抓了两下空气,最后右手突然改变轨迹指向我们的右前方:"故事太长,我可不可以……请你喝杯咖啡?"

那里有家星巴克。换任何一个时间任何一种人,我至少会反问一句——我认识你么?可是,谁让那天下午,在一件事和另一件事之间,我恰好多出两个小时的空当呢?谁让那天中午,我恰好在微信上做了一个心理测试呢?那个测试的结论是:"恭喜你,只要克服一点点隐秘的陌生人恐惧症,你的小宇宙就能无敌爆发。"

不过眼前这个陌生人实在没有什么可怕的地方。他把他的故事和一杯冰拿铁一起端到我眼前时,我才算看清他的脸。阔边眼镜把本来就不够鲜明的五官轮廓遮掩得愈发模糊,扔到人海里绝没有机会浮出水面的那种。

他叫我盖娅,我的三个常用笔名之一。也就是说,在他面前,我同时在别处写影评或者美食评论的身份是不存在的——当然,他更没必要知道,我每天都像闹牙痛似的纠结自己要不要写一个长篇小说。反正,在他看来,我就是那个在"梦舟网"写星座运势专栏的盖娅。

"其实不是我认识你,是她认识你。她。"

好吧,我想,在经过一个草草敷衍的悬疑开头之后,故事终于滑进了言情的俗套。

他叫楼巍,水瓶男。她叫冯雨,白羊女。我顺口接了句:"哈,那看来你是屋漏偏逢连夜雨了?"他一点都没笑,把我这句冷笑话反衬得像他脚上的鞋一样惨白。

冰拿铁喝到三分之二的时候,我才找到这个故事的入口。简而言之,从中学算起,楼巍大概在这个比他大两届的学姐背后追了五六年。这个"追"并不仅仅是比喻意义:冯雨的两条白皙的大长腿举校闻名,套上她那条玫红色运动短裤,每年校运会都把田径场烧得滚烫,女生追不上,男生也追不上。在另一条轨道上默默地保持相似的节奏,这样的"追"显然是楼巍惟一擅长的方式——这一点我刚刚已经在铺满银杏叶的街道上领教过了。

"她知道你喜欢她吗?"我被这些陈词滥调弄得没精打采,有一搭没一搭地问他。

"可能知道也可能不知道。反正她不在乎。"

完了,又是个备胎,我在心里暗自叫苦。好在他随即直接把我拽进了这个故事:"这些都不重要,重要的是现在只有你能救她了。"

我差点把剩下的三分之一冰拿铁泼在他脸上。"关我屁事"四个字冲上喉头又被我生生地咽下去。我的镇定显然赢得了他的极大好感,他好像突然就理清了思路,一咬牙切入关键事件:"应该是半年前吧,她第一次跟我说了几句真心话……我是说,以前她就是拿我当个小孩——她都已经到广告公司上班了,我还在念大四,如果用她的公式套,我们大概得算两代人。顺便说一句,她数学不好。你们文科生数学都不好。"

这种孩子气十足的话不可能激怒我。我只是笑笑,问他:"她到底说了什么真心话?"

"其实那天她说的也不多,主要是给我看这个,然后我第一次看到了你的名字。"

皱巴巴的 A4 纸摊在我面前,这是我在去年夏天写的那一期星运专栏。他把网页打印下来,有几行字被荧光笔做了夸张的记号:"对精神与肢体都富于动作性的白羊座女生而言,在本次水逆期间务必谨记的谚语是'好奇心杀死猫',凡事应该进两步退三步。一扇紧闭的门也许是通往未知的黑洞,避让是聪明的选择。在本星座的名人谱中,邓肯、杜拉斯、三毛那样的才情你未必有,但诱惑与危险交织的十字路口倒也同样横在你面前。"

把星座专栏写得这么云山雾罩、吞吞吐吐,再煞有介事地夹带几个人名,这纯粹是我的个人爱好。为了唬人我以前还恶补过一通岛田庄司,抄过几句《占星术杀人魔法》。至于我写着写着是怎么被粉丝们看出"哥特味"和"文化含量",并且成为"盖娅星系"的招牌风格,我也说不清。我看着这些奇怪的字眼,徒劳地回忆它们到底出自何种原料,如何在我大脑的搅拌机里完成加工,最后如何输出。反正楼巍一口咬定,从去年夏天之后,这几句话就被冯雨翻来覆去地念叨个没完。

"我应该听盖娅的话,不去推开那扇门的。她那个专栏我每期都看,你不知道有多准。我按着她的说法整整做了一年,每一步都对,每一步。就是这一次没有。可是,你说说看,我怎么偏偏会在水星逆行的时候,听不进这么重要的警告呢?我怎么就没想到,那扇门真的就是一扇门呢?"他把冯雨的那套说辞学给我听,音调没有什么起伏,像是机器人在念一首蹩脚诗。

"推开那扇门,她看见了什么?"我冷静地问。

"看见她男朋友,还有,另一个女人。"

二

他还在继续说,在各种背景材料和人物关系的藤蔓间挣扎,越说越乱。我没兴趣细听。所有转不过弯来的男男女女,都觉得自己的故事是一箱宝石,每一块都有独特的形状和光泽。他们自己反复摩挲、其乐无穷,旁人冷眼看去,却只是一堆大同小异的碎玻璃罢了。一个不愿意面对现实的女孩以为倒拨时钟就能掩耳盗铃,一个根本没搞清状况的男孩想乘虚而入,仅此而已。

"我不懂,"我打断他,"我有什么可以帮到你?"我觉得我的语气像极了公司总机接线员,足够客气,足够冷漠。

"你看,"他费力地咽了一下口水,"如果把她现在的日常生活画个流程图,那就是一个死循环啊。就好比,她好好地走在路上也会绊一跤,一跤跌回过去,跌进那扇门。"他一边说一边举起手在空中画椭圆。

"我实在搞不懂你们文科生……我想跟她好好谈谈,还背了几首诗学了几首歌,可她总是听我开一个头就打断我。她好像根本就不想离开那个倒霉的话题,而且还从里头找到了某种乐趣。她说,如果那天没有突发奇想,去给他什么惊喜,她现在没准正跟他一起坐在去伊斯坦布尔的飞机上——他们早就说好要去那里旅游的。她甚至不觉得那个女人有什么要紧,说她不过是一只偶尔飞过的苍蝇。被苍蝇叮过一下的菜味道并没有什么两样,前提是你没看到那只苍蝇。谁让你看到了呢?"

"麻烦你说重点。"

"重点是:她就是一台中了毒的电脑,不停地在同一个地方死机。"

"所以你觉得我能钻进她的脑子,改掉她的 BUG?"我倒吸一口凉气,"让我猜猜,你读的是计算机系?"

"难怪她那么相信你,"他羞涩地笑起来,"你确实很准。"

"异想天开。"我从牙缝里挤出这四个字。

"你管的不就是'异想天开'的事情吗?"他从包里拿出 iPad,打开一个叫"星象仪"的应用程序,在布满角度和计数的星象图上指指点点。"我想教她用这个,她不感兴趣。我说所有的星座都在上面——我中学里还是天文兴趣小组的呢。可她说,她的星座和我的星座不是一回事,科学解决不了她的问题。见鬼,在你们所谓的水逆周期里,不知道世界上有多少个占星师提出过多少种说法,可她只相信你说的话。"

所以这根本就是一个"她愿意相信什么"的问题,而不是"谁更可信"的问题。可是,现在他对自己乱成一团的逻辑已经深信不疑,我只好由着他沿着原来的思路说下去。"我是说,你能不能在接下去的专栏里,给白羊座一点更正面,呃,更清晰的,更有用的……"

他找不到一个恰当的宾语,我干脆接过去:"你不就是希望在她的程序里抹掉那个男人,然后自己取而代之吗?"

他一连说了三个"不是",眼神里似乎冒出一星怒火,又很快黯淡下去。"我可没想那么多……我就是想让你暗示她对自己好一点。你明白吗?比方说,不要在 PM2.5 飙到三百八的时候去跑什么十公里,连口罩都不戴。我知道她是故意的。我看不下去。"

我也听不下去了。我仿佛看到抒情的雪花纷纷扬扬落下,很快就要在我脚下积起厚厚一层。自从跟前任分手以后,我还从来没有允许自己花这么长时间沉溺在这种没用的事情上。我站起身,微笑,开口。

"我约了人。网站上有我的公共邮箱,再聊吧。抱歉,我帮不了你什么,但我想她需要的只是时间。"

三

其实我从来没有读过阿西莫夫,我只是从别人的文章里,知道了他在科幻小说里创造的"盖娅星系"。当初我随手把这个高贵冷艳的名字拿来包装专栏和笔名的时候,绝对没想到,有朝一日,会有人真的以为我就像"盖娅星系生物"那样,能发射超强脑电波,隔空改变别人的思维。楼巍说"更正面更清晰更有用"的时候,眼前浮现的,大概就是类似于电波发射那样的画面吧。这也难怪,如果不抓住一点具体的东西——一列脑电波,一个程序BUG,一张星象图,像楼巍这样的理科生大概根本没法想象这个世界,也没法向自己解释清楚,冯雨到底为什么会这样。

可我当然没有超能力。我连星座是什么都说不清楚。我只知道,它不是科学,也不是伪科学。当我写下"水星逆行是由于水星运行轨道与地球自转带来的黄道角度差而带来的视觉上的轨迹改变"时,我只是在抄书。我根本不知道它代表什么意思。写这类专栏不需要夜观天象、日查命盘,它的要诀是遣词造句似是而非,一挥手就圈住一块暧昧地带。总有个把字眼隔着纱笼雾罩,触到你的心境,于是五脏六腑都开始长草。你说它准,只是因为它帮你把潜在的愿望和忧虑说出来而已。

但是现在麻烦来了。我并没有答应楼巍,但每个礼拜一打开电脑写专栏,他就以某种形式横在我和键盘中间。让我烦恼的是,我竟然无法假装这件跟我毫无关系的事情不存在。我得不到偷窥的快感,却必须承担偷窥的责任。我无法否认,一写到白羊座,我耽搁的时间就是以往的好几倍——任何字眼,只要敲到屏幕上,都会显得那么"负面、暧昧而无用",好像随时可能被一个濒临崩溃的女人找到彻底崩溃的借口。当我写下"如果说奔跑是一种信仰,那么懂得在本周停下脚步静心冥思,就是这种信仰的升华"时,简直矫情得快要吐了。他妈的,到底谁是盖娅?究竟谁控制了谁的思想?

果然,这段话刚上线,我的公共邮箱就在第二天收到了楼巍的信。理科男用最无聊的文字报了一通流水账。"谢谢你,她今晚非但没有去跑步,而且第一次跟我去看了场电影。《绣春刀》。她问我张震帅不帅,我说一般般,何况他还办砸那么多事情,死了那么多人。她瞪我一眼,大声说:可他是为了刘诗诗啊。我说,问题是,刘诗诗就是这么被他折腾死的。然后大家都不说话了。我回到家,又把你昨天的专栏看了一遍。我突然明白了,你对水瓶座说的那句话。我要是早看到这句,就不会那样回答她了。后悔ING。"

"恋爱是一种视差。"我在专栏里找到了这句让他"后悔ING"的金句。要命,这是从哪里抄来的?难道我写这句的时候真的想到他是水瓶座,于是下笔别有意味?到底是从什么时候起,我开始妄图促成两条平行轨道的相交,自觉充当他们之间的灵媒?

反正从此以后,不管我在专栏里写什么,故意还是无意,自觉还是被迫,总之每个字都成了密码。发现你的文字突然莫名其妙地介入两个人的命运,是一件有时候想起来很酷,有时候又觉得十分恐怖的事。楼巍每周准时发来读后感和她的最新动向,我从不回信。哪怕用最乐观的态度分析他的信,我也看不出他跟冯雨之间的关系有任何柳暗花明的迹象。每次他报告一条好消息,后面总是跟着一个"但是"。

"今天总算见到她笑了,但是她笑完就问我:你怎么没有自己的事做呢?怎么一叫你就有空?她不知道,我昨天写源代码熬了一晚上。"

"不知道怎么感谢你。你对白羊说,这是擦亮眼睛、发现身边隐藏的温暖的一周。也许是有点作用,她今天非常耐心,还打听我的毕业动向,但是,最后,她的手机里来了一条短信。她说是那个人。她说,他好像有点后悔。"

"我得说,她纠结的样子倒也蛮好看的……这时候我就有点羡慕你们文科生啦。你们不缺形容词。我只能看着她,说不出话,也没法告诉你她有多么好看。我第一次觉得,就保持这个距离,很可能比再靠近一点要更好,更合适我。我们理科生的逻辑是:分子与分子之间,如果相隔距离太小,斥力就会大于引力。"

"盖娅姐姐,你不必再帮我了,不必再劝她。'沉溺于寻找失去的时间,常常意味着把现在扔给未来去缅怀。'真是个好句子,可对她,也只是个句子而已。如果她习惯关在死循环里,那我就算改掉了那个 BUG,又能怎样呢?搞不好就把硬盘烧坏了吧……"

一阵近乎忧伤的愠怒从指间滑过,我就像是用湿漉漉的手碰到了漏电的金属罩一般,本能地抽搐了一下。为了掩饰战栗,我就势从椅子上弹起来,走到窗户旁边。初冬,今年第三个水逆周期的最后一天,已经快被我写成鸡肋的专栏还在电脑上等我。

我返身回到电脑跟前,敲下一段既突兀又做作、我再也不愿意看第二遍的文字:

"安然度过之后,我们总能发现,其实人生的'逆'与'顺'本来就没有多少不同。但是卑微如我们,仍然值得庆幸每一次度过,并且奖赏自己一句叶赛宁的诗:'星星/天上的星星/遥远的星群/你们温存地抚慰着人们的心灵……'"

四

再听到这句诗,居然是从冯雨嘴里念出来的。她的腿果然很长,雪纺连身裤的剪裁骄傲地突出高高的腰线,让我没法不想起楼巍说过的那条能把校运会田径场燃烧起来的玫红色运动短裤。见到她我并不意外,因为我已经有半年没收到楼巍的任何消息了。

"我找不到他。他的同学说他去美国念学位了,没留下任何联系方式。我当然听他提起过考 GRE,可我不知道他悄悄地把手续全办好了。我真的不知道……"

就像拔走一颗恒牙,空着,便总会有碎屑掉进去。舌头费力地舔舔,才意识到先前这个位置是有一颗牙的,而且这牙是有用的。不就是这么回事嘛,我想。一个大活人不管在美国哪个角落上学,上网搜搜人家校内网的名录也能找到吧?你到底是找不到还是不想找呢?男人和女人,非得隔山隔水隔一个不相干的人,才能把想说的话说出来?

一阵倦意袭来,我很想掉头就走,再强韧的神经也要被他们这样绕着地球顺时针一圈再逆时针一圈的追逐游戏磨断了。可冯雨就站在我面前,用执拗的目光和语气压迫着我。

"那你是怎么知道我的?"我只好用过渡句聊作抵抗。

"我给他发信,我告诉他,我跟那人彻底断啦。他不回。最后我试着登录他的邮箱,输密码。第一遍用他的生日,不行,然后用我的生日,就成功了。"说到这里她顿了一下,左手从长发间穿过,停在左脸颊上。"收件箱几乎是空的,只有我给他新发的那几封,还留着尚未阅读的记号。想来应该是被他废弃不用了。"手从脸颊移到下巴,仍然找不到一个足够自然的姿势,最后无奈地垂下来。

"我好歹在'已发送'邮箱里找到一点痕迹。申请大学的邮件一封也没留,也可能他用另一个我不知道的邮箱处理那些公事。我只找到你,找到他写给盖娅的信。"

"你说的不对。那些信不是他写给盖娅的,是他写给你的。你真的不明白吗?"

"我明白,我,所以我来找你。我想他是不会开那个邮箱啦,可我相信,他还会看你的专栏……"

她的话音仿佛越飘越远。我依稀听到叶赛宁的诗,依稀听到"所以,你能不能……"之类的恳求,也可能她根本就没说。有那么一瞬间,我的神思离开躯壳,飞出咖啡馆,想赶在她说"更正面更清晰更有用"之前,想赶在我说"我昨天刚刚辞掉了这个专栏"之前,看看这初夏的傍晚,有没有升起第一颗星星。

第七部

千里走单骑

一

我把脸贴在滤光玻璃上,感觉一阵由远及近、由弱到强的震颤。向晚,照例是低空景象层次最分明也最暧昧的时段——这两者并不矛盾。此时,你看什么都容易产生幻觉。或许那些写歌词的家伙也喜欢在傍晚开工,所以他们会把窗外那些飞行在空中并且依照某种规则排列的玩意比喻成风筝或者彩虹。见鬼,我有多久没有见过真正的风筝或者彩虹了?

它们其实连飞行也谈不上,路线和方向都不是它们自己说了算。它们被各种频段的无线电波牵引着、调戏着,从早忙到晚。我们管最小的那种无人机叫"蚊子"(被真正的蚊子咬到的几率倒是越来越小),骗得了眼睛却骗不了耳朵。反正我们知道它们一直都环绕在身边,侦测各种有用的或者没用的数据。据说二十年前全世界都在欢呼大数据时代来临,现在他们又宣布进入了"超数据时代"——我不懂那是什么意思,只知道天气预报确实更准了,但我们也越来越不需要出门了。

我们不需要出门,至少得部分归功于那种比"蚊子"大几百倍的玩意:鸽子。作为第三代精确投递无人机,鸽子在把我们从网上买下的各种东西运到公寓或者别墅的门口时,真的会支棱起一对白色的翅膀——就算它是翅膀好了。鸽子肚子里的什么装置会感应到我家的门铃,有的放一段音乐,有的来点儿鸟叫虫鸣什么的,听起来特别环保的那种。

环保真是个好词儿。不管从政治家还是从电影明星嘴里念出来,都立刻染上了一层类似于苏打水加朗姆酒再加一丁点儿香草精的醉意,或者说,调性。尤其是,当你走到窗口,隔着玻璃看到外面的景象一览无余——没有交错的人影挡住视线,天空和草地的色彩饱和度高得失真——那点醉意足以马上转化成多巴胺,让你获得一次类似于性高潮的体验。有时候盯着看久了,我会怀疑窗外只不过是另一块超大屏幕,放映员偷懒,总是重复播放同一段视频。

"二十年前,"专家在自家起居室里录下的视频中侃侃而谈,"我们在地球命运的十字路口上做出了义无反顾的抉择,现在这个美丽新世界已经可以向我们证明:我们共同的决定是正确的。"

不管怎么说,这个"共同决定"里没有我的份。二十年前,我三岁,正是医生刚刚从我的血液里发现异象的时候。十万分之一的概率。这病倒也不致命,只是紫外线穿透我皮肤的时候,身上会应激性地起一层硬皮。只要尽量不在白天外出,并且让医生定期根据我的血样调整用药策略——大部分时间我甚至不需要用药——我就可以安安静静地活到世界平均预期寿命(去年是九十二岁)。我的社区医生甚至很认真地在虚拟诊疗室里跟我讲,我这样的体质,很可能代表着人类未来基因突变的方向。

"既然二十年前我们发现人工智能和虚拟现实能解决人类大部分问题,既然我们每天都可以在家里过日子,我们的身体当然也会跟着我们的需要变化。当然啦,"他的唾沫星子在我客厅的投影仪上逼真地弹跳着,"这是一个缓慢的过程,但总有一些基因是先知先觉的,比如你的。"

每周一次,我把采集好血样的试剂盒装在密封冰袋里,送到血样分析站——家用简易设备对付不了十万分之一的概率。检测只需要一个小时。数据会送到那个我从来没见过的医生的电脑上,也抄送我一份——投影上会爆开一大朵烟花,绿色的安全,橙色的危险。

这个礼拜的新鲜血样刚刚在十分钟前采集完毕。"让鸽子送血样没问题,"我的医生一直这么告诉我,"而且,再过一段时间,等血站完成技术更新以后,我们就会给你换一种更先进的试剂盒,能在你家里完成初步筛查,数据传送到站点以后精密比对,连递送都免了。"

就跟这世上别的事情一样,一切都在按照公益宣传片里的口号运转:足不出户,收放自如。不过这回我突然想破一破规矩。把我的一部分身体,跟生活垃圾一起放在门口的传送带,再装进鸽子的肚子里——我总觉得这画面里有什么地方不对劲。

我的手指滑过遥控器上的一排键,墙上亮成一片。工作区生活区娱乐区社交区都跳出3D小人等着听我的指令。绿灯提示我,有一个巴黎的家居历史博览会需要在十天里参观完毕,看完得整理一份报告汇入项目资料包,还得写一份快评挂在公共告示牌上。如果我穿戴上全套的虚拟设备,就可以随时走进一个逼真的梦里。我的脚立刻就能踩上戴高乐机场的大厅,鼻腔里充盈鹅肝酱和薰衣草香水的气味——尽管如今真正的机场里并没有那么多店铺,需要长途飞行的人也已经少得可怜,但在虚拟世界里,你感受到的机场气氛跟二十年前并没有什么两样。

要抵挡虚拟墙的诱惑不是一件容易的事,但我还是按了个暂缓键。生活区的左上方有一个快捷键,那是我上回翻了十几层网页才找到的。它仿佛埋在整个世界的后院里,一点开,屏幕上就扬起一团灰雾。

真人快递,一个据说已经被时代淘汰,实际上却还在苟延残喘的行业。这个名叫"千里走单骑"的快递公司跟几家二手书店挤在一起,占据一条虚拟古董街的拐角。到底是古董行业,连服务器都格外慢。点击,下单,每个动作都拖长两拍。屏幕上马铃和马蹄响作一片,马鞍上浮起一行字:白驹过隙,一日千里。高山流水,伯牙子期。

对着这句半吊子文言,我一个人笑成了一个球。等球变回一张弓的时候,马鞍上又多了一行小字:静候一小时,门口遇新知。

二

出现在门口的并不是半吊子古代人。我在虚拟墙社交区上碰到的全是那种画风鲜明、指望你看一眼就能记住的人,所以眼前突然冒出一个你总结不出任何特点的活人,我反而打了个激灵。第二眼,他的脖子在我的视野中凸出来,略长略细,转动灵活,像是被一条看不见的线隐隐牵动。相应地,在整幅画面中,眼窝那边凹下去一块,有好看但过时的双眼皮。马铃和马蹄声还在响个不停,但他既没有骑马,也没有坐无人驾驶电动车。那些声音来自一辆摩托,这是我眼前的画面中惟一称得上古董的东西——至少是仿古。

我说你进来,东西要紧我得交代两句。智能手表上有遥控报警器,我身体受到的任何攻击都会让整个屋子产生类似于横遭空袭的动静，所以我没什么好害怕的。他眼睛一亮，诧异地咕哝了一句什么，但还是跟着我进了客厅。

仅仅在五年前，真人快递还相当普遍——更准确地说，是达到了历史巅峰。那时候，绝大部分行业都已经完成或者即将完成在家办公的基础建设。城市里的大街上，除了机器人以外，一度好像只有快递员在四处游荡。他们反扣着棒球帽，耳机里循环播放雷鬼乐，走长途的开着带遮阳篷的电动龟壳车，跑短途的只要穿上气垫滑板鞋，最高时速就能达到三十公里。那种鞋很容易让你想到风火轮，所以他们有个共同的绰号叫"哪吒"。那时候，你从窗户望出去，视线至少是有焦点的——在蓝天白云绿树长街构成的画框中，你可以目送着一群哪吒渐渐消失在地平线。

在"蛰居文化"已经牢牢占据统治地位的世界里，哪吒们是异数。躲在家里晒太阳灯的时尚人士说哪吒的装束纯粹拷贝二十世纪末的街头风，顶多算"一种粗鄙的复古"。经济学家分析，哪吒是当时仅存的劳动密集产业，随着无人机的普及和人力价格的进一步提升，这种逆潮流而行的工作必然会被加速淘汰。交通部长说，在路面上其他车辆均为无人驾驶的情况下，哪吒们每天穿行在大街小巷，是造成近期交通秩序紊乱的主要原因，嗯，之一。社会学家字斟句酌地说，我们既然已经发现，人与人之间的接触、争吵甚至相爱，是导致环境恶化、生灵涂炭、瘟疫流传、误解频发、战争不断的根源,既然我们已经在其他方面解决了这个根源,为什么还要单单留下这道缝隙呢?说到这里,专家照例会稍稍停顿,等着观众在线提问。"您问,相爱难道不是好事吗?嗯,这是一个好问题。相爱当然是好事,但真实的相爱也带来真实的磨损……所以,我们为什么不把这些磨损留在虚拟世界里呢?就好比,如果只是做一个梦,你就永远都有醒来的机会,呃,扯远了……"

最后起决定性作用的是医学家。尽管当时外科手术的大部分工作已经由机械臂代劳,但那些在电脑上写诊断结论的医生还是有绝对的权威。他们说,有证据表明,一个连续工作两年以上的哪吒,有几项身体指标低于常人,患病几率则相应提高。医学专家只能提供结论,却无法拿出完整的因果逻辑链,谣言便立刻找到了温床。室外的空气污染问题早就解决了,哪吒的病从何而来?一群被诅咒的人和一种被诅咒的生活方式——谣言虽然不够科学,却完美地解释了科学无法解释的道理,也完美地跟上了时代步伐。

五年一过,连"哪吒"这个词,都被完美地忘记了。

他盯着我的血。在壁灯的映照下,试管的深红中渗出一抹幽蓝。"你的血和我的血真的有那么不一样?"他皱了皱眉,"看不出来啊。"

"能让你看出来我还用麻烦医院?"我把试管推进冰袋里,压紧,封好口,递过去。他有点慌,手忙不迭地伸过来。我的右手擦过他的右手,下意识地握住他的手腕。冰袋差点掉到地上,他的左手赶紧在下面托住它。

直到他出门之后,我才从虎口上残留的酸麻,感觉到那一握我用了多大的力气。当时我什么都来不及感觉,只想赶快打消笨拙的动作带来的尴尬,脸上飞快地挤出笑容来。"小心点儿,砸下去就是一地的血。这可是真的血,不像网络游戏,一刀下去溅满一屏幕,其实什么也没有。"

他也尴尬地笑笑,被我握住的手臂却纹丝没动,等到我自己回过神来才将他松开。"你是怎么把我,呃,把我们公司给找出来的?我们收费是鸽子的两倍,已经快撑不下去了。"

我没有正面回答,只是在签收机上重重地按下指纹,确认付款。我也不知道我为什么要这么做。好几年了,这个房间第一次空旷到需要增加一个活人的气息——这个念头既然无法压抑,那就不要压抑。然而,如果非要顺着想下去,非要追问一个为什么,我就是在自找麻烦了。

"我还没问该怎么称呼你呢。"

"叫我赤兔。千里走单骑嘛。你一定是先知道了这个故事,才会想到找我们公司的吧?"

"哦,好名字。听起来像是——转世的哪吒?"我一边说一边觉得自己牵强得可笑。

"谢谢。现在的人,记性像你这样好的,不多了。"

门在我身后轻轻关上。我揉着右手虎口,把脸凑到虚拟墙跟前,通过人像识别系统激活屏幕。全套可穿戴设备一上身,我就像一个快要在盛夏里热死的人,被迎面打来的一个浪头,卷进了海水里。舒适和恐惧同时袭来,同样难以抗拒。

我打开去巴黎的虚拟行程表,一阵粉红的樱花雨飘下来,最大的那朵花瓣弹出对话框:"工作之余,您想顺便在行程中安排一场艳遇吗?"

我茫然地点了一个是,樱花雨顿时变成了漫天飞舞的选项。邂逅有无数种方式,对象有无数种可能(你甚至可以选一个还是几个,男人、女人或是中性人),进展有无数个岔道。你选了一个大项,就会洒下一大堆小项。只要你愿意,你的爱人双眼之间有多少距离,爱穿什么牌子的内裤,抽雪茄吐出的烟圈是否正好钻进你的乳沟———一切细节都可以调整到让你满意为止。

打到第八个勾以后,我失去了耐心,后面全选了"默认"或者"随机"。我总是这样。波澜壮阔的可能性总是先把巨大的幸福感推给我,再从它的核心生出虚妄来。随着进入这个世界的次数越来越多,两者转化的时间变得越来越短。

我羡慕那些能够沉溺于其中的人———他们是大多数。对于虚构的成瘾性是他们生活质量的保证。有了这样的天分,他们的时间就像细胞分裂一样不断延伸,被拉长到无限,至少感觉上是这样。人类只用了二十年时间,就让婚姻变得可有可无,让生育率降到了对自然资源不再构成威胁的水平,这八成得归功于这种天分。虽然社会学家仍然鼓励人们通过网恋和虚拟性生活磨合到"完美状态",然后正式同居、结婚、生育,但越来越少的年轻人愿意搬到一起住——想要孩子的时候,女人们宁愿一边制作远程试管婴儿,一边网购机器人保姆。每一个活人都是一个卑微的、必将一天天褪尽光泽的点,而你背转身去,就是一大片望不到边的海,你还能怎么选?

然而今天我比以往烦躁一百倍。几乎每次稍稍进入角色,虎口就一阵酸麻。天知道那是不是我的幻觉,反正它时不时地要把我从虚拟时空中拽出来。可穿戴设备应该也检测到了我的各项体征都不够平稳,游戏里不时地冒出几个小花样来逗我开心,比如候机室的墙面突然变成了我最喜欢的天蓝色。3D水草从墙面上伸出来,拂过我的脖子和胸口,耳机里响起低沉的男中音,每一个音节都像章鱼触角上的吸盘一样,凉丝丝,黏糊糊,仿佛要从我身上抽走什么。

"呼吸,放松,有我在,跟我来。"

男中音的呼吸把我的呼吸包裹起来,强迫它们保持同样的节奏。我没有抵抗。在如今的日常生活中,你很少有机会感受到自己的性别——就算有机会,也不过是沿用这样粗糙而陈旧的方式。一百年前的男人,在女人面前就是这样呼吸的。粗声大气,不由分说,随意挥洒过剩的荷尔蒙。理论上,我应该早就习惯了。不知道为什么,设计虚拟现实游戏的人,在这一点上总是很潦草,选项的设置总是缺少更细腻的想象力。他们难道没有发觉,我们的身体,已经越来越趋于中性?男人与女人之间的差别,已经越来越难以分辨清晰?

男中音属于副机长。我一上飞机就在他的"你好"中辨认出了他的声音。他的身高体重和鼻梁弧度全都经过精密计算,是系统根据我的选择定制的。即便在虚拟世界里,每个虚拟人也都有他独一无二的基因序列,不可能出现两个一模一样的副机长。我呆呆地凝视着他。我挑不出他的缺点,但我的视线却穿透他完美的面孔,不知该落向何处。飞机还没降落,副机长还没要到我的名片,我就按了退出键。下一步的设计本来应该是他把我按在机舱过道的墙壁上——没来得及见识二十年前流行过的"壁咚"改良版,我还真有点惋惜。

几乎同时,屏幕中心升起一朵烟花,绿色的。社区医生那仿佛始终含着一口浓痰的声音从天花板上的环绕扬声器中传来:"祝贺你,指标正常。下周你就会拿到新的试剂盒,一切都会越来越好。"

三

可我并没有越来越好。我是说,我本来可以越来越好,却主动绕开了那条通向越来越好的路。

第一周,我跟医生说新试剂盒晚到了一天,还是按老办法把血样递过去。第二周,我说我还不太会用,再给我点时间好好练练。第三周,我把一支空试管放进冰袋,事后再告诉血站快递送错了,让鸽子帮我送回来,我付账。

其实,第一周我就熟练地掌握了用新试剂盒采血的技巧——哪有什么技巧可言,在一个清早起来就会有自动牙刷爬进你嘴里的时代,几乎任何手工都是多余的。自测的结果和将数据传送到血站精密比对的结果,误差率不超过百分之十五。

这三次毫无必要的快递都是我让赤兔跑的。甚至在第二次上门前一个小时,我就关掉了智能手表上的报警系统。上回他替我接住试管的那个动作,只要手再往上抬高一厘米,遥感报警系统就会亢奋起来。与其说我根本不相信他会伤害我,不如说,想到"伤害"这两个字,我并不怎么害怕。也许还有一点点兴奋?一场挣脱了程序、隐含着危险的相遇,会让我们现在的每一句对话都显得饶有深意。

他并没有伤害我,至少不是现在。不过,一来二去,我这栋房子的整体结构倒是被赤兔摸得一清二楚。第二周,他甚至钻进厨房,帮我修好了一根水管。"你可以取消一次机器人水暖工的上门服务了。"他歪着脑袋说。

"不得了,会你这一招的,一万个人里最多有一个。"

"不过是知道该拧哪个螺丝而已。"

"可我不知道。"

"他们也不希望你知道。"

"他们是谁?"

"他们是谁不重要。重要的是,一个稳定的系统,"他扬起扳手指指水管,"最好就是每颗螺丝都待在原地不动,不操心别的事儿。心思一旦活起来,喏——"他抄起扳手逮住一枚螺丝,用力拧了一道,"那就松了。"

"什么意思?"

"就是说,我这种什么都会一点的人是一颗危险的螺丝,可你不是,因为不该懂的事儿你全不懂,全都放心地交给机器人。你就老老实实地待在你的坐标上——对了,你是干什么的?"

我开始向他解释我大概得算是个搞研究的。

"文化史研究?这些东西我倒是不懂。"

我举不出像螺丝那样生动的例子,只好一板一眼地把我正在参与的研究项目告诉他:"蛰居文化传统溯源……有一个团队呢,我只是个小角色。"

他哧哧地笑。我被他笑得头皮发麻,只好打开虚拟墙工作区,抖开这个项目的资料包。墙上顿时被各种数据图像视频撑得满满的,从侧面看,好像连屏幕的弧度都改变了。

原始人的穴居生活模型。日本胶囊公寓源起研究。2015 年斯皮尔伯格加盟 VR 公司——当代虚拟现实产业蚕食影视业的里程碑事件。

标题个个宝相庄严,赤兔从窃笑变成了狂笑。"你真的相信这些,对吗?"他咬住嘴唇,咽下最后一声狂笑的末梢,"相信我们现在整天待在家里,是有一整条,呃,按你们的说法,传统文化的脉络?"

"信不信,总得研究了以后才知道。"顺口说出这句外交辞令以后,我的心突然一空,再也抓不到什么去填塞那个正在不断扩张的缺口。

好在他及时放过了我。"那你继续研究吧,"他好像突然就笑不动了,"我得送你的快递去。"

我没想到的是,一周之后赤兔再度出现时,像变了一个人。

四

按门铃的时候他甚至没有从摩托车上下来。我从厨房奔过来,几乎在门口跌倒。他的脚底在地上摩擦两下,似乎犹豫片刻,到底还是没有站起来。我的手指刚刚在签收机上按好指纹,他就一把抢过我另一只手里攥的冰袋。摩托车的发动机刚才就没有关,此时他轻轻一蹬,发动机响起骏马的嘶吼,声效逼真得让人愤怒。"赶时间吗?"我对着他的背影失态地大喊。

他没有回头。晚霞毫无节制地堆在地平线上，太阳正处在一天中看起来体积最大的时刻。赤兔朝着那方向疾驰，像是被夕阳含在嘴里，不舍得吐出来，也懒得吞下去。我被光线逼得往后退了两步，大半身体回到了门廊的阴影里。再想看个真切时，我的眼前已经模糊了一片。

　　哭什么？始乱终弃的戏码，早二三十年就已经给人类扔进了故纸堆，虚拟游戏里这种模式的点击率已经快成负数的了，你哪来的这么荒谬的代入感？转身进屋，你就能登上阿尔卑斯山勃朗峰，戴着氧气面罩跟渐渐露出吸血鬼獠牙的帕丁森做爱，还在这里磨蹭什么？爱，或者性，与人类其他活动一样，都是具体而微的，都可以转化为一堆模式和数据。直到近十年，人类才学会对这些词语去魅，它们不会因为我的无聊的眼泪，就重新变成轻雾和薄纱之类的东西。

　　我还是没有进屋。夜色与夕阳心照不宣地拉锯了一番以后，天一层层暗下来。我想起有一阵子我是那么喜欢在日夜交汇时站在门口，恰巧躲过日光的威胁，又能稍稍感受白天街道上那种教人心安的忙乱。但那已经是好久以前的事了。这些年，世界是一律的安静而干净，里面或外面，真实或虚拟，渐渐连成一片，时间或者位置早就不那么重要了。

　　如果在游戏中，现在应该至少出现三个选项。我忍不住抬起手，想试试前面有没有一张透明的液晶屏，能不能碰到我需要的那个按键。我只要他回来。

但竟然真的有马蹄声。马蹄声竟然一点点清晰起来。直到赤兔脱下头盔,我还在想用什么办法验证这是现实还是在某个游戏中。"发什么愣呢?你的货送到了。现在是我下班时间。这个点出去兜风,你应该不会变成穿山甲了吧?"

我不知道怎么掩饰心里的起伏,只好顺着他的话认真反驳:"没有那么夸张的,晒到一次也就起一层硬皮,过后还会褪去大半,要累积几次以后才会真正改变皮肤性质……"

"嗯,有一句说一句,你的皮肤好得不像是真的。"

没有什么游戏会设计这样言不及义的对话。我在夜色中看不清赤兔的视线,却明明白白地感觉到他的目光停留在我的皮肤上。遍及全身的皮肤。我想,哪怕再更新十代,传感器也没办法传达这样的感觉:这一刻,在他的注视下,我身上所有的汗毛都不知道应该选择竖起来还是卧倒。不过,当他把头盔往草坪上一扔,示意我跳上摩托时,我觉得我一定在某部老电影里看到过这个镜头。

"扔掉,不好吧?"我终于用上了记忆里的台词。

"这样我们互相说话就都能听清啦。"

可我不舍得再说话。我连大气都不敢出。我不会跳车,只能直挺挺地坐在后座上,任由他把我的两条手臂合抱在他的胸部和腰部之间的位置。"用力,十指交叉,握紧,坐稳,开动。"他似乎是在说给我听，又好像是在对着胯下的摩托车说。我第一次看清这辆车的款式老得好像从上世纪八十年代的河底打捞出来，临时喷了一层2035年的油漆。漆不错，纯黑，在昏暗的光线下也能清晰地映出我苍白的面孔。

暴雪骤歇，原始人从温暖的、渐渐耗尽食物的石洞里往外走出第一步时，至少有那么一瞬间，也是这样慌乱的吧。坐垫上的流苏垂下来——也是那种古代款式——像迎风招展的马鬃，不时钻进我的长裙，拂过我的腿。我紧张极了，我的大脑还来不及接受"痒"或者"情欲"之类的信息，我的眼睛也不知往哪里看，最后只能偏着脑袋，从他张开的手臂底下望出去。

街道真是安静得骇人，连白天那些忙着打扫街道或者修剪树枝的机器人也已经下班了。车速稳定，一排排黑魆魆的树木踩着铿锵的节奏，齐刷刷地往后倒。我稍稍抬起头，看到赤兔头顶上方的天空，不知从何时起聚拢了一圈运动的光点。那是专用于夜巡的迷你无人机，蚊子的发光升级版，我们叫它们萤火虫。

被萤火虫盯上的人，总是有点非同寻常，我当时应该想到这一点。

"你想在哪——里——停？"顶着风，他的声音只能拖长腔，才能拐个弯传到我耳朵里。

"不——要——停！"我的声音在空旷的街道上显得又响又脆，以至于有几只萤火虫应激似的从他头顶上往我这边飞过来。

整天窝在家里,我很少听到自己的声音,更没听过自己发出这样放肆的声音。

就像突然置身于一个陌生的磁场,所有的感官都处于短暂失灵状态,忙着重新调整参数。它们早就习惯于虚拟世界里的温度和湿度,它们更适应那种漂亮的、永远在高位波动的感受曲线。我的经验词库完全不够用。我无法用虚拟游戏的乏味的光滑,来度量真实世界的迷人的粗糙——那根本是两种计量单位,可我连换算公式也没有。

我徒劳地回忆我在多少虚拟现实游戏里坐过男人的摩托车后座。但是它们都没有给过我这样一副脊背:在游戏中,我把脸贴在男人背上的时候,不会有吸汗性能不太好的T恤,水涔涔地黏在我脸上,不会一阵阵地涌出烟草与汗水的气味,让我呼吸困难,也不会因为用力不当,背部肌肉群呈现不那么好看,甚至不够合理的弧度。

其实靠在赤兔的背上并不舒服,他太瘦太单薄。他的脊柱上那块过于僵硬的肌肉,套不进任何一个人体工程学模型,隐约指向某个意外,某些坎坷,硌得我脸上发烫。几乎每个细节都溢出标准的人生:迎面吹来的角度诡异的风,毫无来由的慌张和内疚,还有错乱的时间感——有时候一秒钟拖得像一分钟那么长,有时候又反过来。一个真实的人,就意味着绵绵不绝的瑕疵,意味着反反复复的溢出。

我紧紧贴在他身上。我想象,我的脸,我的胳膊,透过我的衣服和他的衣服,在他的肌肉上留下印迹,一道又一道凹痕。我想象,我的身体嵌进他的身体,我的气味融入他的气味。没有仪器计算我分泌的多巴胺,我的难以捉摸的快感从所有的仪器里溢出来。涨潮。漫延。一场猝不及防的水灾。我想象,我的身体在他的身体里越嵌越深,终于成为他的一部分。

我已经完全忘记那天是怎么结束的。我不记得车在哪里停过。我醒来时,身边没有别人。我试图把那晚的梦和前面的事划开一道界线,却做不到。

两天之后的清晨,透过客厅的落地窗,我看到他的摩托车被孤零零地扔在我家门口的那条马路边。我的心一阵狂跳,犹豫了一会儿,还是把摩托车推到家里,停在门廊的阴影中。

他的电话没人接。"千里走单骑"的页面上,只要一下单,程序就进入死循环。

五

黑鹰私家侦探所的界面与其说神秘,不如说是压抑。硕大的 V 字面具挂在纯黑的页面上,下面一行小字:没有读过达希尔·哈米特的,请务必绕行。我只花了一分钟就从电子图书馆里检索到哈米特的代表作《马耳他黑鹰》,第一行直接跳到我的虚拟眼镜上:"塞缪尔·斯佩德的颚骨又长又瘦,翘下巴成 V 字形,嘴巴也成 V 字形。"

那个侦探的代号就叫"塞缪尔"。我报案时他诧异地嚷起来,声音震得我的耳机嗡嗡响:"你竟然要找一个活人!我已经很久没有接过这种业务了。他们一般都要我找虚拟身份和游戏装备,要不就是把被骗走的网币追回来。"

"难道你们已经没有谋杀案可破了?那句话怎么说的——至少得把侦探留下来……"

"至少得把侦探留下来,数数一共有几具尸体。你记得不错,这是塞缪尔·斯佩德的台词。"显然,他对我的机智很满意。

"现在哪还有什么古典意义上的谋杀案?"停顿片刻之后,他的音调和语速恢复平静,"那是蛮荒时代才有的事情。如今我们在网上就已经把人杀厌。数都懒得数。"

我交了一笔预付金,定在两天以后的午夜交货。只能在午夜,塞缪尔说,这是他的规矩。

塞缪尔如约而至。跟上次一样,只有音频没有图像,只有面具没有面孔。从声音推测,我想他应该是个胖子,跟波洛的距离要比跟塞缪尔近一点。

"我的规矩,除了午夜揭晓之外,另一条就是:没有标准答案。记住,我只给你线索,你自己选。所谓真相,就是你愿意相信的那一部分事实。仅仅是一部分。"

"第一个事实是:'千里走单骑'公司只有赤兔一个人。就在你第一次下单之前,他已经有一个月没有接到任何业务。我查到他跟别人的聊天记录,那时他应该已经准备关张,转做别的生意。你第一次遇见他之后,这个网站就只对你家的系统开放,点对点。也就是说,从别人的电脑上看不到任何更新。"

我忍住没有追问技术细节,就算他说我也听不懂,我只能喃喃地说:"怎么会呢?为什么?"

"我说过,我不负责提供答案。不过,按照我掌握的数据,你的赤兔也许是地球上最后一个真人快递,呃,至少是之一吧。而且是特供你一个人的。这个情节倒是有点感人——你小学里总上过那篇课文吧?"这显然是个文艺情结浓重的侦探,对小说比对刑侦技术更熟悉。

"《最后一片叶子》。欧·亨利。"我接口,觉得自己就像是在说梦话。

根据我报出的篇名,屏幕开出小窗口,一幅幅展示自动搜索到的资料,有文字也有插图:那晚,最后一片叶子掉落,于是有人在墙上画了一片,让它永生。叶子是画给病人的。康复以后的病人发现,画叶子的那个,病得更重。他死了。

我们都是病人。

"第二个事实——你不要着急,先听我说完——日前赤兔住在医院里,就是附近那家大医院,你的血站也是他们的分支机构。放心,应该没有生命危险,他似乎也不在近期手术的名单里。我只能知道这些,我还没有敬业到擅自闯进一家高防范级别的医院里去刺探情报。

"基于表象的推理并不复杂:他可能是骑着摩托来找你,快要到门口时突然发生变故,随即被救护车接走。你知道,这种事情一点儿都不少见。蚊子和萤火虫从早到晚在我们头顶盘旋,一旦侦测到行人的身体出现异动,比如晕倒、中风、癫痫症发作,总而言之,它们有权火速调动救护车。这一套急救系统的效率高,噪声低,不会闹出很大的动静。"

"但是,你的意思是,表象下面也许还有别的?赤兔身体那么好……如果没看到病历,我真的不敢相信。"

"病历?我们私家侦探是拿不到这玩意的。何况,女士——您是女士吧——病历就不能伪造吗?您太天真了。我只知道,如今住院也是一件敏感的事。够格住院的人数极为有限。一个人进了医院,要么不治身亡,要么推进手术室,要么就简单处理后回到家里完成康复疗程。只有那些对科学研究或者社会演进具有特殊意义的病例才会留在医院里。"

"什么意思?"他说得越多,我喉咙口的肌肉就越是发紧。

"女士,你明白我的意思。当今世界并不像二十一世纪初的末世科幻片那么暗无天日——像什么《第九区》《星际穿越》《疯狂麦克斯》。如今的社会学家们动不动就喜欢把这些片子搬出来嘲笑一番。他们会说,睁开眼看看窗外吧,没有碧血黄沙,没有尘肺和雾霾,没有机器人和外星人合起伙来造反。我们食物充足,鸟语花香。但他们谁也不愿意说,找不到解药甚至致病机理的疾患仍然没有消失,或者就是找到了病因也出于某种原因不能公布。我要提醒你,鉴于赤兔是目前记录在案的最后一个真人快递,鉴于当年关于哪吒的流言从未消除,医院对赤兔的病例特别重视,这也说得过去。你说呢?"

"这种病到底存不存在啊?五年了,这点事就是搞不清楚吗?"我的耐心绷到了极限边缘。

"有一种说法,户外过于密集的蚊子、鸽子和萤火虫在相互作用下产生某种有害的电波,对于长期在户外活动的人……但这些说法全都含糊其词,根本无从验证。你只能把它看成选项的一种。"

我知道,这些年来,由于自动安保措施越来越周密,警察局的规模正在越变越小,而医院的功能倒是越来越丰富。人们已经很少用到"嫌疑犯"这样惊悚的、不够人道的词儿了。那些行为古怪、溢出规范之外的家伙,我们都管他们叫"病人"。从字面上看,他们跟那些罹患心肌梗死或者白血病的,并没有什么区别。我不知道——我的潜意识甚至害怕知道——如果赤兔真的待在医院里,他得的究竟是哪种病。

"还有一个事实。我查了赤兔前几天在网上访问过的数据,好像都跟你,跟你的病有关。"

我觉得我快要喘不过气来了。

"你有没有想过,"他的音量突然轻了一档,"你吃的药也许没有那么神,也许只是一种安慰剂?医院让你采集的血样,也许并不仅仅是为了治疗?好吧,我说得准确一点,也许根本不是为了治疗?"

我想起医生们一贯对我的基因很感兴趣。在谈论我的基因时,他们会提到人类发展的方向,或者蛰居文化的全面胜利。如果直接在 DNA 上就限制人类——至少是大部分人类的活动范围,那他们可能会觉得这是提高管理效能的一条捷径。

"你是说,赤兔发现了这个秘密。你是说,他那天是想来告诉我?"

"我什么也没有说。"

"直接把你的看法告诉我吧。"我几乎是在哀求了。

"怎么可能存在'我的看法'?我就想补充一句话,它几乎连个选项都算不上,只是个脚注,不在正文里头。我是说,要知道,一个在空旷的城市里到处流窜,哦,是流浪的人,总是会引发某种直觉上的不安。会有很多实时数据交叉指向他,锁定他的坐标,在合适的时机,抓……不,拯救他。"

"谁的直觉?谁的不安?"

"谁?你不是搞文化史研究的吗?怎么问这么幼稚的问题?没有一个特定的谁啊。是无数个谁。我们被超数据构成的云团包围着。这些云团就是我们本身,是我们所有人做出的共同的决定。就好比你研究的那个什么蛰居文化,这就是我们的'共同决定'。"

见我不说话,塞缪尔又轻轻地加了一句:"当然,一切也可能纯属偶然,只是一个巧合。巧合太多了……"

我不愿意听下去了。我已经对着一面美轮美奂的墙壁生活了许多年,思考了许多年。除此之外,我从来没有实实在在地做过什么。哪怕我会变成一只穿山甲,哪怕无数只蚊子已经在我家门口的天空盘旋,随时准备叮我一口,像抽湿机那样吸干我的血,我也必须冲出去了。

前两天,在等待塞缪尔交割的时间里,我选中了一个虚拟现实游戏,学会了骑古董摩托车。现在正好用得上。

第一道朝阳洒在我身上。虽然并不猛烈,但这些新鲜的紫外线足以穿过皮肤,激活我血液里某种沉睡已久的成分,就像那颗松动的螺丝。一阵刺痛从内向外渗出来。坐垫上的流苏借着风势拂过膝盖时,这种痛就像上了麻药一般,略感缓解,简直有种奇异的舒适。

最多再过半小时,痛和痒将会交替发生,越来越尖锐。当摩托车抵达医院,当我想出合适的理由骗过机器人,至少透过单面探视镜见到赤兔时,我那多年以来被精心保护的、质地宛若婴儿的皮肤上,应该像新愈的伤口那样长出一层薄薄的痂。

痂将会越来越硬,成为铠甲。

第八部

文学病人

一

两只结实的乳房扣在海平面上,一只比另一只更大一些。我的船从肚脐出发,驶往乳沟。

此时,我的船与两个岛正好构成一个等腰三角形。两条腰各长约一点二海里。正午能见度良好,不需要望远镜。清晨起雾时我也在这里巡视过。那时的乳房被或厚或薄的水汽塑造成不同形状的早点。东方的包子,或者西方的汉堡。

我只能想到这么粗糙的比喻。我既不是作家,也不是读者——我是说,不是他们那样的读者。他们坐我的巡逻艇分批抵达时,每个人都把眼前的海和岛与某个人某本书联系在一起。英国人说到史蒂文森的《金银岛》,说到大胡子鲁滨孙,而那些看起来更有城府的会装作不经意地提起威廉·戈尔丁,说小岛的"疏离和阴郁"就像是《蝇王》的故事可能会发生的地方。日本人有节奏地点着头说他们的作家名字里就有岛,他最好的小说叫《潮骚》。北欧人说如果这片海面上漂几块冰,那只有拉克斯内斯才能处理好,就像写《青鱼》那样。他们看我一脸茫然,顿时就生起气来。他们说看啊这就是地缘政治文化歧视,我们的人口少并不代表写得不好。他们矜持地看着同船的美国人挤在船头大呼小叫,从鼻子里哼出的气都带着斯堪的纳维亚的彻骨冷冽:"瞧他们一惊一乍的样子,就好像真的都把《白鲸》看完了似的。"

不过另一个美国人的说法倒是没人反对。一个是西卵,一个是东卵,他眯起眼睛说。我的女助手斯芬克斯提示我,那是《了不起的盖茨比》里写过的地方。盖茨比住在西卵,老是盯着东卵上的一盏绿灯发愣。

"我好像也看过那电影,可我只记得他们喝了很多酒。"

斯芬克斯在这些问题上总是反应很快。当然,这也许只是因为软件工程师为了配合我完成任务,又替她更新了某些设置。总之,这回执行任务,带她算是对了。渐渐地,西卵东卵的讲法在两边都流传开。没过一周,连斯芬克斯向我汇报的时候,都已经自动代换了那两个岛原来的名字。

作家在西卵。读者在东卵。

西卵是别墅区,就着连绵起伏的坡地而建,独门独院隐蔽在各种古怪的藤蔓植物中,不留心未必能找到门牌号。在整座岛上,这样的房子不超过五十栋。东卵的房子要高得多,主建筑群是三栋各十三层的高楼,围拢在一起构成半圆形,所有的窗户都能看见海面上的日升月落。它们属于同一家酒店,园区大门上顶着同样的招牌。两边我都去过,房间的调调都差不多,都是那种仿佛生下来就得了抑郁症的设计师的作品。白墙白窗帘白床单,一切隐藏的实用功能和装饰功能都在遥控器上,有些按钮可以召唤机器人管家、清洁工或者按摩师,另一些则能调动音响设备和LED电子屏,把整个房间变成凡·高的星空或者高更的塔希提岛。

"剃刀风,比极简更极简。"斯芬克斯清晰地吐出注解。

"剃刀——?"

斯芬克斯没等我说完,已经开始背诵奥卡姆剃刀的名词解释。不管剃刀到底意味着什么,西卵和东卵上这些房子反正是全世界的新锐样板。上个月,最先上岛的真人秀总导演一钻进别墅就不想出来,摇头晃脑地数着房间里可以有多少个好机位。陪着他参观的酒店经理眯缝着眼睛,视线越过总导演望向远方。

"上帝说有光就有光。住在这里,哪怕只有一天,都会觉得自己是上帝。你看这光线的变幻,跟空间的关系……"

"十八位作家要当整整一个月的上帝……还有对岸那些人,一百八十个流动名额,每人住三天,一共十轮。也就是说,莅临贵酒店的首批上帝,将有一千八百十八位。"

我在想他们不是来比赛的吗,如果输了还会不会觉得自己是上帝。

导演和经理还在你一句我一句地勾勒蓝图:文学史上的一大步,人工智能史上的一大步,视频真人秀史上的一大步,一共三大步。两座岛上的未来系超星级酒店在即将开张之前免费提供全程直播赛场,全世界最好的小说家联手阻击机器人,捍卫人类在文学世界里的最后的尊严……我隔着一米远看他们的唾沫星子在空中交汇。在房间里悄然变化的光线模式中,飞沫抛出弧线,闪着油亮的颜色,分明是一道彩虹。

恍惚间彩虹转了九十度,向我飞来。我本能地往后退半步。

"安保和后勤工作就要靠你啦,我们都知道你有的是经验。比赛时间一个半月,加上作家和读者上岛离岛的时间,前前后后怎么也得有两个多月吧。资金问题你不用担心,我们有的是赞助商。可以给你配备最先进的电脑监控系统,还有斯芬克斯那样的机器人。他们很管用,长相也过得去。"

这一点真的很重要。否则我可没法保证这两个多月我不会发疯。

"我以前负责的大型活动的安保工作,跟这次并不是一回事……我是说,文学,这好像是一个很古老很奇怪的词儿了。我不太明白我将要面对怎样一群人。"这是大实话。对于文学,我的所有知识都停留在三十年前的高中课本里。

"你不用明白他们。他们自己都不见得明白自己。放心。依我看,他们能干出什么来呢,也就是看书写字而已,嗯,也许有点不必要的多愁善感……"说到最后几个字的时候,我看到经理的目光开始闪烁,最后把视线从我脸上移开。

"再说了,这回的比赛强度也不小,他们没空捅娄子。一只柴郡猫就够他们受的了。"

柴郡猫,按照斯芬克斯的说法,也许是文学史上最有气质的猫。在那部大人也未必能看懂的童话里,它总是微笑着飘来飘去,露出大部分牙齿和一小部分牙龈。现在它成了一种时髦的人工智能程序的名字,这种程序专攻文学。其实也不是针对所有文学,斯芬克斯说。她的意思是,文学的其他阵地基本上早就沦陷了。十年前非虚构领域——比如新闻报道——就开始大量雇佣机器人,近三年的普利策奖好像都发给了人工智能团队。至于诗歌,虽然没有出现什么标志性事件,但是人们已经习惯在嘴上或者个人主页上悬挂闪闪发光的电子诗,就像漂亮得可疑的水晶珠链。

我听斯芬克斯描述过诗歌软件的机理,越听越糊涂,只能把它想象成类似于蚯蚓的东西,在泥泞的词库里钻来钻去。蚯蚓不知疲倦,词库无边无际。泥土还是泥土,并没有变成别的东西,但是它们的结构被随机扭转,质地被任意揉搓。松过的土看起来总是格外肥沃一点吧,我想。

小说当然是另一种东西。至少那些跟着我登上西卵的小说家们是这么说的。他们甚至不愿意承认这是一场比赛。他们说这是度假,是文学节,只不过应赞助商要求顺便写点故事而已。他们小心翼翼地避免提到那只看不见的猫。他们写下的所有的故事都会和猫写的故事混在一起。故事上不会有标记,不会让你一眼看出是人写的还是猫写的。

盲审,斯芬克斯意味深长地说。机器人在希望你看出"意味深长"的时候,脸上的人造肌肉总是特别用力。

直到今天。直到比赛前最后一位作家被我的巡逻艇护送到西卵,我才闻到了一丝不太自然的气味。准确地说是那人衣领上散发的青咖喱和龙舌兰酒混合的气味。然而那个人分明长着一张欧洲脸。看不出年纪,甚至看不出性别。我盯着 TA 嘴唇上金黄色的绒毛和平滑的没有喉结的脖子,迟迟不敢称呼先生或女士。大部分时间,TA 都用唇语对着一只带摄像头的机器说话,然后机器发出我选择收听的语言。

"其实此人会好几种外语,但不管说哪种都是政治不正确。"甲板上,斯芬克斯小声告诉我。

"是男是女?哪里来的?"我压低了嗓门追问。

"性别不详,拒绝公布年龄,但实际上应该已经有四十二岁。能肯定的是属于 LGBT,少数性向群体。无国界作家。反正资料是这么说的。"

我没好意思追问什么叫无国界作家,这里又不是需要故事来救死扶伤的战场。我转过身,凑到那人身边,冲着那只蛋形翻译机大声说:"您感觉如何?我们,我是说我们人类,获胜没问题吧?"

阳光下我看到 TA 的眼珠,一只比另一只更绿。

"我来这里,"蛋发出没有表情的声音,"是来见证一场荒唐的游戏。"

二

用蛋说话的作家一到西卯就被一致推举为队长。斯芬克斯向我通报时我一点也没惊讶。除了超越性别和国界的人,他们还能买谁的账呢?

"我觉得这个人有点奇怪,更像你们,而不是我们。"我一边说一边观察斯芬克斯的表情。

斯芬克斯没有表情。她不知道怎么接口的时候就会毅然把话题引到别处去。"其实,他们推举此人还有一个重要原因。去年的诺奖得主,就是 TA。"

自从有了斯芬克斯这么个助手以后,我开始学会对任何事情都不急于表态。果然,在停顿三秒钟之后,斯芬克斯的嘴角呈现标准弧形:"我说的诺奖,不是你以为的那个诺奖。我说的是诺亚奖。"

然后是信息和数据的集束轰炸。斯芬克斯列举了一大堆理由,论证如今诺贝尔文学奖的影响力日益衰落,有其历史必然性。十八个老眼昏花的瑞典人凭什么决定全世界的人最应该读什么?凭什么,斯芬克斯忽闪着人造睫毛,笑盈盈地问我。面对柴郡猫下的战书,瑞典文学院只不过缓缓地耸了耸肩,发布了一则不痛不痒的声明:"我们拒绝参与,并不是缺乏必胜的信心,而是拒绝被绑在炫目的圣坛上,成为商业的祭品——哪怕以文学的名义。"

实际上,即便他们欣然参与,赞助商也未必对他们有兴趣。诺亚奖自从十八年前的创办之日起,就把枪口对准诺贝尔。他们的靶子上仿佛绑着一张须发皆白、沟壑纵横的老脸,不消几发子弹,嵌在皱纹里的纯粹、权威和严肃,就给打得七零八落。那些本来很难进入诺贝尔视野的作家(政治不够正确,作品不够广阔,资历不够深厚,文字不够艰涩)脸上绷着满不在乎的表情,暗地里却在加快脚步,排队领号上船。"诺亚的口号是,"斯芬克斯一字一顿地背诵,"拯救一个故事,就是拯救整个世界。"

无论从哪个角度衡量,诺亚这一拨都要比诺贝尔那一拨更适合上真人秀——至少前者的平均年龄要比后者小十几岁。他们机敏地在别墅房间里寻找摄像头,挺胸收腹地从某个机位前飘过,却刻意不往那个方向瞥一眼。十八栋别墅,十八位来自世界各地的著名作家,十八届诺亚奖得主。诸如此类的广告词黑体加粗,在视频网站上滚动播出。紧接着,总会有一个肥胖的问号由淡转浓,占满整个屏幕。最终,问号幻化成柴郡猫的形象——据说取自《爱丽丝漫游奇境》在1865年初版时的插图。

每当看到那只猫在屏幕上出现,不等它展开微笑,我就会扭过头去。指挥室里有的是实时拍摄的画面需要我监控,墙上的几百块屏幕让两座岛上的角角落落都一览无遗。监视东卯的那几排屏幕上明显热闹许多,各种皮肤与头发凑成完整的调色板。东卯的读者是在全球范围内海选出来的,斯芬克斯说遴选范围之广、操作程序之复杂,也是创了一个什么记录的。"理论上,"斯芬克斯说,"他们可以完美地代表当今世界所有读者的口味和意愿,嗯,我是说,水准以上的读者。"

这些读者明显还沉浸在从海选脱颖而出的兴奋中。比赛尚未开始,东卯的露天派对就开了三场。我打发机器人上岛清理派对之后留下的残渣、呕吐物和碎酒瓶,他们顺手扑灭了一团没人理会的篝火,架起一个醉倒在沙滩上的栗色头发的小伙子,送进酒店房间。第二天,小伙子被遣送下岛,第三天替补的东南亚姑娘就来了。一切都进行得悄无声息。

"创举,这才是创举,"总导演的手在空中挥舞,半个屁股已经从沙发上弹起来,"你想想,几十年前那些下棋的打牌的,只能对着一台电脑使劲,这有什么好看的?看看我们的格局,大海,岛屿，隔岸相望。人与人的对峙，人与机器的对峙。你没有感觉到美学冲击力吗？你没有感觉到科技那令人窒息的力量吗？"

我没有什么感觉。作为安保总监，我听到窒息两个字，就下意识地扫一眼监控画面，寻找两座岛上任何细微的失控迹象。楼上机房正在做赛前最后一次调试，隔着楼板我听到被封闭空间放大的咝咝声，节奏清晰，就好像楼上有七八条蛇在同时叹气。

第一轮比赛产生的三十六个命题故事，一半来自西卵的作家，一半来自柴郡猫。按照规则，人类作家的电脑上卸掉了所有写作软件，他们在产量上完全不可能跟柴郡猫相比，后者在一天里拿出一百八十个故事也没有任何难度。三十六个故事被打乱顺序、隐去标签，在传送到东卵前首先要经过楼上的机房，那些发出蛇的叹息的机器有一个冰凉的、飘着消毒药水气味的名字：故事预检台。

预检台有两项功能。首先是与人类故事库里所有的数据迅速比对，鉴定是否存在剽窃行为。是整体抄袭，还是情节雷同，或者仅仅是合理借鉴，那部机器都会在十分钟内给出鉴定报告，创意指数低于六成的自然淘汰。另一项功能更玄乎：一个个字喂进去，仿佛经过一头奶牛或者一台绞肉机，实现从草到奶或者从肉到肉糜的转变。比如你写一个动物园，这台机器上的屏幕会呈现河马张开大嘴缺了好几颗牙齿的画面，音箱里发出狮子打呼噜的声音，整个机房里都会散发大象和干草的气味。当然，这种设备提供的转化还比较简单粗暴，但已经足够给每个故事测算出改编指数，计入最终的评选结果。

据说这些故事的改编指数还会被同时发往岛外的分会场，有一大堆视频及游戏制片商正穿戴着虚拟现实装备，享受精致的"故事的按摩"，顺便从中物色下一个融资项目。谢天谢地，还好有个分会场，所以这伙人不用挤到两座岛上来，否则我的安保压力至少翻个倍。

一个总导演就够了，我对斯芬克斯说。我没法想象几十个甚至几百个那样的人整天对着蓝天大海念他们那些乏味的台词。他们提到的钱以亿为单位，他们会笑着笑着笑出眼泪，像牧师布道那样庄严地告诉你故事才是人类的第一生产力。

在岛上巡视的时候，我越来越不愿意靠近机房。为了拉高改编指数，不管是人还是猫都在努力把故事写得更刺激更尖锐，更容易转化。由屏幕反射到墙面上的硝烟和血光，那种奇怪的让你的心脏早搏的声音和气味，哪怕在机器休息时都仿佛在房间里回荡。不过，经过预检台之后，首轮真正淘汰的故事其实只有一个——据说是情节雷同过多——其余的三十五个都顺利过关，被输送到东卵。

按照规则，东卵的读者必须直接面对那些已经被自动翻译成各种语言的文本，他们并不知道自己正在读的故事在预检台上拿了几分。他们更不知道的是，没人会把他们认认真真打的分当回事。打分只是个幌子,真正决定性的数据来自组委会发给他们的帽子、眼镜、项链和手环。

监场的机器人尽忠职守,只要看到有谁的装备戴歪了就立刻冲上去。一个故事究竟能达到怎样的效果,最后取决于从这些装备输出的数据和图像。心跳和血压变化,大脑特定功能区域的扫描,还有什么泪腺和肾上腺的分泌情况。在这里,一百八十位读者就是一百八十个病人。文学病人。

文学病人的症状与作品的指标一一对应。从他们皮肤上掠过的每一阵燥热和微寒,每一个笑点和泪点,每一次走神再回来的时间,都决定了故事的生与死。

三

十天之后的直播间。导播在西卵的作家、东卵的读者和一大堆广告之间来回切换。代表人和猫的两根光柱此起彼伏。在你快要彻底失去耐心的时候,光柱终于停下来。我懒懒地往屏幕上瞥一眼,两根柱子之间的差距最多只有一厘米。

这已经是第四轮。赢的还是猫。三比一。

一厘米的差距只是让节目看起来更刺激。双方的总分并未公布,斯芬克斯说其实作家团输得有点惨,传说他们惟一拿下的第二轮,也是统计故意放水的结果。

这可怎么收场呢？我的喃喃自语轻得几乎自己都听不见。

"不好意思，我不知道怎么收场，我的软件没有设置预测功能。"斯芬克斯一板一眼地回答。

三小时之后，西卵发生了第一次安全危机。监控器突然响起一个女声："我的蜡烛两头燃烧/它无法照亮整个晚上/但我的仇人我的友人啊/瞧它放出多美的光芒。"①

我熟悉这首诗。这是不知道哪个欠揍的文艺青年给警报器设置的音频，夜晚模式。白天应该是另一首。一阵慌乱中，我从安装在西卵海边的摄像头上看到一个灰色的人影在沙滩上移动，步态踉跄，但总的方向是往正对着东卵的方向跑。

十分钟后，那团灰影就瘫倒在沙滩上。我在健身房里练就的臂力对得起保安总监的薪水，他只挣扎了两下就放弃了。我其实可以让机器人干这些事，但此人毕竟是闻名世界的作家。他在行将崩溃的时候，值得被一个活人安抚。在挣扎中，他手里原本握着的东西都散落在沙滩上。救生圈。空酒瓶。我不用四下打量，也知道在不远处，真人秀摄制组正在用长焦镜头捕捉他脸上的表情。

"听着，您不用担心。您压力太大，回去睡一觉什么都好了。非比赛日是录播，主办方会要求摄制组在后期剪接中淡化您现在

---

① 引自美国女诗人文森特·米莱最著名的作品《第一颗无花果》。本书脚注均为作者注。

的表现。"我俯下身,压低了声音在他耳边说。

"淡——化,什么叫淡化,为什么要淡化,"他喃喃低语,随即拔高调门,好像生怕这段录不进去,"我要游到对岸去。我要看看那些人到底他妈的会不会读小说。这种事得有人教。活人,我是说活着的人。"

从他骂人的腔调就知道这是个美国人,至少一个礼拜没有剃的腮帮子上冒着参差不齐的硬胡茬。说到"有人教"的时候,他朝对岸挥了挥拳头。后来斯芬克斯告诉我,美国作家历来有打架斗殴的传统。"这大概是一种亚文化,"她若有所思地说,"比如诺曼·梅勒,比如海明威。"

我没有使用多余的动作,只用手肘抵住他的肩膀,让他没法乱动。一大团云正好裹住月亮,沙滩跟着一暗,我看不清他脸上闪动的是不是泪光。

"时代变了你懂吗时代变了……你猜猜那个谁,那个谁是怎么写《百年孤独》的?你不知道他给人退了好几次稿吧?那时候是手写的,是寄的,差点寄丢了你知不知道?你猜他那会儿慌不慌?"

"慌。"

"可是他那种慌,和我们现在的慌,是不是一回事?"

"我不知道。"

"我他妈知道。他关起门来写,他闭上眼睛寄,他知道老子就是牛逼,他自己跟自己说总有一天他们得承认我牛逼。我们不行,我们写他妈每一个字都得想着谁在读,谁没在读,我们他妈按一个按钮就传过去了。他们说了算,机器说了算,大数据说了算。"

最后几个字含混不清,很快就淹没在一大串粗话里。真人秀视频上,如果不给剪掉,这些字都会变成此起彼伏的哔哔哔。

然而这只是开始。监控器里的西卵别墅区,开头那几天里那种世界大同的欢乐气氛,荡然无存。对于园区里不时冒出的纠纷,斯芬克斯好像已经习以为常。她只是不停地提醒我,要注意那些来自敌对民族或者宗教的作家,尽量采取点措施不要让他们待在一起。

"他们不至于这么幼稚吧……都是多少年前的事情了。而且,不是都说文学要超越政治吗?"

"赢的时候什么都能超越,输了就什么历史问题都想起来了。你们,难道不是向来如此吗?"说完这些话,斯芬克斯便陷入了长久的沉默。阳光下,她的皮肤好得惊人。我想,如果我们不会出汗,不会在强光照射下发黑、衰老,那我们也能这么美。

总有一天,我想,我会被这个美丽的女机器人面无表情地杀掉。想到这里,一阵诡异的轻松感弥漫全身。

然而,就连斯芬克斯也没有计算到,敌对情绪也可以转换成另一种关系。

五十岁的女人祖祖辈辈都出生在西亚,而三十八岁的男人是西欧和北美的混血儿——最年轻的诺亚奖得主。他们所属的国家民族宗教甚至以往的言论,完全不在一个频道上。电脑给他们计算的潜在仇恨指数大大超过了警戒线。我在海滩的礁石边拦住他们时,他们正在试着趁没人注意时钻进补给艇的底舱。

"你们这些作家一到晚上就要发疯……这是要秘密决斗吗?"

"我们是想悄悄离开。"男的说。

"为什么?"

"我们要私奔。你看跟你解释你也不会懂。多么古典的语词!"

接下来我至少听了十分钟演讲。周围的一切都像在假模假式地替他们烘托气氛:星星钉在天上连成一个残缺的问号,身后的海水和着精准的节奏,在礁石上一声声拍成碎浪。这是一个难得的机会,让他们看透输赢窥破生死,砰,摆脱历史的枷锁,砰,跨越世俗的鸿沟,砰砰,他们终于领悟了此行真正的目的,砰砰砰。

此行真正的目的,是爱情。女人的额头上闪着象牙色的弧光。爱情是堕落也是飞翔,我们是对方的鸦片或者翅膀。爱情就是我们最好的作品啊,或者说有了爱情还需要什么作品呢?

依我看,爱情大概是那种类似于除尘抛光机的东西,把她的绕口令打磨成了一枚光滑的水晶球,顺着滚过来再倒着滚过去。

"对不起。我奉命保证你们的安全,也要保证你们不能擅自离开。我得提醒你们,上岛之前你们是签过合同的。"

男人没有正面回答我的问题,只顾着继续演讲。"我说得通俗一点,爱情本来就是文学的产物。要不然,你想想,我们人类需要吃饭,需要生育,需要交配,但我们为什么需要谈恋爱?爱情不是必需品,它是一种信仰,是文学家凭空创造的奢侈品。从朱丽叶的阳台、林黛玉的手帕到安娜·卡列尼娜的铁轨,再到……算了,说多了你也不懂。"

"然后呢?"

"然后我们大老远跑到这座岛上,看到了什么?看到文学是多么虚妄多么脆弱,它不过是一堆毫无感情的数据的镜像……抱歉,我又说深了。"

"您就直说吧,作家先生。我把你们送回去以后还有很多事要办。"

"我们的私奔是为了拯救爱情,本质上也是拯救文学。这就像是一场实验,它的伟大意义也许要很多年以后才能显露出来。选在中途离开,是因为这样会给全世界带来更大的震撼。"

"这倒是。至少会震掉我的工作,我这份差事迟早会给机器人抢走。"

"我们希望就此消失,远离人群,不管是活人还是机器人。我们要保留人类最后的,最纯粹的爱情标本……你听懂了吗?"

狗屁。

四

许多年之后,当人们觉得有必要回忆这场比赛的时候,将会想起那个乌云在头顶上翻滚着的清晨。①

我当时并不觉得可怕或者好笑,这只不过是斯芬克斯日常游戏的一部分。她喜欢把我发出的指令套进各种著名的句型模版,然后自言自语地操练。这句话的原始信息是:比赛暂停,休整期从今天清晨开始。

足足七天的休整期。按照事先约定,真人秀暂停,摄制组全体到附近的风景区度假。在此期间,岛上所有的活动都不会对外发布,相关档案封存——就跟那些文学奖的评选过程一样——到若干年后解密。我也不懂这样封存究竟有什么意义,但我还是给逼着签了保密协议。

七天足够创造一个新世界。但我什么也干不了,只能从早到晚盯着监视器。让我意外的是,先前做好的所有紧急预案,包括作家集体出逃怎么办,有人自杀怎么办,都没用上。好比到了野兽的冬眠期,整个秋天都一无所获的猎人们只能聚在山洞里开会,互相取暖。

队长右侧的羽毛耳钉上缀着一小块玻璃,从某些角度的镜头

---

① 显然脱胎于《百年孤独》的第一句。

看,就好像TA右耳上挂着一把匕首。"没用的话就不要说了。"TA对着TA的蛋说,所有人的耳机里同时响起他们的母语。同时,TA一碰按钮,墙上投影出上一轮里柴郡猫拿到最高分的故事。"细读文本,这难道不是我们最擅长的事?"

上一轮的题目"美人鱼"由词库随机产生。柴郡猫那篇,开头就像是从安徒生童话里活生生截下来的:一片海滩上躺着一具美丽的身体,不知道是被哪个浪头卷过来的。凑近一看,拨开浓密的及臀长发,肌肉和骨骼的轮廓逐渐清晰——原来,柴郡猫写的美人鱼是个男人。

我们这才知道,这个故事发生在一个不知什么年代的母系社会,那时候的女人占据统治地位,全面实现无性生殖,发展出一整套严密的"这个世界不需要男人"的科学理论。男性只能退居世界的最边缘,变种成海底的美人鱼,比较有追求的那种就时刻等待机会,跟海底男巫讨价还价,甚至不惜失去优美动人的假声男高音,也要换取分开鱼尾接近人类——女人类——的机会。而岸上的女人们,其实也厌倦了衣橱里整排整排的男充气娃娃,她们想要看看真正的男人是什么样子。需求滋生产业,货真价实的男人——无论是从遥远的海外运来的,还是从海底捞上来的——都能在黑市上卖高价。

"这种设定倒是有点意思,"队长说,"像不像当年大禁酒时期的私酒贩?"

"哗众取宠。"中国作家的音量和语调总是不高不低,但听起来分量十足,"这种一百年前就过时的激进女权套路,竟然死灰复燃。"

"哗众取宠,可以这么说。但那只猫之所以能够'哗众',恰恰是因为它对于'众'的研究非常深入。"

队长旋即一个转身。墙上的投影翻过一页,跳出一堆图表。"你们知不知道上一轮读者的性别和年龄构成?有没有想过这样激进的情节会让多少女人窃喜,让多少男人愤怒,而他们在阅读时肾上腺素会在瞬间达到什么水平?如果把样本扩大,近几年、近几月甚至近几天里,那篇故事里提到的所有关键词在各种媒介上的出现频率是不是有上升趋势?还有,哪些部分直接化用原来的童话,哪些地方又要来点反转,让读者在舒适区的转角里撞上一点意外——这里头的比例,到底怎么掌握才刚刚好?"

所有这些都是人工智能的强项。

"所以,柴郡猫写这个而不是写那个,这样写而不是那样写,都是精密设计的结果。我们在很多句子里都闻到隐隐的熟悉的气味。比方说,弗吉尼亚·伍尔夫。"

名字在四面角落此起彼伏。安吉拉·卡特。玛格丽特·阿特伍德。尤瑟纳尔。杜拉斯。我只能记住这么几个。在座的每位作家都在抢着报名字,好像不开口就是示弱,就让他们代表的某种文化丢了面子。

"这不是在作弊吗?"中国作家推推鼻梁上的眼镜。

"恰恰相反,柴郡猫是最不可能作弊的。几千年积累下来,故事的套路早就渗透到我们每个人的潜意识里。就好像做一锅菜,一不小心,不晓得哪种作料放多了,我们就会踩到线。机器人不会,他们通过精密的计算,可以把分量控制得刚刚好。他们跟预检台上的查重程序,完全能做到无缝对接。"

这倒也是。判断是否作弊的预检台不也是机器人么?我想,机器人是可以给机器人开后门的。

"那我们还在这里磨蹭什么?反正也没希望了,不如早点散伙。让比赛结果成为一个悬念,永远没有解开的机会。"说话的女人来自南半球。一旁的中国男人看了她一眼,嘴角挂着不易觉察的冷笑。

"我们可以被毁灭,但是不可以被打败……"说到后半句时,队长自己也笑起来。

"海明威,《老人与海》。"斯芬克斯在我耳边念叨。

"其实也不必想得那么悲观,"队长换上一副终于要切入主题的庄严表情,"我们可以研究一下游戏规则。在比赛这个问题上,我们应该向电脑学习。"

有人开始痛心疾首。砸烂电脑拔掉插头就可以了嘛,写小说怎么能跟着机器学?这是媚俗是刻奇,连坎普都够不上,这是文学的沦丧。

一群人吵架,到最后一刻还能以优雅的姿态说双重否定句的,总是英国人。"在座各位,关于这个问题我并非持有任何倾向性意见。我只想提醒一下:我们,所有人,尤其是成名之前,难道不曾迎合,嗯,我是说,揣摩创意写作班的规则吗?难道我们不曾刻意模仿过那样的开头——'1875 年在梅尔顿莫布雷举办的异趣珍宝拍卖会上,我的曾祖父在他的朋友 M 的陪同下,拍得了尼克尔船长的阳具',或者,'一个没有手的男人上门来,把我家房子的照片卖给我'?"

"伊恩·麦克尤恩,《立体几何》。雷蒙德·卡佛,《取景框》。"斯芬克斯轻描淡写地炫着技。

"还有,别告诉我你们写小说的时候不渴望被改编成别的东西。别告诉我你们没有计算得这种奖和那种奖的几率。反正我承认,如果看不到这些可能性,我会焦虑。说到底,电脑本来就是在模仿人脑。它只是把我们所有的技术和渴望,所有我们曾经玩过的花招抄过的近道,统统联结在一起,然后放大,放大,再放大。"队长抬起眼睛凝视前方,深绿色瞳仁里既充实又空洞。我在斯芬克斯脸上,也常常能看到这样奇怪的眼神,就像一块突然裂开了几万道裂纹的玻璃。

我的脑袋就是这时候开始剧痛的,从头顶向脚底发散。比赛期间,这样的症状每天都会发作一两次,所以后面的事情我都懒得多操心。他们好像分了工,轮流讲述,互相学习,场面看起来就像是那种天晓得有没有用的戒酒互助组。他们甚至还拟出几十条攻略来,可我没兴趣细看。总得给以后解密的学者留点活儿干吧。事情发展到这里,真是越来越不好玩了。

第五天,下一轮读者上岛,沉寂了四天的东卵也热闹起来。当我看到他们居然也关起门来开会的时候,还以为监视器串了频道。

长期保安工作的经验,让我很容易在一群人里迅速找出最有领袖气质的那一个。别人说话的时候他沉默,别人说累了,他就缓缓站起身,劈头就是五个字:"你们都错了。"

"你们以为自己在做公正的评判吗?你们以为自己心跳加快、热泪盈眶的时候,真是在顺从着自己的意志吗?我们每个人,不过是一张无边无际的数据网上的一个,小小的终端。"

数据两个字一冒出来,我的神经痛又发作了。这套词儿就跟西卵队长讲的大同小异,只是情绪更激烈,语气更紧迫。"问题是这样很危险,你们懂吗,很危险。一个被机器写作统治的世界,很可能只能是把现成的故事型不断重组、巧妙搭配,我们会给一口一口地喂得舒舒服服,并且最终舒适地失去创造能力。"

整个房间都安静下来。

"文学从来不是被作者单向推动的。作者的对岸是我们,我们是被海选出来的'理想读者'啊,你们知道这份责任有多么重?如果我们完全凭直觉行事,被阅读惯性、被强大的算法推着走,视野里一旦出现陌生的东西就把眼睛遮起来,理解上一旦出现障碍就绕过去,那么,到最后,文学就会原地打转,创造力会渐渐枯竭……"

"那按你的意思,我们越是觉得这故事难看,就越得打高分吗? 可是听说我们打的分数只占很小的部分啊。心跳呼吸肾上腺素,这些我们怎么控制得了呢? 还有……我们为什么要听你的? 你到底是谁?"

"相信我,一旦主观上给自己画好一道警戒线,一旦我们意识到要对自己的阅读惯性加以适度抵抗,那你的心跳呼吸肾上腺素,都会产生相应的变化。这变化到底有多大,不好说,但建立崭新的阅读标准,拯救人类文学——这样的事情难道不值得我们努力吗? 至于我,我跟你们一样,我只是一名读者,我叫桑丘。"

"堂吉诃德虚构了自己,而桑丘是他忠实的读者,"斯芬克斯喃喃自语,"这话,是詹姆斯·伍德说的。"

这回的剧痛从脚底升起,直蹿头顶,行至半途却变作一股气流堵在胸腔里。气流企图从喉咙寻找出口,我只好拼命忍住,不让自己在疼痛中笑出声来。

我搞不明白,一场人与机器的作文比赛,怎么弄着弄着就成了作者跟读者之间的对峙。我更不明白的是,这两拨人热火朝天地折腾了一通,总算发觉大家都困在同一条战壕里,于是决定再努力一把——然而他们各自努力的方向,似乎是互相抵消的。

几乎在同时,西卵和东卵的监视器上回荡着两位领袖激昂的口号,像两个疯子在山谷里二重唱:"相信我我我,你们做得到到到。"

五

他们做到了。作家团险胜柴郡猫。从二十一世纪一〇年代中期开始算,人类在人机大战中第一次赢得胜利。据说最后一轮,从不显山露水的中国作家写了个奇幻故事,拿到了全场最高分。

没人说得清他们是怎么赢的。媒体发言谨慎,但好多机器人写的新闻稿都指出,记分规则不透明也不合理——后半程分值大大高于前半程,这一点以前从未有人提及,直到倒数第二轮,主办方才高调宣布。比赛终究是人类办的嘛,机器人写手悻悻地说。

我也不懂他们是怎么赢的。在亲眼见证过被媒体夸张成"文学创世纪"的七天之后,我甚至比别人更糊涂。西卵的队长和东卵的桑丘都觉得自己看透了规则,然而队长要作家们正着写,桑丘要读者代表们反着读,就好像在同一个大脑的指挥下,左手跟右手掰腕子,你说谁的力气更大一点?

不过,赢了毕竟是赢了。成败论英雄的故事型,到什么年代也不过时。最初的风言风语过去之后,一段佳话和一群明星应运而生。所有主办方，软件公司，诺亚奖组委会，酒店，真人秀制作公司，甚至还有博彩公司，都在欢呼做了笔好买卖。比赛还没结束，队长和桑丘的事迹已经在坊间悄悄流传。队长本来就是著名作家，桑丘却是暴得大名——尽管详细档案被封存，他的那套说辞，还是通过东卵的读者流传了出去。流传的版本支离破碎不成体系，但已经足够让好几个国际性阅读推广组织有意聘请桑丘出任代言人了。

然而谁也找不到桑丘。第六轮结束以后，他跟着大队人马离岛而去，而他先前留给主办方的几种通讯方式纷纷失灵。面对媒体和各种机构的追问，主办方只能尴尬地表示：看来桑丘先生生性低调，早就想好了要深藏功与名。

临近结束，我忙得不可开交。上岛的越来越少，离岛的越来越多，有时候斯芬克斯会在巡逻艇上望着笼罩在两座岛上的海雾，背诵几句中国古诗。中国的诗人好像都姓李，我没有细问是李白还是李商隐，我也不要求她翻译。我喜欢听那些带着棱角的神秘的发音，一旦它们有了意义，就会失去一些光泽。

西卵上的西亚女人和混血男人是分两条船走的。他们的表情差不多，回避任何与我对视的机会，就像是从一个窝窝囊囊的梦里醒过来，巴不得赶快甩手走人。爱情，无论是他们的鸦片还是翅膀，都不曾存在过。

我们的船从乳房出发，慢吞吞地驶往肚脐。最后一个离开的作家是队长——跟来的时候一样。船上只有 TA 一个人。阳光下,他的眼珠,一个比另一个更绿。

我把斯芬克斯打发到船舱里,自己跑到甲板上,站在队长身后。

"告诉我,你是不是机器人?"我尽量让自己的口吻听起来平静一些,"别担心,把你送走以后,我就能顺利领到保安总监的薪水。我只求一切顺利完成,绝对没有揭穿你的动机。我只是好奇,你是怎么躲过所有身份检查的。"

队长没有转身,连肩膀都没有动。

"让你失望了,我不是。"TA 的蛋形翻译机笨头笨脑地往外吐字,"你为什么觉得我是?"

"眼神……表情……我也说不清。反正你跟那些人,呃,那些作家不一样。你太冷静了。"

"也许因为我在写小说之前,一直是个软件工程师。哪怕是十年前当上全职作家之后,我也没有停止过人工智能的研究。当然,你们的材料上没有这些。作为一个电脑高手,改一种身份,换一套履历,抹去一点记忆,并不难。"

队长缓缓转过身。我第一次在 TA 直视我的目光里看到了一点人类的情绪。

"别问我为什么要这么干。我的好奇心比你要重得多。我迷恋所有能编故事的东西,不管是人还是机器人。制造柴郡猫的那伙人，曾经是我的同事。"

我倒吸一口气："所以你到底站哪一边？"

"我也不知道我站哪一边。我只能说，对于我在比赛中的表现，我问心无愧。但从本质上讲，我不喜欢这样的比赛，我觉得这是在故事的海洋里竭泽而渔。"

"听不懂。桑丘也是这些车辘辘话来回讲，一听我就头疼。"

"如果你真的好奇，倒是应该关心一下桑丘是怎么混过身份检查的。"

甲板突然晃动了两下，我抓住身旁的护栏。细节由远及近，在海雾中渐渐聚拢，拼成可疑的形状。

"可是……你甚至没见过他。"

"不需要见面。我只要看看他的言论，就能猜到他的身份。"

"等等，"我向队长又挪近了一步，"我不明白。如果他是机器人，那为什么要引导东卵的读者识破机器人写故事的招数……我是说，他为什么要帮着你们赢？"

"你终于说到了重点。这个问题也让我困惑了好几天。如果早知道他出的是这样的牌，我们这边也许就应该按原来的路子写？如果是这样，结局会怎样？是输得很惨，还是赢得更多，我想不清楚。不过，对于他的目的，我现在倒是有了一点新的想法。"

"你们这些作家就喜欢卖关子……"

"因为机器人比我们更早意识到，写作与阅读的共生关系有多么重要。被算法控制的阅读正在扼杀千姿百态的写作。通过建立新的阅读标准,也许能刺激出更有新意的作品。"

"可你还是没有回答我为什么。"

"因为当机器人的写作发展到如此高级的程度时,他们就不再满足于模仿我们的思维,编那些我们熟知的、大同小异的故事。简单地说,他们,嫌我们,落后了。"

"但是他们的写作能力,本身就是从我们,呃,从你们的写作中提炼出来的……"

"没错。虽然人工智能远比这更复杂,但你说的大体没有错。打个比方,我们提供原料,他们负责加工。很可能,他们预测自己的写作能力和文学视野即将进入一个更高级的阶段,但是问题来了——他们发现我们提供的原料越来越不新鲜,品种越来越萎缩……"

"所以他们发动这次比赛,就是为了订制新原料吗?"

"发动比赛的是人类,是赞助商,是资本。机器人只是利用这个机会而已。"

"看样子他们没什么好胜心。"

队长长叹一声,双手蒙住脸,原来平滑的脖子上好像突然长出了喉结,喉结痛苦地在脖子上滚动:"问题是到底什么才是胜利?我教作家们怎么向机器人靠拢,如何把现成的旧原料翻出讨人喜欢的新花样。回过头来想,这又有什么意思呢?赢一场比赛的同时究竟会输掉多少东西,这一点我们根本算不出来。"

"不过,反过来想,如果你们遂了机器人的心愿,他们是不是会如虎添翼……我是说,他们会不会发展到……"

"发展到我们完全无法控制的地步?这不是可能性的问题,是活生生的现实。"

"没想到桑丘看起来性格那么冲动,其实倒是老谋深算呢。"为了缓和气氛,我努力地开着一点也不好笑的玩笑。

"当然是……我知道他的潜力有多大,我能辨认出他每一个想法的源头。"

"你是说……"

"某种程度上是我创造了他。最初的目的只是想创造一个更善解人意的秘书。早期的研发团队里,我是负责塑造他人格的。出于个人偏好,我在他身上注入了不少,呃,我自己的文学观。不过,在我离开那个团队时,这个项目只完成了一半,那时候他还只是一堆元件。"

"那……你怎么还认得出他?"

"因为他留下了我给他起的名字。顺便说一句,你猜我在那个研发团队里的代号叫什么?"

直到那一刻,我才发觉文学病菌已经潜伏进我体内,即将成为不治之症。因为在一阵剧痛中,我不假思索地回答:"堂吉诃德。"

第八部半

海外关系

一 1938 年

鹤棠轻易不跟妹妹"相骂",可一旦吵起来照例连渡也懒得摆,弹出眼珠子就拣狠的说:"看看你自家面相,克死几个小的不算,连姆妈都不放过。"

风向一转,煤球炉上烟气蹿升,鹤香脸上的点点泪光也不知是呛出来还是气出来的。"阿哥你不讲道理……自己东投西撞的都不得意,就拿我撒气。"

"姆妈说算命都是要瞎子来说才作得准。这一个眼睛不瞎,嘴里倒句句瞎讲,也就是你当圣旨一样地听……"女人家就是不识数,放句狠话原是要她闭嘴,她偏从滚烫的水里捞陈年蚕茧,顽强地抽出话头,扯成丝丝缕缕——难不成鹤香去丝厂做工,手指上成天起泡不算,连嘴也跟着学老了?难道非要逼着他,学着算命先生的样子,把她拉到镜子跟前,在那两根长到中段便陡然淡下去的眉毛上指指戳戳?"命硬,命硬,贼骨挺硬啊,"算命先生说,"比伊小的孩子都难养……"

岂止难养。姆妈和爹爹一共生过九个,只活了鹤棠和鹤香。最没道理的是老三和老四,眼看着快念学堂,只消旋风似的一场瘟病,便前脚后脚去阎罗府销账。爹爹从英国轮船上下来,铁青着面孔跌坐在灶间,许久才叹一声:"大半年不见,没别的好事,倒挑出一担尸首来给我看。"

生到第八第九轮时,姆妈仿佛从头到脚都给抽空了汁水,一把骨头上贴着层锡纸样的皮,像是糨糊没舍得多用,皱得不成体统。姆妈日子挨得厌气,逢人只说节省用度,洋郎中是铁定不瞧的,连那位算命先生也不准近身。及至东洋人终于从北站打过来,一家人慌忙抛下杨树浦八大头的房子逃进法租界,姆妈便在一路颠沛中半推半就地跟这世道撒了手。鹤棠鹤香都清清爽爽地记得她的临终,倏忽间连皱纹都少了几根,这般轻松坦然的表情,在她脸上已是多年不见了。

鹤棠其实并不相信鹤香的半段眉毛能有这样兴风作浪的本事。他只是不喜欢姆妈幽怨劳碌的面孔,又借着妹妹的絮絮叨叨,从煤球炉上浮现出来。一式一样的宽颧骨,一式一样的睁开眼睛就忧心忡忡:巨籁达路①上的房子续租不起,曹家渡的亲戚

---

① 即现在的巨鹿路。

还没点头让他们搬过去,爹爹给家里的月钱还在路上……总之样样需要担心,样样都是问题,问着问着就把重心落到他自己的营生上去。"你头两年当小学堂的先生,我看就蛮好,结果你做两日歇两日,眼睛一眨,已经换了地方当学徒,什么什么运输馆……"

"是印书馆。商务印书馆。"鹤棠咬着牙说。一年半学徒,撑破天只是些打杂跑腿的活计,在发行所文具柜台把书捆得像炸药包,手指时不时被新书锐利的纸边划出血口。"这也无所谓,做得不高兴了,我一样可以走。大不了,我也去撑船。"

撑船,撑船。鹤棠鹤香还没学会说话的时候,已经把这两个字听熟了。不管是舟山渔村的小舢板,还是现在爹爹和阿舅他们做事的壳牌运油轮,放到宁波话里,一律都是可以"撑"的"船"。爹爹他们,一撑出去就音信渺茫,要翻去大半本日历,家里才会突然被爹爹和他带回来的"货色"塞满。初时跑天津港,回来就少不得顿顿对虾银蚶;后来航线远至花旗国①,爹爹就会捎来洋奶粉和玻璃丝袜,一叠洋票子是塞给姆妈去换金条的,至于那几个故意轻描淡写的惊险故事,是讲给他惟一的儿子鹤棠听的。

"这一趟倒是让洋人开眼界啦。你猜怎样?我爬到桅杆顶上搞那面旗子,脑袋一昏就跌下来,下面两个大铁锚,中间的空地,也就够一个瘦子躺躺的。无巧不巧我就落在那里,一根毫毛都没伤。三个洋人,不对,是四个,围过来,面孔比平时更白——若是

---

① 对美国的旧称。

半当中出条人命,哪怕是中国人的命,总归也麻烦的对不对? 我爬起来继续干活,他们都想不通,说天上有神明'看牢'我的——呃,他们是叫'主'的。洋人一开心做事情就没轻重,没过两天,他们就要我当水手长……"

"爹爹已经撑船撑到了街面上,你倒还要走回头路吗?"鹤香一句话就把鹤棠跑远的思绪又拽回来。爹爹确实说过撑船并非长久之计,他也确实靠着水手长的薪水让姆妈攒下几根金条,赁下八大头一带的半栋石库门房子,当了一阵二房东。爹爹眼光是凶的,宁波乡下不断有半大不小的后生到上海滩来学生意,撑船的,做铜匠的,当红帮裁缝的,厢房天井客堂同时租出去能住十来户人家,自开张以后就没愁过客源。但好光景也就两三年,"看牢"爹爹的神大概又回海上转悠去了,再没空管街面上的事。被东洋人赶到法租界以后没几天,八大头那边就有人来报信,说一把火烧穿了那栋房子,再也回不去了。

"如今街面上的日子,哪里会比海上更安全?"鹤棠像是在对妹妹说,更像是对自己说。他心里拿定了主意,先悄悄地跟阿舅商量,等"太古轮船"那边有苗头了,再慢慢跟爹爹交代。

二 1983 年

门敲响的时候,应该是下午四五点之间。我能肯定这一点,是因为那年我在念小学两年级。时间不会更早,否则我应该还在上课或者放学路上;也不会更晚,否则除了外婆和我,屋子里应该还有别的下班到家的大人。后来,在我那枯燥的、永远在等待着发生什么的童年记忆里,我一直乐于把"我"看成这个家族事件惟一的目击证人,一台躲在暗处的摄像机。开麦拉,门敲响,外婆在开门。隔着十几米远,摄像机先拍到一顶鸭舌帽,它比人先进来。

"你是谁?"外婆劈头问过去。鸭舌帽严严实实地罩着个矮小的老头。他身上的那种格子夹克衫的款式,在八十年代初的上海,很少见。

"见鬼,你连阿哥也认不出了?"老头的嗓子不像外婆那样响,但他的宁波口音——哪里拖长哪里转腔——却是我们听惯的那一路,像是改换了音质的外婆的回声。

"阿哥……哪个阿哥?"外婆的声音骤然小下去。

"杨鹤香,"这下轮到老头猛然拔高嗓门了,"你有几个亲阿哥?"

从一个八岁孩子的眼睛看,一个穿着奇装异服的陌生老头,用近乎责骂的口气直接喊外婆的名字,绝对是一件严重的事,有那么几秒钟的时间,我的视线往下移到老头攥着的手杖,以为他会挥起来打人;而事后,回想起来,我又觉得在那样的情境里,他们应该抱头痛哭,按照反映海外侨胞回乡探亲的纪录片的模式,一唱三叹地进行下去。事实上,四年以后,在小学考初中的语文试卷上,面对"喜事"的作文题,我确实就是按着这个套路洒了一通狗血,安排"外婆的眼泪","在眼眶里不停地打转"。那篇作文分数不算高,也许是因为假得连阅卷老师都不信。

然而,那一刻,其实什么也没发生。我的位置看不清他们的表情,可以肯定的是没有任何动作和语言。空气凝结在两个矮小僵直的身影之间。摄像机无聊得只能摇几个阳光透过门缝洒在行李箱上的空镜头。箱子的花纹和质地,都不是家里大人出差拎的那种,没有"为人民服务"。接下来,至少有一刻钟,两位主角都没有意识到屋子里还有另一个人存在。老头拎着箱子进屋,外婆去烧水泡茶,谁也不说话。直到水咕嘟咕嘟顶起壶盖,我实在忍不住去扯外婆的衣袖时,她才猛地醒过来,攥住我的手,指着老头的背影说:"昱宁喊人。"

"喊什么?"我轻声问。

"舅公,你亲舅公。"

这个天上掉下来的舅公,很快就成了挂在全家嘴边的惟一话题。比"舅公"或者"娘舅"出现频率更多的词是"香港"。这个近两年(准确地说是从1982年9月撒切尔夫人见过邓小平之后)我在无线电广播里、在十二寸黑白电视机里反复听到的字眼,突然就跟我们家有了如此切近的关系。关起门来,我妈激动地向我爸勾勒家族树的形状,描述杨家(外婆)和孙家(外公)的近代史。其实也没什么复杂的,我只靠耳边蹭到的几句,就轻易拼出了来龙去脉。总而言之,我母亲那一脉,上几辈都是从宁波到上海这个大码头来出海的船员。他们在这个总人数庞大而交际范围狭小的圈子里互相帮衬,介绍工作,结亲通婚。我的太公跑了大半辈子船,舅公在三十年代末子承父业,到"太古轮船"上当水手。1949年后太古关了上海办事处,舅公就跟着公司去了香港。开始还往家里寄钱,想尽办法跑上海航线,后来……故事一到"后来"就索然无味,妈顿了一下,拿不准该怎么说。

对家史的缅怀不时被打断,因为爸妈常常被外婆叫出去到厨房帮忙。现在回想起来,那段日子家里的房门不断地开开关关,飘进来一股股让我肠胃痉挛的饭菜香味。窗外听不到爆竹声,窗里却是比春节更亢奋的气氛。白斩鸡酱油肉炒螺蛳冬笋发芽豆咸菜黄鱼汤,我就傻愣愣地看着它们像变戏法一样从桌子的每一个方向冒出来。姨父被派去采办大闸蟹,因为他有个表亲在菜场里卖排骨,可以领着他去找水产贩子,至少不会短了斤两。我清楚地记得临行前,他的脸被晚霞映得通红,像地下党接头那样压低了嗓子问外公:"十五块钱一斤,也买吗?"

"买。"外公也不自觉地压低了嗓子,"你娘舅喜欢的。"

那时候,菜场职工仍然比学校教师吃香得多,买肉买油仍然要凭票,而大闸蟹的黑市价,却在那两年里贵得像现在的房地产一般神奇,吃一顿至少得花掉普通人半个月的工资。街上总是盛传着有人花多少张"大团结"买蟹,却被小贩狸猫换太子,拎回家一看是一篮子砖头的悲惨故事。好像从记事起,家里的餐桌上每每出现面拖梭子蟹,我就会跟着大人的深情回忆,想象一下大闸蟹是何等尤物。奇迹发生得如此猝不及防:就在那个深秋的下午——是的,因为有蟹,所以我能确定那是秋天——舅公来了,于是大闸蟹也来了。分配食物似乎是外婆与生俱来的本事,姨父刚从菜场回来,她就拿出了服膺众人的方案:客人吃一对,主人(外公外婆)分一只,而陪同的小辈,各家都分到半只。这半只,每一家都给了孩子。记忆里那天的日光灯特别亮,把家里最大的八仙桌照得伤痕斑驳,把我和表妹表弟——每一个吃蟹的孩子都照得青面獠牙。好吃,我说,这话没经过大脑,甚至没经过味蕾,我觉得它就像那片映红了姨父面庞的晚霞一样,是最赤裸最美好的真理。

可是舅公吃得并不怎么起劲。疲倦似乎要把他本来就狭窄的眼睑,进一步粘合在一起。外公和外婆把他夹在中间,有时互相低声说话,好像与桌上的菜和专心吃菜的我们,自动隔开一段距离。不时传来几个零碎字眼。十八年,还是二十年,我听到外婆和舅公在为失去联系多少年而争执。看起来已经睡着的舅公突然捏起拳头闷闷地捶了一下桌子,说:"假使六八年再给你们写信,不是害了你们?"

屋子里沉默了几秒钟,等到剥蟹壳吸螺蛳的声音再度响起,外婆已经在用围裙擦眼睛。这样的眼泪是不适合写到作文里去的，摄像机自动暂停，我别过头去。按我妈后来的说法，我们家在这几十年里没跌太惨的跟头，一要谢舅公在最恰当的时间停止从香港寄钱寄信，二是亏得太公没等1956年公私合营全面开展，就关掉了那家他刚刚开张一两年、生意正兴隆的柴火铺。"到底都是大江大海上漂过的，"我妈说，"太公和舅公也算见识宽广，不光盯着鼻子底下这点地方。"

我高中毕业以前，所有的母系亲属都住得很近，外婆和小舅在隔壁，阿姨住对门。大舅二舅在苦等单位分房前，也曾拖家带口地在这几间总面积不超过八十平方米的屋子里搭过铺开过伙。上海人的房子就像是魔术师的帽子，你永远不知道这样逼仄的空间能藏下多少东西多少人口。舅公这一来，外婆说什么也不肯让他住饭店，一番腾挪之后，他便在外婆的屋子里占下半间。这番腾挪似乎比以往任何一次都容易，没有哪个舅舅抱怨自己的地盘被征用——与家门被骤然打开、远方世界扑面而来的感觉相比，眼前这点不方便又算得了什么？所有我素未谋面或者平时极少走动的远亲，从上海某些遥远的、我也说不清名字的角落次第涌来。几乎每天，都有人来喊我们家的门牌号，通知接听公用电话；几乎每天，我都会被拉到陌生的面孔面前"喊人"，表舅堂姨之类的称谓一过耳就忘，我只能根据他们往我手里塞的糖果名称——大白兔、花生牛轧、奶油话梅糖、零拷的香草巧克力——来记住他们各自的相貌特征。

过了一周左右,舅公的次子毅林也从香港过来。他不必像舅公那样,从虹口的明华坊(外婆的老房子,与舅公失去联系前的旧地址)一路找到杨浦区的控江四村,他只须来电话说定航班,二舅和姨父就一起扛着牌子去接,直接把他安顿在东风饭店。虽然转几辆公交车到机场比去趟崇明还费周折,可一接到人,他们就能跟客人一起,平生头一回坐上出租车——从此,那辆"湖蓝色、看起来古色古香的上海牌轿车"就成了他们的口头禅。也难怪,哪怕时间轴再往后挪十年,坐出租车仍然属于奢侈行为,以至于我表妹一度立志要嫁个出租车司机,可以天天免费经过高架上那个著名的外滩大拐弯。

毅林比我后来在电视剧里看到的香港人都要木讷些,阔边眼镜,脱掉夹克衫以后可以看到脖子上挂着个小小的金质十字架。他说的是那种自认为是"港普"、实际上比港普还难懂的语言,面对一屋子好奇的耳朵,难免理屈词穷,所以他给我的印象是由始至终、从头到脚都在出汗。我母亲念过英文本科,父亲是土生土长的广东人,只有当他们俩同时在场的情况下,毅林嘴里的单词才有可能被完整准确地翻译出来。尽管如此,舅舅们还是更喜欢围着毅林问长问短,看他熟练地摆弄自动相机和随身听,追问他侨汇券该怎么用,《霍元甲》的续集《陈真》里还有没有赵倩男。我一直搞不懂舅公和毅林之间是怎么交流的,毅林只能听懂三五成宁波话,而舅公的广东话和英文加起来也不会超过一百个单词,而且一律带着倔头倔脑的宁波腔,尾音总是来一个凶巴巴的沉降,就是姚慕双周柏春《学英文》里的那种调子。比方说,父亲费了好大劲,才弄明白舅公念叨的"改喽改喽",原来是说他当年刚到香港时居住的"骑楼"①。"你去看金陵路那边就懂啦,"父亲得意地告诉我,"以前广东人到上海都住在那里,至今还留着不少骑楼呢。"

那段时间里,有关上海的历史地理知识,我增长的见闻又岂止"金陵路"这一处?要说清楚这个问题,先得费点口舌描述一下我从小的居住环境。即便从"地貌"上看,杨浦区的控江四村(始建于五十年代的第一批工人新村)也很像个真正的村子。此地本来就向下凹陷,再加上与其依傍的宁国北路(原名黄兴路,1949年后更名为宁国北路,八十年代末又改回原名)桥形成落差,所以走出家门口时常常有站在山脚下的错觉,就连过条马路也值得我激动好一会儿。我的童年,就被那条马路那座桥斜着身子揽在怀里,外面的车水马龙到这里就先过滤掉一层,让我浑然不知所谓"上海滩"的前世今生。我的家,往东北五角场方向走十来分钟就是大片农田,夏天乘凉的保留节目就是到田埂上采点野花,或者捂着鼻子参观猪圈。而当年新村里的面貌,也是如今的小区居民

---

① 二十世纪初广州、香港等岭南地区临街商业楼房的一种建筑形式。它最早盛行于南欧、地中海一带。临近街道的部分建成行人走廊,走廊上方则为二楼的楼层,犹如二楼"骑"在一楼之上,故称为"骑楼"。

无法想象的。据说控江四村原先是大片坟地（小学作文课上，老师甚至叫我们闭上眼睛，想象 1949 年以前，脚下的这片土地上半夜里会闪着蓝荧荧的光），盖上水泥砖石工房以后还是留下不少空地无人打理，基本上都是被我们这些住在底楼的居民用竹篱笆圈起来自己搞绿化的。外公有耐心侍弄花草，外婆有劲头改善伙食，于是小花园里种蔷薇丝瓜甚至枇杷树，养鸡养鸭甚至养兔子——当年不懂什么叫世外桃源，也没有环保意识，只当全上海人过的都是一样的日子。

真的是等到舅公驾到，家里的长辈才像突然醒过来一样，把一个更大更世故、年代更久远的上海，乃至以某种方式由上海通往的整个世界，都推到我眼前。我跟着他们去玩"大世界"（那当然也是打着陪舅公和表舅的旗号），在 1917 年造的哈哈镜前傻笑——其实没那么好笑，纯粹是因为这一路长途跋涉，不使劲笑一笑似乎辜负了在三辆公交车上颠簸的辛苦；南京路上，我被人流的汹涌吓得不敢上公共厕所，愣是忍了大半天；在"小绍兴"饭店的桌边，我被挤到角落里，使劲皱起鼻子吸进鸡肉的香气，一碗碗滚烫的鸡粥就在我头顶上传来传去。那时候，只要一醒来，我就能感受到阿姨舅舅们的雀跃，他们言简意赅地谈论着各种可能性：换外汇，经济担保，读语言学校，去日本……

惟一似乎与这一切无关的，只有一个人。大部分时间里，舅公就像个道具一样，被人群拥来拥去——没有一个大人有时间去想想这是件多么奇怪的事,他难道不应该是主角吗?也没有一个孩子乐于去勘探一个阴郁的老人的世界。我喜欢家里成天像过节一样热闹,也知道这热闹是舅公带来的,但我总是离他远远的。大部分时间里,他或是倚在木窗台上听听窗外的鸭子用很夸张的声音喝水,或是盯着挂在墙上的太公和太婆的遗像发呆。"你认识他们吧?"他干巴巴地问我,记忆里舅公主动向我开口就这么一次,而且不等我接口,又自顾自地往下说:"你当然不晓得的,太公走的那年,你妈妈应该还在念中学。可是我也不在啊,我在船上,哦,那年在马六甲……"后面的话我再也听不清了,他的眼神让我觉得他的前面没有墙,是一片能将再大声的诉说都吸纳干净的海水。

  重述往事时,我本能地想把剧本篡改得更跌宕更有细节些。但事实是,重头戏上演时,摄影机都不在场——也可能是,惟有摄影机不在场的戏码才会在想象中激动人心。舅公此行最重要的使命是给太公太婆做坟,在连续开过两场家庭会议之后,一行人便出发到当时最近的苏州墓园。按老例,母亲和阿姨都是隔了两重的女眷,先知趣地避让了,二舅代表三个舅舅跟去照应。他的海鸥相机里破例装上了彩色胶卷,后来印出的照片上,站在墓碑前的外婆和舅公,都被正午十二点的直射阳光,弄得曝光过度。他们的表情显得那么疲惫,那么急切地等待着尘归尘土归土,同时又那么茫然地不知道仪式结束以后该往哪里走。

但舅公其实知道下一站在哪里。从苏州回来以后,又过了几天,我就知道舅公去看了一个女人。之所以知道这一点,不仅是因为家里人开始频繁念叨"玉梨"——一个听起来很好吃的女人的名字,而且外婆总是会在他们刻意压低嗓子讨论这件事的时候及时听到,并且坚决喝止。"有什么好说的?天要落雨娘要嫁的事,你们懂什么?再说你舅母也病死了,谁还能说三道四呢?"

"我看到有根金链子……这么长,哦不对,是这么长,"阿姨跟舅舅比画了两下,争起来,"又瞎说,怎么会是假的?大老远带条假的来做什么?我猜,那是带给玉梨姑姑的吧?"

"谁是你姑姑?"外婆的脸愈发严肃了。少顷,她摇头,叹口气:"爹爹早说过,舟山女人,要躲远点的……"

三 1968 年

"舟山的女人是一条藤,"爹爹二十几年前的一句老话,此刻居然又在他耳边嗡嗡响,"你抽走她一根竹篱,她会缠上另一根。缠起来就往上长,往上长……"

其实只有在合适的阳光下,海水才是蓝的。现在的颜色就不好看,灰灰黄黄的铺张在眼前,与刚才在引擎间里那股子冲鼻的油味一搭一档,存心让他这一天过得没滋没味。难道仅仅是因为船上新来的加油工妙发聊着聊着居然聊到了玉梨,鹤棠就乱了方寸？无论是在上海还是香港，宁波籍海员的圈子永远比想象中还要狭窄，兜来转去，鼻子终究会顶到面孔，按说也不值得大惊小怪。"你也认识她呀，"妙发一边油腻腻的手在围裙上直蹭，"眉眼弯弯，听讲老早腰身也好……你晓得么，说是又守寡了呢。"

听妙发絮叨了一通他家跟玉梨七扯八弯的关系以及玉梨的形貌特征、家世背景，鹤棠终于安静下来。好吧，就是那个玉梨，那个当年在爹爹用金条赁下的房子里当过房客交过租子，那个面孔轮廓已经模糊却有一副眉眼凸在记忆之外的舟山女人。他认识她的时候，她刚过门两年就守了新寡——同她姆妈一样。舟山人世代渔民，男人撑船横死浪头的事，比鹤棠家所在的鄞县要多得多。说句触霉头的话，舟山女人似乎个个在嫁人的时候已经做好了守寡的准备，姆妈说她们哭是哭得凶，哭完就手脚麻利地找下家，没工夫犹豫的。鹤棠倒是没见过玉梨痛哭的样子，就连他那年上船跟她告别，她也只是垂下眼帘，用睫毛盖住他所有的猜想。话说回来，玉梨上哪里去找哭的理由呢？她跟鹤棠的那点猫腻最多只是土墙上若隐若现的淡影，抓不住也不必抓。鹤棠没敢说让她等两年的话——即便他说了她也不会等，乱世里最要紧的是头顶上有块过得去的屋檐，挡风挡雨挡炮弹，也挡住大大小小的誓言。

只是，为什么近来只要想到上海，第一个在太阳穴附近别别直跳的名字不是爹爹姆妈妹妹，竟然是玉梨呢？也许鹤棠觉得自己欠她一个说法。他没法告诉她,曾有人撺掇爹爹"讨个就近便宜",收玉梨的寡母续弦,被爹爹一句"朋友之妻不可欺"利落地挡在门外。别转头,爹爹就教训鹤棠:"你也不要掉了魂。她们家的是非比你的岁数都大,谁招惹谁就没个好,懂不懂?但凡被我抓到什么不好看的,你就自己卷铺盖走人,我养不起你!"鹤棠晓得海员圈子里既重义气又顶顶讲迷信,也听姆妈念叨过爹爹为人好赌不好色,平生最恨被女人缠住手脚。他不敢违拗,胸口却被什么东西鼓胀起来,又悄悄地瘪下去。他不由伸手一碰,仿佛摸到了一块凹陷。

如今撑船撑久了,鹤棠才相信自己确实不如父亲。爹爹是那种天生的水手,桅杆上摔下来毫发无伤,而他明明做了那么多年加油工(偶尔也当几次"头脑"①),碰上大风大浪还是不习惯,还是会大口大口地吐出黄疸水——每每此时,桅杆摇晃、缆绳收缩的声音,老鼠窸窣的脚步声,舱里传出的打架和笑骂声,都会突然在耳边同时响了几倍,他就会觉得自己一定是快要聋了。爹爹不管上哪里的岸都能睡得香甜,他不行。在利物浦的水手公寓里,半夜里他总是被某种甚至比船舱里更剧烈的摇晃惊醒,非要到醒透了他才恨恨地发现,四下里沉静得出奇,而他的身体居然不能适应这样的安稳。以前上海八大头的房子从没有这样安静,木头门吱吱扭扭哼着小调,听起来就像是哪个有八分醉意的瘪三在纠

---

① 海员圈里的切口,指船上的"生火长"(No. 1 fireman)。

缠弄堂口的小姑娘,一夜唱到天明。那么多年过去了,难道他身上的关节还是只能和着这种调子才能松弛下来吗?他怎么就没把父亲随遇而安的脾气继承下来呢?一年到头,在那些少得可怜的不用出海的日子里,爹爹多半黏在麻将桌边,玩累了站起来跟家里人搭搭话,常常劈头就是一句恼人的,自己倒放声大笑起来:"要不是你们这一张张嘴在这头等着,我当日上了花旗国的岸,哪里还会再下来?!"

爹爹这话倒不算夸张。鹤棠这一辈水手,同样有的是机会找准一处岸,便不再上船。鹤棠的同事换了一拨又一拨,那些跑了几趟船便动脑筋在利物浦或者旧金山扎根的宁波人,都好像有一条公用的流水线。勾搭(要不就托人介绍)一个当地的洋女人结婚就能混到定居身份——放心,这样的女人有的是,只要你不追究她在俱乐部里除了陪跳舞还陪男人做啥,她就不会盘问你在每月的工资里藏下多少私房钱,寄往遥远的上海或宁波,假装不知道你在那里还有一个老婆。鹤棠很清楚,这些水手在上船前大半都有过"好日"①。在家里的老人看来,赶在儿子出远门前讨一房媳妇,既能相帮做事,又好扯扯儿子的后腿,勾住他们的魂魄。他们想不到的是,大大小小的码头上有的是各色各样的女人,她们专门偷走你辛苦养大的儿子,替他生下一堆"夹种",把他用性命换来的钱劫走一大半。上岸以后,这些水手也找不到什么像样的

---

① 宁波话,拜堂成亲的意思。

工作，多半就是开家简陋的番薯炸鱼店讨生活。

鹤棠不喜欢从这种店里飘出来的香味。华人开的 Fish & Chips 都大把大把撒味精，所以据说生意比洋人开的好，反正鹤棠觉得简直不用深吸气，味精就直往鼻孔里钻。这些店一般开不过三年，生意时好时坏不说，主要是那些合伙的哥们，别管先前的交情有多铁，都会在三年里吵翻。鹤棠也不喜欢在俱乐部和酒吧里找女人，倒不是他觉得应该对得起自家老婆，而是那些女人的个头和酒量让他害怕。只要一个人在酒吧里坐下，就会有壮硕的女人朝他挥挥手里的空杯子，嘴里含糊不清地蹦出一个单词。鹤棠英文很差，但他知道她说的是某种威士忌的名字。有一回，他手里正好多出几便士，就抖抖索索地替她买了一杯，酒保刚送过去，他就借着上洗手间的当口溜走了。

香港算是个折中的落脚点吧，鹤棠一直这么想。不管他愿不愿意承认，上海确实离自己越来越远。自从爹爹去世以后，妹妹再没追着他寄钱；他先前还会尽力争取跑途经上海的航线，哪怕去妹妹住的虹口明华坊打个照面也好，这两年连这个心思也懒得动了——那里的航线几乎都停了。间或传来的消息愈来愈可怕，搞得鹤棠老是梦见妹夫一家关进黑洞洞的屋子里写检查。海外关系？好像这个词儿是妙发告诉他的，妙发还安慰他："我们这样的赤贫，划个成分什么的大概算不上资产阶级，这样的'海外关系'不会让你阿妹吃多少苦头的，你只不要再多事就好。"

好吧,鹤棠不再多事,十年前他从上海接到香港的老婆孩子似乎也早就转世为人。他们的广东话已经听不大出口音,熟练到让他插不进嘴的地步。每回在海上漂得久了,他就扳着指头计算归期,可是一回到"骑楼"里,他又坐立不安地想上船。香港人住的房子本来就小,他一回去就是凭空多出来一个外省人的样子,连家里人走路说话都显得不自然。老婆渐渐没有耐心跟他解释三个儿子一个女儿在学堂里的表现,他只是依稀知道他们功课都不差,老大从念中学开始就说想去加拿大。鹤棠最不习惯的是,每个在骑楼醒来的日子都必须做一堆决定,是出门喝广东早茶还是在家里烧烧只有自己爱吃的咸泡饭,或者去哪个宁波同乡家攒一桌麻将。还是船上简单啊,他想。头上是天脚下是水,没旁的地方可去,也不会突然心里空下一大块,想想以后该怎么办。

四 1993 年

舅公从不告诉我们"以后"的打算,就像他一直不乐意提"以前"的事。他似乎压根就没有计划可言,1983 年那次就是住着住着突然杀回香港去的。十年过去了,他一共来过两次,每次都只是在信上略提一笔(尽管上海的电话普及率连年增长,舅公还是从来不动用长途),人就紧跟着来了,人与信几乎同时抵达。后面两次来,家里已经不那么大惊小怪,我只记得外婆一见他进门就盯着问:"这回应该能住上一个月吧?我给你裹猪油汤团吃。"

这确乎是一件大事,几乎可以看成是宁波人在上海的某种标明身份的集体仪式。那时,汤团之于我们,绝不是装在塑料袋里的文雅的速冻食品——后者强调的是"芝麻",而我们念叨的却是"猪油",那种用大块大块的肥膘熬成的板油。猪油汤团的整套工序耗时长久,需要一家大小的配合。家里的男人们先要从对门的老宁波窦家借来大石磨,通宵轮班将生糯米磨成水磨粉(那需要有经验的熟练工一边转磨一边不断加水,稍有偷懒后面的工序就进行不下去),再用两周时间盛在布袋里沥干水分,鼓捣成合用的水磨粉,最后将粉和上适量(到底怎样才算"适量",反正我从来没搞清楚)清水,捏成长长的糯米条,掐成一段段当汤团皮;女人们将板油剥皮抽筋,用小石臼碾碎刚刚炒熟的芝麻,拌上绵白糖,三者合一,反复揉捏成"黑洋沙"。如此一步步跟下来,我每天都能根据鼻腔里充满的新鲜气味,判断汤团工程进行到哪个步骤,等到最后咬开那层薄薄糯糯的皮儿、舌头被墨墨黑的馅烫得起泡时,前面一个月的辛苦铺垫便在受伤的味蕾上一层层展开……宁波人都晓得"裹猪油汤团"是大阵势,舅公自然也是会心的。"哦,那当然要等到吃过两碗再走的。"他一边说,一边近乎腼腆地笑了。

人人都知道舅公又去看过玉梨,但谁也不敢在他面前提她的名字。这一年我刚直升大学,别人在高考的时候我吹着电扇躺在凉席上,几乎是报复性地一本接一本读张爱玲的小说,发泄满肚子的恶气——为了当一名全优生,我在高中里放弃了多少闲杂小说啊。我用《倾城之恋》的格局去套舅公的民国往事,在想象中给所有穿着阴丹士林蓝旗袍飘过的女子都取名玉梨:她应该有一刀齐的刘海,男人们次第离去时,天都是在下雨吧?一定是在下,这样,黑夜里,她就可以听着屋檐滴滴答答的水声,脸上露出白流苏那样的冷笑。

实际上舅公是第一个出现在我生活里的具有"小说感"的人物。有关他的一切都是被掐走一大半的断线,倏忽间飘来(而且看样子会突然间消失),连绵不辍的空格,现在时与过去时的奇妙重叠——闲来无事,我会有一搭没一搭地填上几个字,在心里。到后来,其实我也弄不清有哪些是根据家人的讲述和我亲眼所见拼贴而成的,有哪些纯粹是我的臆造,它们全都混杂在一起。1993年夏天,我躺在床上胡思乱想(鼻腔里仿佛充满六十年代太平洋上吹来的咸咸的海风),难道只是为了"编造"记忆,好在十七年之后完成一篇试图"拯救"记忆的作文吗?

时间再往前推七八年的样子,外婆到香港探过一次亲。前面的手续办得磕磕绊绊,通了半天路子外公和舅舅们也还是没能跟她一起去。外婆在上海的时候就是个路盲,她离开的那段日子里,全家人都担心她跑到香港去会不会走丢。外婆回家的日子比预定归程提早了整整两周,随身行李比去时多了一个大箱子。全家人都知道那是舅公一家采办的礼物,可都按捺住兴奋等着外婆一件件拿出来。运动鞋,牛仔裤,随身听,自动照相机,小小的金坠子,邓丽君刘文正的唱片……我拿到粉红色的运动套装,有米老鼠图案,穿上身就嫌小了。外婆摇摇头说,你舅公还以为你在念小学呢。

可我还是很兴奋,我喜欢一家大小围拢在一个箱子跟前等待答案揭晓时的其乐融融,失真得像个童话。礼物分发完毕,外婆才开始讲香港的生活,讲空荡荡的房子里你看着我我看着你有多没劲,讲糟老头子一个人待惯了真是不好伺候啊。"他的儿子都有点怕他,我就只见到老二老三,也不常来……老大早就移民加拿大啦,也接他住过两天,就像我一样住不惯,急着逃回来。他说老二老三也在办移民,而他,总归是要一个人死在香港的。"

"不是还有个女儿吗?"我妈问。

"唉,他都不肯提她,后来毅林告诉我,二十出头就跟她男朋友跑啦。你舅舅看不惯那小子的做派,偏要棒打鸳鸯,好像还打过两巴掌的……唉,我知道他后悔了,可他犟着脖子不肯让毅林捎话给她。弄得孤家寡人一样……"

这番描述让我很失望。我早就在心里自作主张地替那个从未见过面的玉梨办好了港澳通行证,如今他们应该天天手拉手去隔壁茶楼撑台脚①才够浪漫呢,怎么还会孤家寡人呢?我有点替

----

① 粤语,一般指情侣一起到饭店吃饭,度过浪漫的二人世界。

他惋惜，一辈子上过那么多岸，到最后还是哪里都没站住脚。当然，这比较符合我心目中悲剧人物的定义，适合写在小说里，感动我自己。

为什么没有香港的信呢？1993年的这个夏天，外婆念叨了很多次。这两年，香港来信的间隔确实越拉越长，信上的字越写越大，有时候就只有三五句，抱怨身上的病痛，或者发几句谁也看不懂的牢骚。外公说，那是因为舅公生了白内障，视力越来越糟糕的缘故。

但那时的家里已经有了新的兴奋点：由上海通往更广阔世界的路径已经越来越多，越来越宽敞。当舅舅们发现，几乎家家户户都有点七拐八弯的海外关系时，他们便不再天天追问外婆香港有没有来信，舅公会不会再来；他们像那时上海所有的年轻人一样，盘算的是如何用自己的脚走出去，让老婆孩子享受未来的"海外关系"。二舅是家里第一个出国的人，当他在日本一边读语言学校一边到面包店打工的时候，他并没想到，这样一待就是十几年。偶然，二舅寄回来的信中会提到舅公，感激他肯提供经济担保，还说担心他年纪毕竟大了，身边没人照顾，总也不是个办法。

这结局显然是一定的。母亲说，舅公最后一封信大概是1993年底来的，两行斗大的繁体字撑满整整一页：

"冬天，香港比加拿大暖和，他们该回来了。

"看不见，不写了。"

附记：

1. 本文的原始材料均出自我和我家人的记忆，当然，我们对所有的记忆都应该做"不可靠推定"。动笔之前，就年代、地点等问题，我又查阅过相关资料。

2. 本文中所有"我"不可能在场的虚构场景，都是根据家人的回忆，辅之以合理想象，拼贴而成，其中有些片段是经过多次转述的。另有部分细节参考了《泊下的记忆——利物浦老上海海员口述史》。

3. 我确实不知道舅公杨鹤棠在1993年之后的故事。家人多次去信均石沉大海，他的子女也没有来通报任何消息。后来又经过一次搬家，线索渐渐被切断。按照年龄推算，家里人大都认为他已经仙逝。

幕后花絮

等故事掉落,或飞驰而过——谈《呼叫转移》
笼子里的困兽——谈《三岔口》
藏在石块下的动物——谈《幸福触手可及》
谁决定了故事的生与死——谈《文学病人》

等故事掉落，或飞驰而过
——谈《呼叫转移》

写《天才雷普利》的海史密斯，把这部小说的灵感，记在一个素不相识的男人账上。她去意大利阿马尔菲度假，站在饭店阳台上，偶然看到一个在海滩上散步的男子，突然就像遭了电击。她替那个男人取名汤姆·雷普利（姓氏取自当时街边的服装店招牌），她为他设计的人生道路一半袒露在世人艳羡的目光中，一半龟缩在阴暗的角落里。

直到自己也开始写小说，我才意识到，这段莫名其妙的文学轶事可能是真的——如果是假的，海史密斯完全可以把它编得更好一点。陌生的地方，陌生的面孔，甚至只是一阵不知从哪里吹来的风。这不是怪力乱神，这只是古老的讲故事法则：你的人生经验文学经验已经替你准备好了一切。故事是头上的苹果或者奔跑的兔子，你只不过需要坐下来，等第一个句子掉下来，或者从眼前飞驰而过。

对于《呼叫转移》而言，"苹果"是一条电信诈骗新闻，"兔子"是我当时正在重读的田纳西·威廉斯的剧本《欲望号街车》。"电击"的结果，是我打算虚构一个与我的生活拉开距离的人物——距离越远越好。男性，从县城、省城到国际大都市，他比我年轻，比我更具有在城市阶梯上攀登的动力。我不会开车，他干的是代驾；故事从他构思电信诈骗开始，而我没有在现实生活中正面遭遇过一场诈骗。

起初举步维艰。我一度纠结于细节的真实性，我担心我叙述的口吻太知识分子，几乎每前进一段都要从那些看来的、听来的材料里寻找可以支撑叙述的根据。我从照片里寻找那个想象中的县城的图像，在公交车上偷听一对外乡情侣的对话，看着女人的眼睛里渐渐积满泪水——直到我坐过站。然而叙述的速度渐渐快起来，快到我无法停下来考究每个句子的来历，但故事也渐渐生出某种我一直在等待的、荒诞的力量。这种力量在《三岔口》里爆发于一个奇怪的阳台，到了《呼叫转移》中，就从骗子踏进戏剧学院的第一步开始。

让我兴奋的是，一旦进入陌生人的生活，一旦把自己想象成闯入者，我确实获得了新的视角。那些我熟悉的场景和人物——杂志社，剧院，女文青，男导演，那个看起来秩序井然的世界——都像是被卷入陌生的能量场，被搅动成另一种形状。故事的发展甚至重新定义了"欺骗"这个词本身。出场不多的李波扬是个很有趣的人物,他常常三言两语就揭掉层层包装,露出单薄而惨淡的城市欲望结构。他让男主人公"闭上眼睛使劲想",想象"整个世界的钱其实是连在一起的,只不过暂时分在不同的口袋里"。在男主人公眼里,李波扬在县城翻修的红砖房是他自己的"华尔街";对于机警的读者而言,这是大都市的一个逼真的镜像。

找到"镜像"的感觉之后,我等于卸掉了笔端的重负。镜像的真实性是相对的,它遵循的心理逻辑要比生活逻辑更严格。出于同样的考虑,对于不知名的主人公,我用第一人称和第二人称交替叙述。我一直认为,第二人称就是第一人称的变体。在小说的第四节里,主人公自己也交代了这一点:"……我不用在想象中把自己劈成两半,把弄不明白的事情统统推到对面那个人身上,我不知道怎么称呼他,我只能说你你你……"

这个喜欢把自己当成另一个人的骗子怀着好奇心窥探别人的世界,然后把自己绕了进去。一个骗子的内心世界究竟有没有可能如此丰富,如此感伤?这取决于你究竟把他当成一张标签,还是一个人,甚或是人的总和。写到最后,这个问题不再是问题。如果一定要回答,那我会想起当年亨利·詹姆斯对《包法利夫人》的质疑。"作为他要描述的生活的特殊渠道,福楼拜为什么要选择这样低劣的,甚至是卑鄙的人来作为人类的标本呢?"詹姆斯痛心疾首地说。比詹姆斯早生很多年的福楼拜当然无法还击,我也一样。我只能默默地隔着遥远的距离,和他站在一起。

笼子里的困兽
——谈《三岔口》

坦白说,十几年的文学评论经验反而对我进入虚构写作构成障碍,如果不是最大障碍的话。结构的同时难免会被另一个自己解构——更要命的是,为了抵抗这种解构,我会不由自主地在文本中采取守势,不断填补想象中的漏洞。在此之前,无数躺在抽屉里或者硬盘中的想法、提纲和片段,就这样夭折在半路上。直到最近,我才学会如何与这种"批评焦虑"相处。我偶尔顺从它,把文本整饬得更利于阐释;但更多的时候,我绕开它甚至无视它,耍个花招哄骗它,趁它打盹的时候加速飞奔。我说服自己:你不可能取悦所有的批评视角。小说有无数种写法,选择任何一种都会满足一些元素,同时以损失另一些元素为代价,重要的是选择本身。

《三岔口》是一道并不简单的选择题。这个标题所指向的京剧剧目的舞台效果,是我的写作动机之一。京剧的故事当然与我的小说没什么关系，但三个人物之间的摸黑过招，熟人在特殊场景中的角色转换与关系裂变，还有那种直观呈现在旁观者眼前并激发微妙代入感的方式，是我的兴趣所在。但这样做必然会呈现高度戏剧化倾向，在情节进展中流露出或许稍嫌匠气的"设计感"。我要做的基础工作，是给三个人物定调，是在茫茫夜色中搭建一个让他们相遇的舞台。他们以第一人称接力叙述，同时向舞台中心聚拢。这一路上会发生什么，会有什么样的心理曲折，刚开始我也没有十足的把握。在整个写作过程中，我和读者一样，始终处在观察的亢奋中。

我用电脑键盘上最常用的三个字母J、K、L为三个人物命名。如果一定要分类，他们通常被归入一线城市的中产或者准中产。我熟悉这群人，熟悉他们总是在城市阶梯上寻找自身位置的习惯性焦虑。他们迷恋秩序，从小是优等生，愿意相信每一道难题都有标准答案，他们像镜子一样互相反射对方的尴尬。我想窥探的是，他们一脚踏空、失去重心时会有怎样的反应。这看起来多少有点恶作剧心理，所以评论家张莉老师在看完小说初稿后告诉我，给她留下最深印象的是我的"冷冷的嘲讽"。

其实我也拿不准高质量"嘲讽"的适宜温度，但我常常是先在心理层面上把所有嘲讽都变成"自嘲"以后，才卜得了手。所以这三个人物都不是我，却也都是我：他们的真实和虚伪，他们如困兽般在笼子里转圈的处境，他们在疲惫生活中的徒劳追逐，他们最后爬上那个超现实舞台(想想阳台上的那几样滑稽的摆设,就知道这并不是对现实的简单拷贝)时的颓然失控。尾声,鼓点渐密,戏戛然而止,痛倒是越来越清晰——那正是刀落到自己身上的那种痛,绵延不绝。

藏在石块下的动物

——谈《幸福触手可及》

对于一个曾经做过大量翻译也写过不少评论的人而言,年近不惑时居然开始写小说,简直像是一种惩罚。你不是一向站在岸边评点水里的各种泳姿吗?世界级健将游到终点上岸,你不是经常会跟他们同行一段,用中文替他们的成果代言,并且,多少也在那迷人的光环边站过一站?现在好了,你自己跳下水,前不着村后不着店,水里的环境比你想象的更严酷,你扑腾的姿势比你以前批评过的别人的更难看。这不是自作自受,又是什么?

但我终究还是跳了下去。我不知道我能坚持多久。我也没有做好足够的思想准备,承受虚构的代价——比如被更多的人识破我的眼高手低。然而,人类的虚构冲动可能从原始社会就开始了,在有些人身上会显得特别强烈一些。人到中年,我才确定我也属于这类人。而在此之前,我的成长史,一直都伴随着对这种冲动的压抑。

扯远了,回到这个短篇:《幸福触手可及》。虽然此前也写过一些小故事,但这篇无论是篇幅还是叙事的方式,都离文学刊物的要求更近一点。我没有给自己预设太高的起点,只是想从我最熟悉的城市生活写起,写那些平静表面下的暗流。我不喜欢彻底摒弃故事的根基——戏剧化,但又想极力避免小说成为流水线上的情节剧。我想让读者在人物身上找得到自己的影子,又不希望这些"他们"成为"我们"的素描像。我希望这个故事能用最亲切的、现实主义的姿态接近读者,却又希望在文本行进的过程中,能自然绽放出几个具有超现实意味的火花……对于大师,这些限定条件多半是最好的催化剂,而我这样初次下水的新手就很有可能被逼出一套"四不像"的泳姿来——至少,呛几口水是一定的。这一篇完稿于去年,我今天再读,其中时时显露的稚拙痕迹已经让我坐立不安。

好在,我还在写。好在,后一篇永远存在超过前一篇的可能。我常常用我最喜欢的女作家玛格丽特·阿特伍德的文学理念来鼓励我自己,希望有一天,我的虚构作品能离这样的境界近一些,再近一些:

"若将文学比为藏在石块下面的动物,则诗所表达的,便是人们观赏完这些动物之后再把石块搁上去的那份儿心态和情调;而小说刻画的,则更像是人与动物之间在特定场合下的矛盾:人用小棍子去捅它们,那些处境危险的可怜虫,或奋力自卫,或束手待毙……任何作家都晓得,作者是完全听凭作品选择的,而他们自己却根本无法选择作品。倘若石块下面根本就没有蝾螈,而作者偏要想象它有,那就会失去任何意义。"

谁决定了故事的生与死

——谈《文学病人》

我对科幻类文艺作品的涉猎，无论是兴趣还是阅读（观影）量，都不比对别的作品更多。我得承认，在写这篇创作谈之前，我刚在电影院里看《银翼杀手2049》的时候打了一个盹儿。所以我其实很难解释，为什么在我刚刚开始一两年的虚构生涯里，会接连写了两个疑似科幻的短篇小说，去年的《千里走单骑》和今年的《文学病人》。

当然，对于这样的标签，科幻界多半不会同意。在文本中，我对于人工智能的那一点点停留于皮毛的认识，没有可以讨论的价值。那只够我搭起一个简陋的框架，搁上许多既不科学也非魔幻的内容。一直写到第二节末尾我才知道我真正要写的是什么。当时，毫无预兆地，一个句子从脑海直接跳到屏幕："文学病人的症状与作品的指标一一对应。从他们皮肤上掠过的每一阵燥热和微寒，每一个笑点和泪点，每一次走神再回来的时间，都决定了故事的生与死。"

所以这基本上是一个概念先行的故事,这一点倒是跟绝大部分科幻作品差不多。概念的来源也很简单——机器人有没有可能抢掉小说家的饭碗?如今,对于以文字安身立命者而言,出现类似的念头很自然,甚至连灵感也谈不上,更像是一个在无聊的傍晚,某个昏暗的角落里响起的有一搭没一搭的玩笑话。

紧接着这个傍晚之后的清晨,我没有放过这句玩笑。我开始给机器人和小说家的比赛设计规则。顺着问题追下去,我发现所谓架空的未来,与现实自然地交叠在一起。我更关心的,不是这场奇怪的比赛的输赢,而是作者与读者的关系,文学的——毋宁说是故事的——本质、历史、现实与未来。

故事的危机,与其说来自机器或者数据,不如说来自人类自身,来自越来越习惯于被"算法"(无论它来自机器还是商业的、功利的需求)控制的作者和读者,来自人类在积累了上万年故事型之后面临的对于"枯竭"甚或"终结"的现代性恐慌。所以,在《文学病人》里,我让人与机器的斗法最终演变成"作者"与"读者"的对峙,并且在一场激烈的比赛里安排一个休整期,让这两个阵营都有机会派出代表来背靠背地向我们阐述观点,从而构成吊诡的、让人啼笑皆非的对照。用小说叙述者"我"的话说:"这两拨人热火朝天地折腾了一通,总算发觉大家都困在同一条战壕里,于是决定再努力一把——然而他们各自努力的方向,似乎是互相抵消的。"

让情节和人物成为演示观念碰撞的工具,这样的写法是否成立,是否达到我想要的效果?说实话,我拿不准。但写作《文学病人》的那几天很快乐很过瘾,差不多是一个积累了二十年外国文学编辑经验的人在自言自语,同时排空了一身毒素的过程。在这篇短短的小说里,我有机会一次性清算自己的文学观,开两句瑞典文学院和诺贝尔文学奖的玩笑,还能向自己热爱的诗句致敬,在文字里埋藏我的私人阅读史。小说里出现了多少文学人物和文学掌故,有兴趣的读者可以数一数。凡是能够解释的,我都在前后文略加照应,有些干脆就仿照翻译小说的样式,直接在页底加脚注。所以,无论是《百年孤独》或者《立体几何》的开头,还是爱打架的海明威和诺曼·梅勒,都以一种滑稽的狂欢姿态挤在我的小说中,合力制造某种迷人的幻觉:在文学的虚拟世界里,众生平等。我们都发着低烧,我们都是文学病人。

跋　语

直到写完第八个故事,我仍然不确定自己是否真正进入了小说家的角色。人生的前四十年已经习惯于当一个称职的出版人、勤奋的翻译者、自觉的评论者以及挑剔的读书人,这些角色仿佛被一只看不见的手,捏合成一个贴身跟踪的影子,须臾不曾放过我。

如是,出一本集子,或许可以被视为某种策略。无论如何,故事就在这里,或生涩或笨拙或意外地抓住了某些真相——它们都已经被打包收进了一本书,成为过去时。把这本书交给我的影子,批判得失,计算优劣,承受褒贬,那是她的事。我可以腾出空来,轻减行囊,重新上路。

八个虚构故事大多发表在最近三年里,各有其独特的、不可复制的动机与路径(具体可参见收入附录的几篇创作谈)。不过,把它们归拢到一起,多少也能看出下笔时自觉或不自觉关注的几个方向。观察当代都市基于互联网发展的新型人际关系和欲望结构,关注欺骗和自我欺骗、角色与角色错位,潜入城市中产者脆弱且内外交困的梦境,追问小说(故事)在未来的命运——凡此种种,一旦付之标签,就索然无味了。如果一定要给它们总结一点共性,或许从技术层面讲会显得更清晰一点。我希望它们都构成对我虚构能力的考验,而我的答卷至少能在完成度上达到及格线;我希望我能压制作者的倾诉欲,附身于人物,通过他们的感官,重新体察我熟悉的世界,获得某种可贵的陌生感。

回溯个人虚构史的起点,我总是想起五六年前发表的散文《海外关系》。正是在那篇写到瓶颈时,我开始尝试在虚构与非虚构的边境线上来回跳跃。闯进陌生疆界的兴奋记忆,至今鲜活如昨。在结集的最后关头,我将它折算成半篇小说,与八个故事合在一起,方才觉得这幅拼图被填上了最初的那一块。

这样便凑成了《八部半》。借用意大利电影大师费里尼的名作标题,当然是为了增加一点传播效果,但我还是忍不住生出些许牵强的浮想来。打碎现代都市人的生活现状和心理困境,重组成具有审美意义的艺术奇观,这是费里尼早就做到的事,或许也是我想要做到的事?无论如何,有目标——哪怕暂时悬在空中——也比没有目标好。

虽然是本小书,终究费了诸般心思,离不开一路上各位师友襄助。感谢《人民文学》的徐则臣、《上海文学》的崔欣和《小说界》的沈大成的约稿、修正和发表,感谢浙江文艺出版社上海分社曹元勇社长早在我刚开始虚构时就约定了这本书的出版计划,感谢责任编辑周语耐心细致地把这些故事组装成完全吻合我想象的形状,感谢陈村、孙甘露、小白、毛尖、张莉、徐则臣、黄德海、陆晶靖、赵振杰等各位老师和朋友——于我,他们不仅仅是赞助了几声推荐,而且在我这三年的虚构历程中,一直是我最早的读者。尤其要感谢李敬泽老师慷慨赐序,让我从这本小书的出版中得到无可替代的乐趣——被懂得。

黄昱宁

2018 年 6 月 10 日 14 时 30 分

图书在版编目(CIP)数据

八部半 / 黄昱宁著. —杭州：浙江文艺出版社，2018.8
ISBN 978-7-5339-5244-0

Ⅰ.①八… Ⅱ.①黄… Ⅲ.①中篇小说-小说集-中国-当代②短篇小说-小说集-中国-当代 Ⅳ.①I247.7
中国版本图书馆 CIP 数据核字(2018)第 052140 号

策划统筹：曹元勇
责任编辑：周　语
封面设计：山川制本 workshop
责任印制：吴春娟

八部半
黄昱宁　著

出版：浙江文艺出版社
地址：杭州市体育场路 347 号　邮编：310006
网址：www.zjwycbs.cn
经销：浙江省新华书店集团有限公司
印刷：上海中华商务联合印刷有限公司
开本：889 毫米×1194 毫米　1/32
字数：195 千字
印张：10.75
插页：4
版次：2018 年 8 月第 1 版　2018 年 8 月第 1 次印刷
书号：ISBN 978-7-5339-5244-0
定价：48.00 元

版权所有　侵权必究
(如有印、装质量问题，请寄承印单位调换)